Resting in Bow Hill（《弓山小憩》）

墨累河划船第五年，因新冠疫情的限制，麦克船长将线路选在离家很近的南澳境内。我决定在家中享受家居生活，任由郝先生和老友们白天河中行舟，夜晚风餐露宿。

　　不过我们三个女人决定在周末带上食物去风景如画的Bow Hill慰问我们的另一半。

　　男人们划船行程过半，渐觉疲惫。见到女人们带着各种美食来犒劳，每个人都笑逐颜开。

　　清晨，有着铁一般纪律的划船队员们迎着朝阳和来访的亲友们跑步、做瑜伽、早餐。然后准时拖着小船下水，开启计划中一天的泛舟修行。

　　我最爱晨光中岸边停泊的各色皮划艇，阳光下泛着五彩的光，将大自然和人巧妙地连接在一起。

Sunrise in Port Elliot（《埃利奥特港的日出》）

2020年三四月，我被疫情的各种新闻扰得心乱，决定坚持每天早起看日出。

　　日出于我，是一种蓬勃向上的力量，带给人们希望和温暖。果然，治愈系的朝阳抚慰了焦躁的朋友圈，每天躺在床上看我第一时间播报的日出成了很多人的日常。

　　连续看了45天日出，发了很多朝阳照片后，我被人誉为"朝阳姐姐"。欣喜的是，我发现朋友圈里多了很多朝阳妹妹。

　　也有朋友看不下去了，提醒我，是时候把朝阳画出来了。

　　我于是开始画朝阳。不同的海岸，不同的角度，不同的朝霞。

　　这是其中的一幅，画得很中国，有着水墨画的韵味。有一天画廊当班的阿妮塔发了短信给我说：今天一个中国家庭买走了你的埃利奥特港的海上日出。

Almond Trees (《杏仁花树》)

Flora
07/2017

2017年是我刚搬入小镇的第一年，安顿好新居不久就加入了当地的艺术家协会。之后每周四都会参加绘画小组活动，和画友们一起绘画，讨论，受益匪浅。

　　你应该去参加8月的SALA画展啊！大伙儿鼓励我。

　　截稿前的一天，我还在家琢磨着参展的两幅画。画什么好呢？突然，眼前出现一本书的封面，是一个山坡上的绿色树丛。有了！那时正是附近Willunga山坡上杏仁花开的时节，漫山遍野的粉色花树开得飘飘洒洒，带着早春的信息，温柔得如同少女的华裳。

　　于是我按着书的封面的构图，把绿色的树丛改成了粉色的杏仁花树，配了白色的画框。和另外一幅名为《后院三色堇》的画，一起第一次参加了南澳最大的SALA画展。

　　没想到参展的两幅画收到许多好评。有个英国来度假的年轻女子特意告诉我，她很喜欢我画的风格，建议我下次可以试着在丝绸上作画。

　　画展结束，我被告知这幅杏仁花树已售出，购买此画的人正是几年前我买了她的画的艺术家阿妮塔。这成了我在澳大利亚出售的第一幅画，世间的事就是那么奇妙。

Safely Ashore（《终于安全上岸》）

2020年11月底的周六，我和郝先生来到海边，顺着PARKRUN的路线跑起了5公里。

　　忽然，岸边的人一下子多了起来，对着海的方向指指点点。原来是一只袋鼠正在奋力挣扎，试图游往岸边。

　　从未见过袋鼠游泳！它是怎么掉到水里去的？有人可以去援救它吗？大家七嘴八舌地讨论着。

　　我猜，也许这只袋鼠是被调皮的狗给逼到海里去的。郝先生说，查莉在森林里追袋鼠，并和袋鼠扭打到水塘里欲罢不能的情景足以印证他的设想。

　　可怜的袋鼠还在水中拼命挣扎。渐渐地可以看到它高高扬起的大耳朵脑袋正在往岸边一点点靠近。人们屏住了呼吸，每个驻足的男女老少都在暗暗地给水中的袋鼠打气加油。

　　袋鼠的身子露出水面的部分越来越多，它一定是踩到了海边的沙滩啦！Well done！Good Job！人群欢呼起来！终于，袋鼠整个身躯脱离了水面，妥妥地站在了沙滩上！

　　我终于成功地自救啦！袋鼠先生独自站在沙滩上，瑟瑟发抖。四周的人们鼓起了掌。

Wattle Trees（《金合欢树》）

朴素低调的金合欢是澳大利亚的国花。细碎的黄色花簇集结在枝头，密密麻麻，在8月的初春把山丘原野都染成了一片金黄。

有一年参加了一个绘画大师班，回来后画兴大发，画了这幅山坡上的金合欢树。画友惊呼，看来上了大师的课画艺长进不少啊！

Motivation Australia是一个郝先生长期支持的慈善组织，常年为太平洋海岛国家的残疾人提供轮椅。他们决定在所在的Aldinga小镇的烘焙房搞一次义卖画展，画展以Silent Auction（沉默拍卖）的方式进行义卖。

我被点名给予支持，于是将这幅小水彩框在一个白色乡村风格的二手画框里，送去参展。从未参加过这样的活动，我只在心里默默祈祷，千万别成了画展中唯一剩下的无人问津的画啊。

过了几天，活动策划人打来电话：恭喜啊！你的画从50澳元起拍，被人几次抬高价格，最终以115澳元成交，比原来你预估的88澳元多出好多！

Let's Play Tennis at Backyard（《让我们在后院打网球吧》）

因乒乓球结识的皮特家后院有个标准的假草网球场。我和郝先生常被邀请去打网球。

　　很喜欢去皮特打网球。他家坐落在镇的外沿，从我家开车去他家只需3分钟。皮特家的院子被他和爱人打理得四季花开不断，我每每借着打球的空隙拈花惹草一番。

　　打球时我喜欢抬头看天。网球场四周平坦而空旷，云起云落一览无余。沐浴在阳光下，呼吸着新鲜的空气，捡球的间隙我常常情不自禁地哼起歌来。皮特问：你为什么总那么高兴？

Heysen Trail Walking（《希臣径徒步》）

从Waitpinga到Kings Beach这一段海岸线14.5公里，风光旖旎，被誉为1200公里的Heysen Trail希臣径上最美的一段。

我和不同的俱乐部就走了5次。从西往东走是顺着Heysen Trail的路线，我走了4次。最近一次是去年疫情期间，和乒乓球与网球俱乐部联合徒步小组从东向西逆行，一路欣慰地遇见很多在Heysen Trail上从未见过的年轻面孔，成了真正的逆行者。

这一段悬崖峭壁高耸，海浪波涛汹涌，气势磅礴，景色壮美。私下里觉得，此景和举世闻名的爱尔兰莫尔崖可以相媲美。每每走在陡峭的山崖上，豪迈之气油然而生。这幅画画风突变，和平日里轻描淡写的花花草草风格迥异。

半夜完成后，放在朋友圈里。起名：千里之行，始于足下。北京那边有人秒回：改流派了？

Sweeping Yellow（《金黄一片》）

南半球的9月，正是春天油菜花开的季节。漫山遍野的油菜花田，金灿灿一片接着一片，令人目不暇接。透过车窗拍下的瞬间，花田树木也有了风的速度，在眼前动感十足，仿佛跳起了春之舞。

　　一年一度的Port Elliot Show是我的福地。我把这幅画列为三幅画组成的系列Hidden Beauty in Fleurieu之一拿去参展。参展前给韩老师过目，韩老师称这幅画最好，是我的风格，建议我将这种粗犷不羁的自由风格坚持下去。

　　果然，画展上我惊喜地发现这幅画得了一个叫作"Highly Commended Award"的奖，我猜是仅次于一二三等奖的鼓励奖吧。

　　那天我亲手把五幅画卖给了同一个当地女子，这也是其中一幅。

稻田氧气书系

择一小镇
过散漫生活

黄文佳 著

文汇出版社

图书在版编目（CIP）数据

择一小镇，过散漫生活 / 黄文佳著. — 上海 ： 文
汇出版社，2021.9
（稻田氧气书系 / 周华诚主编）
ISBN 978-7-5496-3622-8

Ⅰ．①择… Ⅱ．①黄… Ⅲ．①散文集－中国－当代
Ⅳ．①I267

中国版本图书馆CIP数据核字(2021)第148575号

择一小镇，过散漫生活

作　　者 / 黄文佳
责任编辑 / 吴　华
封面装帧 / 杭州真凯文化艺术有限公司

出 版 人 / 周伯军

出版发行 / 文匯出版社
　　　　　　上海市威海路755号
经　　销 / 全国新华书店
排　　版 / 杭州真凯文化艺术有限公司
印　　刷 / 启东市人民印刷有限公司
版　　次 / 2021年9月第1版
印　　次 / 2023年3月第2次印刷
开　　本 / 890×1240　1/32
字　　数 / 180千字
彩　　插 / 8
印　　张 / 7.25

ISBN 978-7-5496-3622-8
定　　价 / 56.00元
如发现印装质量问题，影响阅读，请与出版社营销部联系调换。

序

几年前，我在老家种田，一位久违的朋友相约见面，于是认识了新朋友黄文佳。文佳的职业生涯、人生经历，都堪称丰富多彩——而且看得出来，她对生活和朋友，永远都充满着热情。也就是在那一次短暂的茶叙中，黄文佳说，她人生中还有一个小小愿望，就是有机会的话，想写一本书。

一颗种子落进心间。没想到，这本书她果真就写出来了。

文佳大多数时候都在澳大利亚生活，极少数时候才回国小住。相互认识后，她多次向我表示，很羡慕我们的稻友，可以常常聚会、读书，或是一起旅行。而她呢，因为身在澳大利亚无法亲身参与，只能看看大家的照片，留下很多遗憾。有一年，我们十几位稻友计划结伴前往日本旅行，参访濑户内海艺术节。文佳听说后，极其迅速地买好机票，提前从南澳飞到了日本大阪，并在那里等着我们抵达，而后一路同行。

那一次，八九天的行程里，朋友们之间建立了深厚的友谊。而后，我们飞回上海，文佳又飞回南澳。

当我们又一次筹谋"稻田旅行"计划时，自然而然地，就想到了澳大利亚。因为那里有文佳在。一座陌生的城市，往往会因为有朋友在，而消弭了所有的陌生感与疏离感。文佳几乎动用了她所有的热情与朋友资源，把稻友们的旅行计划安排得周到又有趣。这个制定行程的过程，充满了乐趣，我们想象着哪一天可以去拜访哪一位朋友，哪一天的清晨可以在维克托港的海边欣赏日出，哪一天的中午又可以在哪位艺术家的院子里吃烧烤喝啤酒。

结果，美妙的南澳之旅即将付诸实施的时候，新冠疫情来了。

更没想到，这一耽搁就是两年多，至今我们还没有成行。

疫情改变了很多人的生活，譬如我，那年春天好几个月里，我都很少出远门，几乎都是宅在家里读书写作。而在遥远之地的澳大利亚，也受疫情影响，各种活动按下了暂停键。文佳就此有了大把时间，可以用来把计划中的写作事项提上日程。

那时候，我惊讶于文佳有那么大的创作爆发力，写作状态极佳，进度颇令人意外。文佳说，其实她有太多想要表达出来的东西了，这篇尚未完结，就想到下一篇和下下篇可以写什么了。一粒火星引燃了另一粒火星，创作灵感呈现燎原之势。我知道，其实这还与她的性格有关——她是那么充满热情的人哪，一旦被点燃，就一定会焕发出明亮的光芒。

这本书稿交到我手里，几乎完全弥补了我们未能前往南澳维克托港旅行的遗憾。通过文佳生动的文字，那充满异国风情和日常生活气息的场景扑面而来。对于我来说，这就是一次纸上的行旅，也是心灵的漫步。在字里行间，文佳不仅呈现出她所看到的、听到的、经历过的，更重要的是，还记下了她对当下生活的深入思考，以及对于人生的沉静思辨。

诚如文佳所说，在这本书里，她想呈现一种缓慢的生活美学——所谓的慢生活，不是无聊懈怠，而是把心安住在每一个当下，气定神闲地去做每一件事。她说："吃饭的时候吃饭，扫地的时候扫地。还本自具足的人生一个清明，自得自洽地活在当下。"

我想，这或许是我们在翻开这本书时，所能获得的最好的启发。

　　不管我们是在乡野耕种劳作，还是在城市里努力打拼；不管我们是在路上行旅，还是在陋室喝茶休憩，我们都可以试着静下心来，去追求一种更加缓慢的，更加简单朴素的生活之美。

　　是为序。

周华诚（作家、出版人）

2021年7月21日

慢生活，就是活在当下（自序）

2013年8月的一个温馨夜晚，我在阿德莱德家中厨房的小餐桌上写下人生下半场的三个艺术愿望：学会一种乐器，学会画画，出一本书。女儿在一边给我加油打气：希望学的不是口琴，画得好将来给我办画展，一定要出一本图文并茂的书噢！

时间过去了7年。现在的成果是这样的：5年前学了3个月的钢琴因故中断，3年前混迹乌克丽丽俱乐部一年半不了了之，最近又重返俱乐部；画画学了5年，三月画画两月晒笔陆陆续续地画，3年前已经开始在画廊出售并多次参加画展；至于那本图文并茂的书则一直在我的脑中盘旋没有着落。我在想，如果在新冠疫情下突然多了大把时光的年份也无法完成的话，就要对自己彻底失望了。

入住维克托港这个海边小镇已经整整4年了。奉行"到什么山唱什么歌"人生哲学的我，很快融入了这个只有16000人的小镇，以至于没过多久就成了大街上屡屡被人叫名的"小镇名人"。从最初的各种尝试到后来分身无术再到现在的专注安宁，其间通过各种有趣的经历，让我更为深刻地看到了澳大利亚社会的方方面面。我甚至觉得，澳大利亚精神的精髓在于小镇生活，那些精彩纷呈的人和事，让我无法将其深藏于心，进而有一种强烈的分享冲动：我想把这不一样的烟火以图文并茂的形式呈现给你。

我所在的维克托港居于离城90公里的菲尔半岛，是整个区域的中心镇。这里曾经是人们前来度蜜月的宝地，也是人们休闲放松的热门度假胜地，更是退休人士的养老去处。我在这个南澳平均年龄最老（58岁）的小镇里摇身一变成了young girl，脱离了城市的拥挤嘈杂，面朝大海，背靠山丘，仿佛一下实现了田园牧歌生活的终极理想。

小镇的生活从前慢，现在还是慢。走在路上遇到熟人，可以闲聊上半个小时；送个客人，明明说了再见，还可以十八相送难舍难分；说话慢的人很多，目光对视，一字一句说得慢条斯理；遇到车要拐角的路口，后面的车会慢慢停下来，友好地示意你转弯先走；连海鸥们都性情和缓，在人群中慢慢踱着方步，不紧不慢……

Goolwa小镇离维克托港20公里，是墨累河的入海口所在地，河海相望，地理位置独特。2007年古瓦成为澳大利亚第一个Cittaslow小镇。Cittaslow意为慢镇，1999年起源于意大利。从最早的慢食到慢生活的倡导，成为现代生活中一股清新之风，席卷全球。

古瓦的Cittaslow坐落在镇中心的一处古老建筑里，一直无缘一探究竟。终于有一天进得其中，里面各种手工艺品及当地特产琳琅满目，我买了一件T恤，上面写着他们的口号：Good things take time.

有一天，灵感来袭，庄子的一句"美成在久"不正是其绝佳的神翻译吗？

所谓的慢生活不是无聊懒怠，而是把心安住在每一个当下，气定神闲地去做每一件事。吃饭的时候吃饭，扫地的时候扫地。还本自具足的人生一个清明，自得自洽地活在当下。

现代生活如此匆忙，很多人忙得找不到内心的归属。有一次听一个美国心理学家讲中医及灵性成长。说到中国繁体字的"愛"是有一个心字的，后来简化字就变成了没有心的爱。我深受触动，现代人天天把爱挂在嘴边，可是却丢了心。

是时候回归了。找一条归心的路。慢慢来啊，你那么急，到底是要去向哪里？

国内这几年有从大城市回流小城市的风尚。更有一批有情怀的人索性舍弃忙碌的城市生活，回到天高地阔的乡村居住，和日月星辰对话，与山川田野嬉戏，过着简单朴素、悠然自在的乡村慢生活。100多年前在瓦尔登湖畔独居的梭罗启发了多少当代人，停下匆忙的脚步，到大自然中去，过简朴的生活。慢生活，慢城，慢小镇，"慢"成了一群有觉知的人的生活方式，成了安抚这个浮躁时代的小夜曲。

前几年回国时由好友引荐，结识了周华诚。他是作家，出版人，更是一个乡村生活的践行者。他的稻米艺文从城市集结了一大批文艺青壮年来到"父亲的水稻田"插秧割稻，从而引发了一系列的生活美学创想。我由衷地被他的理念深深打动，这也正是我在20年前曾经心潮澎湃跃跃欲试的大头梦。我们的区别在于，他脚踏实地地去做了，而我还在做着白日梦。

我把想写一本关于我的澳大利亚小镇生活的书的想法告诉他。他说，你只要坚持去写，每周哪怕写1500字，你就会无限接近你的理想。小镇生活虽说节奏缓慢悠闲，但绝不是无所事事。我被各种活动填满，以至于两年下来写作毫无进展。去年3月中下旬开始，新冠疫情波及澳大利亚，各种活动按下了暂停键，我终于无路可退，发了大愿要克服拖延症，静下心来好好整理思绪，把几年来有意思的有意义的各种人和事做一梳理。我在笔记本上写着：

我是一个贪玩的孩子
徜徉在海边的沙滩上

捡了很多我喜爱的贝壳

还有沙球，石头，海藻

现在是时候了

把随性和零散

用素色麻绳

串成一串串项链

或只是一串质朴的墙饰

也好

　　写作的过程既痛苦，又快活。痛苦是未落笔之前的层层构思和写作时的绞尽脑汁；快活是写完一篇文章后的释然以及重读修改时的欣赏和再思考。不得不佩服以写作为生的作家们，那是要承受多少寂寞孤独和烦恼癫狂才能成就一本书的厚度啊。

　　前一段时间，澳大利亚邻居推荐我看一本20世纪30年代美国作家赛珍珠写的《大地》，这可以说是一本西方人写中国题材小说的开山之作，赛珍珠因此荣获了诺贝尔文学奖。由此西方世界开始打开东方世界的神秘大门。

　　我没有这么高远的志向。我只是如实地记录，用心地分享。小镇生活看似散漫，却如同散文，形散神不散。这个神，就是安心自在的慢节奏。我深信宇宙的吸引力法则，如果你从这本书中得到某种启示或共鸣，我一定会在天涯海角的那一头有所感应。

　　所有的创作都在于有话要说，绘画艺术用色彩和图形，音乐艺术用歌声和旋律，文学艺术用文字和故事。我也是一个需要表达的人，所以才会写下三个人生下半场的愿望。分享别样感动，这个一直追随我多年的口号有着三重意义：分享，独乐乐不如众乐乐；别样，不走寻常路；感动，不仅有意思还要有意义。曾经把自己定义为Beauty Seeker（美的追寻者），后来再次自我定义为Happy Wanderer（快乐的漫游者）。Life is a journey，人生就是一段旅程。我仿佛并不在寻找什么，我只想慢下来，丰富地活在每一个当下，乐享生活，随性随喜，自由自在。

目录

CATALOGUE

第三辑　自由散漫，人人都是艺术家

第四辑　漫无目的，生命在于运动

第五辑　天真烂漫，返璞归真

第六辑　慢条斯理，慢工出细活

第一辑　漫山遍野，天地有大美

让我们看云去

20世纪80年代有一首台湾校园歌曲，叫作《让我们看云去》。和那个年代很多校园歌曲一样，这些歌都有着和自然的种种连接，比如踏浪，比如蜗牛和黄鹂鸟。

我喜欢看云。小时候的家是个古老的房子，江南的老房子都有一个四方的天井。炎炎夏日的午后，我会在堂前的地上铺一张竹篾编的凉席，躺在上面睡午觉避暑。躺着的姿势正好可以仰头看到四方的天空，各种形状的云不停地飘过，如同一块电影银幕上演着自然大片，一个个角色不期登场，或绵羊或骏马，飘来散去。有时候我会用手把视线遮住，天空就此不见，感受一手遮天的乐趣。小小的我玩这个看天游戏玩得如痴如醉，夏日里的午觉由此变得乐趣无穷。

还有一次关于云的深刻经历。小学暑假去白云山上的一户人家做客。早晨起床打开大门，一团云就这么轻轻地飘了进来，我伸手去捕捉，可是却抓了个空，那团云如一个调皮的孩子和我捉着迷藏，消失得无影无踪。此景在我脑中如同篆刻，以至于我对山中云雾总有着无限美好的遐思。

云一直都没有离开过，可是生命中很长一段时间却匆忙得没有看云的时间。中学大学工作结婚生子创业……我已经把云抛到了九霄云外。

云再一次回到我的视线，应该是2005年移居北京后的事。也许是迁徙的缘故，离开了熟悉的江南，北方的一切都显得那么陌生又新鲜。也许是北京比上海的城市构建开阔了很多，在上海被狭窄的街道高耸的建筑挤对得难得一见的天空在北京却彰显了出来，天空不知为何显得很低很接地气，低得伸手可触，瓦蓝瓦蓝的天上常常不多不少飘着几朵悠悠的白云。衬着那些古老建筑的飞檐翘角，勾勒出绝美的古都天际线。

来到阿德后就更加迷上了天空。记得开车在并不宽敞的街道上，好友Siri说，Look! Such a big sky! Big Sky这个表达我第一次听说，那么直接形象，是啊，天大地大的南澳大利亚洲，正是云的故乡。

有几个看云的情境一直印在脑海里：

在Redwod park的老房子后院，坐在小桌旁，四周绿树成荫，鸟语花香。傍晚时分，带上我的植物日记，写写停停，听蛙鸣鸟语，看云聚云散。

在女儿家小住的那段日子，常常到湖边去跑步，傍晚时分的云霞映照在湖水中，和各式住宅、街灯、棕榈树一起勾勒出一幅幅美轮美奂的夕照图。

驱车从McLaren Vale回来的路上，被葡萄园和天空云朵的奇幻组合惊艳到，不得不多次停车路边，对着天空拍个不停。自嘲：开车不专心，看天很上瘾。

从游客中心做志愿者下班走路回家，被日落时分的美轮美奂的天空吸引，一路仰头看天。20分钟的路程走了足足40分钟。

还有那些驱车旅行途中不断从车窗边飘过的云。大洋路上的，Robe小镇的，维州乡野路上的，英国的，爱尔兰的。我不能想象，没有云的旅行，会失去多少乐趣。

然而确实有一处地方，难得一见云的身影。在北领地旅行的一周当中，我惊讶地发现，几乎全程没有看到过云！想来北领地实在太过干旱，别说水蒸气，连水都稀缺，云也就没有了赖以生存的天时地利。很神奇的是，车一旦开过边境进入南澳境地，蓝蓝的天上就飘起了白云朵朵。

南澳确实可称为"云的故乡"。好友Ivy自从搬去布里斯班后，就再没有看到绚丽如南澳的天空了。想起云南，那个被称之为云的故乡的地方。也想起缙云，那个我站在仙都景区高高的山岗上飘飘欲仙的感觉。

郝先生对云却没有感觉，可以说是视而不见。驾车外出，我坐在副驾驶座上常常大惊小怪，Look！他的第一反应总是：What's wrong？我说看，远处那片云多美啊！他说，我以为你说路边有什么障碍物呢！我由此得出结论：我是Beauty seeker，他是Truth seeker。开车远行，这也许正是最好的搭档，一个负责美景，一个负责安全。各司其职，各得其所。

最爱在飞机上看云。每每挑了靠窗的位置，只为了那一段空中旅程能够从学着哲人抬头看天，变为模仿仙人俯瞰大地。这个俯瞰的角度将日常的世界调了个个儿，原先高大的人类文明的痕迹变得如此渺小，原先遥远的天边此刻就在眼前。大地的山川河流、城市乡村，浓缩成一幅幅点线状的电路板模型图，密密麻麻神秘莫测。那半空中的云朵，如同棉花团簇拥着，悬浮在明镜般的闪着银光的仙境中。远处团状的巨型云块，时而如雪山般巍峨耸立，时而如一个半人半仙的巨人惊现眼前。我看得痴迷，不知这是天上还是人间。传说中的天堂还能比这更美吗？

想到这儿，我回头看看满机舱埋头看电影打游戏或是打盹的人们，你们真的对如此美景无动于衷吗？

后来发现朋友圈里的抬头看天追云一族还真不少。记得那年在日本旅行时，拍了一组在直岛的小渔村由街景和云构成的天际线图，何老师点评：看天是第一学问。我恍然，是啊！记得周国平说哲学时说到，当先人们开始仰望星空时，哲学开始产生。看天，乃是智者的学问。

我不知从何得知世界上有看天协会，于是在那个微信里提了一句。结果有人跟着点评，如果你找到组织，一定要告诉我啊！

说是这么说，加入看天组织毕竟不是什么紧急的事，随后我就放置一边了。当然，抬头看天这事并不曾放下，抬头看天，已经成了生命中的要事。

2020年伊始，疫情肆虐，全世界的人们困守家中，举步维艰。我偏安南半球一隅，庆幸还能在广阔的大自然中寻找慰藉。连续一个半月，我成功地将赖床的坏习惯改掉，每天早起看日出。与其说是看日出，不如说是看日出时分的彩云和朝霞。每一个清晨，都有一个未知的天空在等我，由不得我拖延，太阳有它的运转时间规律，不会因为你的偷懒而等待。

仰望清晨的天空，从来不曾让我失望，哪怕是阴云密布的阴雨天，一样有它的独特之美。海边的天空宽阔无边，连接着天地和大海。我贪婪地做着深呼吸，向着日出的方向眺望，然后回望四周，海天一色，晨光四射，映红了天边，云姑娘披上了一件霞光做的云裳，随着风儿跳起了轻盈的舞蹈，转瞬即逝。

此情此景，忍不住要唱起歌来。让我们看云去！如果云知道，想你的夜慢慢熬……蓝蓝的天上白云飘，白云下面马儿跑……跑马溜溜的山上，一朵溜溜的云哟。故乡的云……哈，从流行歌曲到民歌，看来用云作为主题的歌实在是数不胜数啊！

一个清晨，奔跑在蓝天白云下，自由的气息不由得令人脑洞大开。是否可以搞一个以云为主题的小型晚会呢？我边跑边想。每个人都来分享自己和云相关的故事，还有展示自己拍的云的照片，唱和云有关的歌曲，或者分享自己和云有关的画作等等，总之，一切都是和云有关的主题晚会。现如今流行高科技的"云科技"，人们忙着开各种网上"云会议"，为什么不可以来一个名正言顺的"云晚会"呢？

前两天在Port Elliot我最喜爱的South Sea书店看到一本书：*A Cloud, A Day*。毫不犹豫地买了回来，惊喜地发现，这本书正是赏云协会Clound Appreciation Society的发起人Gavin Pretor-Pinney写的。这里面包含了赏云协会会员拍摄或绘画的365个天空。我拿回家翻看，爱不释手之余，开始上网搜索这个协会的有关种种。这个协会于2004年在英国成立，目前会员已经发展到5万多人，遍布世界120多个国家。发起人Gavin和我是同龄人，他说，天空是世界上最能唤起人的心灵感受、最变幻莫测的自然现象。云是想象力的仿照。所以，这个民间组织的大多数成员不是科学家或者科学怪人，而是艺术家。他的网站上除了有和云相关的知识和会员们上传的照片，还有绘画艺术作品、音乐和诗歌。

云，承载了所有人类对艺术的想象。

我当即决定加入赏云协会，会员注册费9.93澳元，年费46.6澳元。不多久，我就收到一个包含一枚赏云协会徽章和看云轮盘的包裹。我也将可以作为会员上传我的照片。终于，我给我对天空的遐想和对着天空没完没了拍的照片找到一个更为理想的分享去处。我亦将和全世界的追云人一起收集云彩，感悟"神马都是浮云"的万千气象，人生百态。

苍穹之下，人类虽然同顶一片天，可是每个个人却各有一爿天。有人整天沉迷手机，是不折不扣颈椎病缠身的低头族。我选择做抬头族，喜爱云，因为它看似无序的排列组合无时无刻不在变化，无目的地漫游天际，实则云是天空的舞者，随着风之音乐翩翩起舞，时而沉着娴静，时而动感夸张。每一次仰望，都是唯一的瞬间。慢下来，什么都不做，低头看庭前花开花落，抬头看天空云卷云舒。这不就是时下最流行的正念mindfulness练习吗？

漫漫长路，始于足下

来到小镇的第一年，OXFAM的玛丽德斯邀我参加她们的周一徒步活动。我初来乍到，正好可以熟悉周边环境，欣欣然前往。这个称作Out & About的徒步组织由一群七八十岁的退休人士组成，来去自由，形式松散。每次活动都有二十来人参加，组织者Dorothy年近八十却精神抖擞，每半年就做一个缜密的徒步计划，起点终点、停车、喝咖啡的休息地点等等信息一应俱全。每次的路程并不长，在5到10公里之间，徒步者身着统一的红色T恤，一群人走在徒步线路上一片红色很是耀眼。

这种小打小闹的短程徒步路线开始很吸引我，走了一年后，周遭环境基本熟悉，我对这种不断重复式的类似散步形式的走路开始倦怠。这时，阳开始召唤我一起去徒步，真正的野外徒步。

好友阳2015年就开始参加南澳最长的全程1200公里的Heysen Trail徒步。阳是成长教练，坚强的意志力令我常常只能望其项背。这个活动在每年5—10月举行，每一年都有一支七十来人的称作End-to-End（从头到尾）的队伍，从Heysen Trail的起点Cape Jarvis出发，当时已经有14组。徒步大都在周末活动，每天走20公里左右，纵向穿越大半个南澳，一路向北，直至Flinders range到达终点。

线路长达1200公里的Heysen Trail以南澳著名的早期画家Hans Heysen的姓氏命名，我想是因为沿途风景如画，贯穿了南澳各种地貌，集天地大美之故吧。

这个被称作Friends of Heysen Trail的组织由上千个会员组成。作为会员，你可以在网上查到每一个组的徒步计划，然后根据自己的日程安排参加不同路段的徒步活动。阳最早参加的是第七组，因为中途回国耽误，行程滞后很多，2018年她开始紧锣密鼓地补中间落下的路段，由此加入了好几个其他组的活动。

正常和同一个组从头到尾走完全程需要6年，当然每个最初成立时70多人的徒步组几年下来后往往都会减少到50人左右。2018年5月，阳呼唤在小镇过着闲散生活的我去和她两天周末徒步，我欣然答应。心想，也许阳教练觉得我舒适时间太久，该锻炼一下意志力了。

这是我第一次作为访客身份参加这个徒步活动。End-to-End 9，第九组。组织看似松散，实则不然。领队1人，副领队2人，领头人1人，断后1人，其中来来回回的沟通邮件无数，幕后的组织工作量很大。

落实到单天的徒步是这样的。大家各自从四面八方开车会集到一个小镇，早晨在约定地点会合。大巴把一组人载到这一天徒步路线的起点，然后大家开始一天的徒步，中途会有1~2次休息午餐，下午到达终点会集后由大巴把一组人带回早晨大巴的出发点。

我很快就感到了组织的温暖。阳把我这个新人一一介绍给组里的队友们，每个人脸上都写着故事，每个人都那么随和可亲。大家握手寒暄，一下子就热络起来。这是一群眼里有光的人！我心里想着。能够坚持6年风雨无阻走完1200公里，内心必须有一道光始终照亮前行的路。

队长皮特和郝先生一样，效力于州卫生部。这是他第二次重走Heysen Trail。他60多岁的样子，身材魁梧高大，鹤发童颜。我一会儿觉得他像肯德基老爷爷，一会儿觉得他像圣诞老人。他总是一副不紧不慢的样子，风趣宽松的领导风范似是得了中国人难得糊涂的真传。第九组到第四年还有50多个人在跟着他走，足以说明皮特的领导魅力。

　　第一次入伍，我很好奇也很兴奋。不知是幸运还是不幸，第一次的路途很平缓，沿途风景缺少变化，久经风霜的队友们都说这是最Boring（无趣）的一段。一望无际的平坦旷野虽说少了些挑战和变化，但对我来说是个温和的起始。蓝天白云，连绵的山丘，静默的马儿，高耸的桉树……我享受聆听大自然寂静之声时身心的宁静，也享受着和队友们攀谈时受到的种种人生启示。

　　这是一次为期两天的周末徒步，我们的住宿安排在北部古镇Melrose上。第一天二十来公里对耐力尚可的我来说不算什么。下午早早回来，我和阳有了难得的多余时间在小镇上寻花问叶，探访古迹。第二天一早我们早起看乡间日出，清晨的小镇在金色阳光的映照下缓缓苏醒的样子耐看极了，满树的鹦鹉栖息枝头，远远看去宛如一树盛开的玉兰花。

　　第二天17.5公里，又是极为轻松的一天。我不知这是不是阳教练刻意给我安排的Easy start。前几年阳几次邀请好友同去体验徒步，结果一天30多公里的路程把朋友们累了个半死，从此和徒步绝缘。

　　万事开头难。我有了这个简单容易的开始，感谢阳的精心安排。多年的友情，她深知我不喜自我挑战，对太难的事情常有畏难情绪。智慧的她，把我这颗徒步的种子呵护得很好。

　　有过两天Heysen Trail的徒步经验，看到网站上第十三组有在家附近的一段单天徒步，正好原先Out & About的强驴Tony也要去，我就蹭了他的车，结伴去徒步。

　　这一段虽说只有15公里的路程，但上上下下，坡度极陡，全程几乎无坦途。想起多年前在北京和驴友们爬野长城，真正是手脚并用，这次徒步的险峻程度堪比八大处。

　　鉴于西方人对13这个数字的芥蒂，这个徒步组的领队在手杖上贴了一个手绘的黑猫形象，用于护佑整个小组全程平安。无限风光在险峰。

我们一行人浩浩荡荡穿山越岭，一路流水潺潺，野花盛开，让视觉系的我饱足了眼福。途中结识了一对正在热切学习中文的夫妇，和他们好一阵畅聊。之后互留了电话，一个月后我们带上我的黄氏咸菜肉粽，去参加他们家的一个以中餐为主的朋友聚会，只觉得有点像类似英语角的"中文角"。

郝先生看我兴高采烈地回来述说关于徒步的种种趣事，也来了热情，催我一起以家庭为单位注册成为Friends of Heysen Trail的正式会员。该组织鼓励大家以家庭为单位参加，徒步组里有夫妻档、姐妹档、兄弟档、母女档、朋友档。6年相伴走完1200公里，可以培养多少人间温情啊！

2018年7月，我和郝先生加入了阳的夫妻朋友六人档徒步小组。5个中国人加1个澳大利亚人，这可能是阳4年徒步以来最大的一个亲友团，估计也是Heysen Trail上第一次出现那么多中国人的身影。这一次，一天26公里的崎岖山路给了我一个下马威。这段位于Mount Remarkable的山路不仅陡峭，而且布满滚动的小山石，随时都有滑倒的危险。我捡了树枝做临时手杖护驾，战战兢兢走完全程。一天下来，每个人无一例外都在喊腿疼腰疼屁股疼，我再也不敢小觑这个史诗级的1200公里的Heysen Trail了。

好在有夜晚的聚餐打牌来慰藉疲惫的身心。年轻的小威叹息着说：我这是为什么来这里自虐啊？明明可以在家舒舒服服地躺着的。哈哈，引得大家哄堂大笑。这般自虐为了啥呢？

如此高强度的徒步让远在中国的朋友圈好友们甚为担心。有提醒注意保护膝盖的，有责备我运动过度的。我原本就不喜欢吃苦，有了这次挑战经历后就把如此苦差放置一边，想亲近大自然时，偶尔回到周一走路小组的舒适区散步散心，悠哉乐哉。

阳不依不饶，继续召唤我们参加2019年七八月为期共两周的最后冲刺的一段。这段位于南澳著名的山区Flinders Range，应该是整个徒步的Highlight（亮点）。因路途遥远，交通不便，此段改为每次一周的徒步活动。加之北部山区的住宿资源有限，所有参与者须提前报名预订住宿。这种提前一整年计划来年事的习惯对澳大利亚人来说稀松平常，但对我来说则诚惶诚恐，生怕届时情况有变。

阳是个说到做到的人。她早早地预订了两室一厅的小木屋，声称"不管你们来还是不来，反正我都要去走这最后一段"。郝先生向来喜欢自我挑战，一句Why not？就做了承诺，我无路可逃，只好准备乖乖上路，迎接人生的高光时刻。

2019年5月，尼克斯夫妇发出邀约：两天共走80公里，为Jodi Lee Fundation各自筹款500澳元。有过多次筹款经验的我，欣然答应。Jodi Lee是一个直肠癌基金会，每年都会在澳大利亚各地风景旖旎的徒步线路组织80公里左右的徒步活动。每个参与者一来要在两天内走完80公里，二来要对此基金会予以宣传并给予捐助。

郝先生和尼克斯夫妇开始为此次徒步做准备活动。他们隔三岔五去附近徒步训练，以便顺利完成两天80公里的任务。我此时已经开始介入小镇里的各种活动，忙得不可开交，从没有参加过一次这样的徒步训练。郝先生回来对我说，尼克斯夫妇对我能否走完这80公里表示担心。哈！我说不用担心，你不知道我曾经是长跑健将吗？

5月18日，清晨6点，300多号人披星戴月出发，走在菲尔半岛风光旖旎的羊肠小道上，画出一道长长的彩色风景线。第一天，我结识了一位年纪相仿的女子，惊讶地发现她住在我原来城里的同一个区，两人的兴趣价值观如此趋同，以至于投缘地聊了一路。

走路对我来说不仅仅是锻炼。醉翁之意不在酒，在乎山水之间也。看沿途美景，和有趣的人聊天才是我的兴趣所在。古话说，吃得苦中苦，方为人上人。我生性无意成为人上人，对纯粹的苦避而远之，总愿意找出一些乐趣，苦中作乐一番。80公里不知不觉在我东张西望看风景拍照，思绪万千想人生，以及和人自来熟东拉西扯中走完，不能说毫不费力，但两天下来还觉精气神尚未耗尽，已然令尼克斯夫妇刮目相看了。

这次80公里的远足相当于是对即将到来的两周山区徒步的热身。我在3年前去过Flinders Range，连绵不断的山峦如一道天然屏障，将南澳和炎热的北领地隔开，阻挡着风沙和热风。因气候干旱，风化的山体在千万年大自然鬼斧神工的作用下显出苍凉的风貌来，日落时分在夕阳的辉映下闪着神奇的神圣之光。每年的冬季是该地区访客最多的季节，温暖湿润的冬天滋润了山间大地，郁郁葱葱的高大桉树焕发出勃勃的生机，与金黄色的山脉交相辉映，勾画出一幅幅壮美的天然油画来。

7月，我们一行三人如期来到Flinders Range开启一周的山区徒步。我在微信中记录：

小小的我们，大大的大自然。

蓝天白云，峡谷山川，树木花草……

大自然不言不语，已驻扎在此亿万年。

我们轻声细语，我们只是匆匆走过……

来到澳大利亚8年有余，我把自己从一个都市女性转型成在荒原徒步的女汉子，沉浸在一望无际的苍凉之美中。

8月，我们继续和Flinders Range有约，陪伴阳走Heysen Trail的最后一程，为期一周。和第九组走了好几周，这时的我们已经和大家稔熟，俨然是老友了。我善于记人名和人脸，全体50多人的名字被我一一叫出，被大家传为美谈。徒步也能看出每个人的性格，观察下来，我把大家分为三类人：一种是勇往直前，快速到达终点的人。这类人基本是第一梯队，最早到达终点。第二种是善谈之人，沿途享受和人攀谈的乐趣。这类人基本是中间团队，为大多数，夹在队伍中间。第三种是热衷于自然美景的人，抬头望天，低头探花，远处看山，近处看水。他们拿着相机手机气定神闲地拍照欣赏，常常是落在大部队最后的一小撮人。

我就是拖在队伍尾巴的那个探花人。澳大利亚人有一种表达，Smell the rose。闻一闻玫瑰香。说的就是，慢下来，感受一下美。

35位队友经过6年的千难万险，终于走到了Flinder Range的终点Parachilna。领到证书的队友在发言时有些平静，有些感慨，有些泣不成声。有一位70多岁的男子说到，6年前得知自己得了癌症，是这1200公里的徒步改变了他的人生。

我听了感慨万千。不知不觉在阳的带领下已经走了近500公里，占到了全程的三分之一强。心头冒出一个想法，是否可在60岁之前完成1200公里的全程，成为史上用时最长的走完Heysen Trail的行者？

这个想法一直在心中回荡。念念不忘，必有回响。

慢慢划,就能划完整条墨累河

墨累河2508公里,堪称澳洲大陆的母亲河。第一次听说郝先生的校友麦克要划完全程,我着实吓了一跳。

不过是用10年时间。郝先生见我吃惊,解释道。我一算,每年250公里,可行。

麦克船长其实是个全科医生。我没有考证过他的这个愿望从何诞生,但我毫不怀疑他的决心和能力。麦克和妻子经常去北部土著人社区进行志愿者医疗服务,对野外生存户外活动颇具经验。慢慢划,就能划完整条墨累河。麦克坚定地说。

2016年第一次开划。麦克把每年划船的时间定在了8月底9月初,为期两周,正是冬去春来的划船好时节。

2017年初,麦克船长又开始招兵买马。郝先生开始鼓动我参加这项活动,生性怕水的我乍一听就拒绝了。你不一定要和我们划船,你可以给我们买东西做饭,开车接送做后勤工作啊。郝先生苦心劝说。我一听做伙夫做后勤,心想,这个我在行。你还可以在周边小镇逛逛呢。郝先生不依不饶,继续劝说。这个我更喜欢,他可真了解我。好吧!终于我被动员成功,成了划船队伍的重要一分子。

8月底的活动,很多准备工作半年多前就开始筹划了。麦克发的邮件也抄送给了我,密密麻麻长到我没有耐心看完。我想好了,我只是做个随行勤杂人员,到时候一切行动听指挥就是了。

郝先生开始有意识地培养我对户外活动的兴趣,先后从图书馆借来两部DVD电影，一部叫*Wild*，一部叫*Into the wild*。说的都是户外长途跋涉几近自虐的真实故事，甚至还有点悲情。看完我感觉对即将到来的划船活动更加心生恐惧，不知即将面临怎样的挑战。

8月底的划船活动如期而至。麦克船长有几个铁杆的同伴，每年两周都会陪同全程。其他一些都是各方来的朋友，来来去去，相错交会，时间可以是一天，也可以是一周。

我和郝先生准备去划船一周。麦克及其他几位开划后的第七天，我们俩以及老友皮特和他的另外两位朋友，一行五人开车一路向东，驶向南澳和维州交界处，准备和先遣队会合。第一次，我看到了州边境的指示牌写着，所有水果不得带过境，否则罚款高达上千澳元。为了不浪费，大家狼吞虎咽吃下好几个水果，余下的只好扔进垃圾桶。

第一晚未能如期和麦克船长的第一小分队会合。我们五人决定在墨累河岸边就地露营。河岸边的晚霞藏在远处的树丛中，倒映在波光粼粼的水面上，粉中透着紫，一时间周围宁静得如世外桃源。我们在周围捡了一堆树枝点起了篝火，因陋就简就着篝火吃了晚餐，大家各自搭帐篷睡觉。我从未在野地帐篷里露营过，克服不了心中对林中未知生物袭击的恐惧和对夜晚遭受风寒的担心，执意第一晚就在车里过夜。郝先生拧不过我，只好同意了。

夜幕降临，我躺在车窗紧闭的车里，透过车窗看繁星点点，终于安心沉沉睡去。

第二天睁眼醒来，大家伙早已收拾帐篷烧火做饭，准备一天的行程。那天清晨终于和第一小分队会合，他们从远处的小船上向我们招手的那一刻，我的心跳加速，终于找到组织了！脑海里闪现出历史书中写的红二方面军和红四方面军会合的激动场面。

很快麦克船长就开始宣布一天的行程规划，哪里中途午餐休息，哪里是会合终点，如何规划用车接送拖船，何处露营扎寨……麦克船长拿着地图，俨然一副早年开拓者库克船长的形象。

　　这一天我得以在附近的小镇Red Cliffs闲逛，不仅探访了当地的著名景点，还在图书馆看了书充足了电，然后再去附近超市采购食物。看起来我的工作很清闲，实际上却有着至关重要的作用。我将车开往他们当天划船的终点和大部队会合，他们用我的车载上部分人员回到当天划船的出发点，也是他们的车所在地，这样他们可以将车分别开往终点，如此一来，人、船、车就处于一地了。我的出现，让他们的交通后勤减少了很多压力，使得整个行程更为高效。

　　那一晚，河边的晚霞依旧美丽，大家驾轻就熟很快生起了火堆。同去的柯林有一套设计简洁实用的铁艺支架，一时间烤盘、水壶、蒸饭锅齐上阵，我再就着火堆做了一大锅中式菠菜豆腐汤和大家分享。划了一天桨，大家吃嘛嘛香，纷纷问我要起那个简单豆腐汤的食谱来。吃饱喝足，大家伙围坐在火堆旁，聊天，讲故事，唱歌……一天就在这宁静祥和中结束。

　　那天傍晚，郝先生悄悄搭起了帐篷。夜深人静大家各自散去，郝先生说：来看看我搭的帐篷如何？我一看，比车里狭小的空间宽敞多了，四处也都有拉链可以关得严严实实，好一个安全温馨的小天地！我终于被说服，钻进帐篷，破天荒生平第一次在野外帐篷里度过了一个舒适安心的夜晚，一觉睡到大天亮，被叽叽喳喳的鸟儿奏鸣曲吵醒。

　　话说我在沿岸的大小镇上逛得悠闲自在，并不羡慕他们在河中的划船乐趣。有一次去了一个有着5万人口的大镇Mildura，画廊博物馆、商店咖啡馆，车水马龙灯红酒绿，让久居乡野的我一时觉得黄姥姥进了大观园。

　　在野外风餐露宿3天后，终于进入文明社会，入驻房车基地。基地里的简易公用厨房让我如鱼得水，决定主动请缨做一桌中餐。一个人在半开放的厨房里忙乎了两三个小时，没有葱姜蒜，没有料酒，用有限的食材因地制宜做了一桌菜：

冷盘：凉拌木耳，海蜇黄瓜丝

主菜：宫保鸡丁，牛肉末炒豇豆丁，芹菜炒香肠，青菜炒木耳

主食：面条

点心：凤梨酥，大白兔奶糖

都说美食治愈，那一晚大家吃得心满意足，满桌的香味还吸引了基地里露营的从西澳来的单身汉，四海皆兄弟，来的都是客！皮特这时发话了：我从来都没有在野营时有过这种高级待遇，以后划船如果没有Flora就不来啦！

第二天大家为了表达对我前一晚做了丰盛晚餐的感激之情，不仅给我做了培根鸡蛋早餐，还免了我的20澳元露营费。他们个个有着铁一般的纪律，不仅把厨房打扫得干干净净，小船里的各种装备也都收拾得整整齐齐。临出发前，一帮老男孩不忘自娱自乐，在Big Pillow（类似蹦蹦床）上上蹿下跳蹦跶好一番。

沿途路经荒无人烟的沙丘Perry Sandhills。独自驱车前往，放眼望去，四下没有一个人影。只得与风声相伴，和自己的影子随行。我被一望无际的黄色山丘深深吸引，更好奇干旱的沙丘里顽强生长的迷你小西瓜。我采了一个回去，贪食剖开，咬了一口苦涩难当，就全吐了出去。后来才得知，原来这种西瓜有毒！

墨累河蜿蜒曲折，这一段在维州和新南威尔士州之间穿行。Wentworth位于新州境内，建于1853年，曾经是最为繁忙的内陆口岸。闲逛到镇中心的老码头，看到一尊真人大小的铜像，名为John Egge，看脸的轮廓酷似中国人。问谷歌得知原来他是这个镇的创立者，早先在扬子江上划小舢板的他，16岁以随船伙夫的身份来到澳大利亚。凭着上海人的聪明才干，他从最小的烘焙生意起家，一点点置业扩张，到后来拥有镇上的生意物业无数，名扬四方。他和一个叫玛丽的英

国女人结了婚，膝下有8个子女。

有一个桥段很有意思。Egge是在南澳认识了居住在Hindmarsh岛上的英国女子玛丽，没有船的他为了追求心爱的女子，头顶着衣物游泳过河去和岛上的玛丽会面。Egge自强不息的精神放到今天仍很具现实意义，我一定要回去好好讲给年轻的朋友们听。我暗自想着。

几天露营下来，我开始放松心情，享受野外的一切。最后一天竟开始在河畔看书画画，钓鱼观天了。我从之前犹豫来不来到现在追问下一次划船的时间，看来郝先生已经成功地在我心中播下了一颗叫作"Getting wild"（越来越野）的种子。

最后一晚，半夜起突然狂风大作，帐篷被风吹得呼呼作响，我下意识地使劲压住海绵垫，生怕连人带帐篷一并被刮到河里去。好在雨终于没有下来，第二天不敢恋战，一早启程，驱车狂奔500公里，傍晚时分终于回到温馨的家。Home, sweet home!

我的第一次划船野营顺利结束。我和郝先生总结说，一次好的旅行如同作战需要三个条件：天时，地利，人和。天时：此行一周，从冬天到春天，天气转暖，风和日丽。地利：墨累河两岸适合安营扎寨，地形极佳，篝火树枝干柴随手可拾。人和：此行参与活动共14人，个个都是户外运动高手，野外生存能力极强，不仅对自己负责，更有团队合作精神。

郝先生说：你知道吗？作为这次活动的唯一女性和后勤人员，麦克船长给了你很高的评价，称你是Breath of fresh air！我猜中文应该译成：带来一股清新之风。

我后来做了一个PPT的文档，图文并茂，还配上了此行一直在耳边挥之不去的一首歌：Be Happy, Don't worry。邮件分享给大家，一幕幕场景再现，回味无穷。

我的第一次野营如此顺利，以至于毫不犹豫地，我在第二年又一次加入划船活动，来到南澳Riverland河地这一段。这一区域地势平坦，水源丰富，盛产各种水果。我从未去过这块富饶的土地，去之前心里打好了小算盘：你们白天去划船，我去周围逛小镇。

划船的队友们一年后再相见格外亲切，热情地拥抱，握手寒暄。这一次我渐入佳境，对这个流程套路心中有数，不再畏首畏尾。最爱清晨的一幕：划船的老男孩们将皮划艇从岸边拖入水中，缓缓划走，五颜六色的皮划艇渐行渐远，缓缓消失在河的转角。目送完大家，我也不留恋，华丽转身就开始了我的小镇游一天计划。

Riverland的小镇很密集，扎堆分布在墨累河的拐角冲积平原上。不同于维克托港的退休群体，这里的小镇充满了年轻的活力。加油购物之外，我更享受小镇闲逛的乐趣，偶尔也走进时尚的咖啡厅吃午餐，喝咖啡，看当地人来人往，深度体验小镇风情。

不仅如此，我还结识了一位B&B的主人，热情大方的Rose。Rose一听我对附近一无所知，立即自告奋勇当起了我的当地导游，开着她的狂野吉普把周围小镇都走了一遭。有了这个称职的导游，我的小镇探索之旅更添乐趣。Rose边开车边娓娓道来当地轶事与风土人情，听得我一愣一愣的。我无以表达感激，请她一起午餐，率真的Rose带着我去了她最喜欢的价廉物美的当地咖啡厅，点了一份最便宜的汉堡和果汁。她家自产的鸡蛋只卖2澳元一打，我执意要多付一点，拉拉扯扯最后给了她3澳元。多么淳朴善良的女子！后来才得知Rose搬到这个小镇也就5年，原先她竟然和我同住在一个小区Redwood Park！

也有惊险的时刻。有一天傍晚开车和大部队去指定的沿着河岸的宿营地会合。我鬼使神差自作主张提前离开主路进入滩涂荒地，在完全没有路标的旷野里终于迷了路。天色渐暗，手机完全没有信号，雪上加霜的是，车里的汽油也所剩无几。我有点欲哭无泪。

不过，那时的天色实在迷人。我定了定神，向远方的晚霞致敬，拍下一张荒原中霞光映照枯枝的照片。心中默默祈祷，我一定要走出这片荒原。

好在有GPS。兜兜转转，九曲十八弯后，我终于再次回到主道上来，下一个出口将我轻而易举地就引到了大伙的会合地。一贯冷静的郝先生等待已久也开始着急了，开了车出来急急迎接。

Riverland享有南澳Food Bowl的美誉，即盛产食物的地方。沿途橘子林、杏仁树林成片，很是养眼。8月底正是杏仁树花开的时节，那粉中带白的花树林像极了樱花，漫天飞舞的花絮连成片，勾勒出一个粉白色的童话世界。

行驶在这一望无际的粉色花田里，驱车几十公里成了一件享受的事。只是我需要时时克制随时想停车拍照的冲动。

Riverland丰富的地貌物产养育了很多艺术家。Gary Duncan就是其中一位。他的画将河岸风景重新解构成大胆的色块，很有现代感，可识度很高。我决意要去他的画廊看一看，几经辗转才找到位于荒无人烟的河岸边遗世独立的一座私宅。那一个下午，和画廊主人Liz相谈甚欢，买了几幅有限复制品，Liz开了发票给我，说"没有收银机，你回去后再打款给我吧，不急"。

我每天趁着大家拼命划船的时间到处游山玩水，夜晚来临之前在约定时间地点和大家会合，这个模式固定下来，大家各自安好，各得其乐。

不过我也被拉下水过。这一次我们多了一艘保驾护航的大船，友情客串两天。船长约翰邀我上船，教我在墨累河里手执方向盘开船。不善驾驶也不善水性的我胆战心惊开了一段，迫不及待把方向盘交还给船长，还是让专业的人做专业的事吧。

我更喜欢做自己可以掌控的事。比如说做饭做菜。那一天，我和船长夫人安妮合作，在船上狭窄的空间里不仅做了羊肉煎饺做前菜，还做了一大锅椰汁马来黄咖喱鸡肉西蓝花黑木耳胡萝卜，配上米饭，这就是一顿豪华正餐了。

　　划船的最后一天，大家终于得以在一个有着5个房间的大房子里洗澡安睡。洗去几天下来的尘埃和疲惫，大家决定去附近著名的Overland corner hotel晚餐。这个有着100多年历史的古老酒店，吸引了四面八方来的猎奇者。昏暗的酒吧散发着古老的气息，墙角放着一个巫婆面具，邻桌的一对夫妇号称是来捉鬼的，墙上古老相框里的女主人和眼前的服务员长得如此相像……这一切都如此诡异，好在我们一行十几个人，男人们阳气旺，心中倒也不生一丝恐惧。回去以后思前想后就觉后怕，想起一个最近流行的词汇：细思极恐。

　　连续两年的划船，严格说是野营经历，收获颇丰。本以为我在第三年会欣然前往，事到临头我却打了退堂鼓。原因是郝先生难以理解的，我说我对野营这件事有些焦虑。确实如此。去到一个陌生的环境，带上最简单的食物衣物，风餐露宿，若不是迫不得已，我还是选择在有序熟悉的环境里居家生活。原先勇于自我挑战的我，最近对超出了我的舒适区的活动退避三舍，心生焦虑。

　　好在郝先生也不勉强，虽然有点失望，但还是独自和大部队会合去了。一周后满脸疲惫地回来，告诉我说：You are terribly missed!（大家都很想你啊！）

　　去年是麦克船长划船的第五个年头。我还是跳不出对划船野营的焦虑。但是答应在周末和另外两位划船者的妻子前去探班。我想，划船虽然苦中有乐，终究还是个苦旅，需要疗愈，需要被慰藉。

　　我们三个女人带了很多美食去和辛苦划船的男人们会合。大家在风景如画的河边度假胜地烧烤，跑步，瑜伽，划船，度过了轻松愉快的一个周末。

　　一年又一年，今年的计划是去新南威尔士州的一段。周围有很多小镇噢！郝先生又来忽悠我了！

冬季到维克托港来看鲸

　　我所居住的维克托港是整个菲尔半岛的中心镇。小镇的镇徽是一个鲸鱼尾巴图形的logo，鲸鱼尾巴喷泉居于镇中心的显著位置，足可见鲸鱼在这个镇的地位之重要。每年冬季的5—10月是观鲸的最佳时节。

　　整个南澳的观鲸点主要有两处：一个在北部的Great Bight，一处就在维克托港所处的菲尔半岛沿海地区。

　　入住小镇的第一个冬季，7月，朋友一家来访。走在海岸线上，突然发现很多人都急切地对着大海中的一个方向指指点点，仿佛看到了什么。我们也顺着看去，远远地看到一个小小的三角形，似动非动。原来这就是传说中的鲸鱼！

　　"看到了吗？一共有3条鲸鱼噢！这是一家三口，已经在附近海岸线上徘徊好几天了。"身后突然有个当地女子在跟我们说话。果真说时迟那时快，附近又出现了另外两个三角形的黑影，缓缓滑过海平面，撩起一道盈盈波光。

　　回头再看那女子，齐耳短发，小小的个子背着一个硕大的相机。我转过身和她攀谈起来。原来她是鲸鱼中心观鲸小组的志愿者，每天都会沿着海岸线徒步，寻找鲸鱼的踪迹。找到之后还要辨别其类别，观察它们的习性和动作，及时汇报给鲸鱼中心，以便他们第一时间在观鲸网站上更新信息。从四面八方前来观鲸的游客们通常会上该网站查找观鲸的第一资讯，根据这个信息赶往对应的海岸边寻找鲸鱼的踪影。

　　这是我们几个第一次看到鲸鱼，实属不经意的巧合。大家大喜过望，感慨着这是多么幸运的一天！鲸鱼在离岸800米左右，看得并不是很清楚，只露出了一个脊背，并没有做出夸张的左右翻滚或喷水的动作，但能够亲眼见到这世界上最大的哺乳动物已经让我们心满意足了。

一年后，我加入游客中心做志愿者，第一天搭班的同事原来就是那天观鲸遇到的观鲸志愿者奈德丽。攀谈中得知，她同时还做着另外一份志愿者的工作，为马拉车（Horse Tram）工作。马拉车始于1874年，为世界上唯一的全年运营的马拉车，每年吸引了成千上万的游客前来乘坐，可以说是到维克托港必去的第一经典活动。奈德丽一人包揽了3项和旅游业息息相关的志愿者工作，怪不得每次问她问题总是胸有成竹有问必答。

奈德丽的生活颇有规律。无论刮风下雨，每天必定绕着花岗岩岛走一圈。冬天这样的走路就更有意义，因为她走路的时候还带着观鲸的使命。用她的话来说，就是Walking with purpose。她和其他几位观鲸队员分段在海岸线行走，一旦发现有鲸鱼的踪迹就立马汇报鲸鱼中心，观鲸网站上立即做出最新的更新，几点几分、何处、离海岸线的距离、几条鲸鱼、行为表现等等详细信息——记录。人们奔走相告，一时间，鲸鱼出没之处便很快聚集了观鲸的人们，手机相机，长枪短炮，大家耐心等待，捕捉鲸鱼展现出的最美瞬间。

我加入游客中心志愿者队伍那一年正值冬季，游客们进门后问的第一句话往往是：最近有没有鲸鱼出没？那个观鲸网站www.sawhalecenter.com.au在服务台基本上是一直打开的，志愿者们上网更新一下页面，看到最新的鲸鱼活动动态后告知游客。有时候鲸鱼出现的时间如此接近当下的一刻，客人们常常兴奋地拿了观鲸地图就要急急赶往观鲸地点，一刻都不敢耽误，生怕和鲸鱼擦肩而过。实际上鲸鱼在水中游的速度极慢，基本上是公交车的速度。这时候正是应了一句澳大利亚人常说的话：You've got bus to catch! 意思是，你走得那么急，是要赶公交车吗？

当然你若要知道更多关于鲸鱼的信息最好是去鲸鱼中心。这个建于1864年的石头垒建的用于铁路运输货物储藏的仓库，在1994年改建成了上下三层的鲸鱼博物馆。里面有各种关于鲸鱼的介绍，巨型的鲸鱼骨标本，捕鲸历史，鲸鱼在澳大利亚海域的分布，等等。访客还可以戴上3D眼镜在小黑屋里看上一段10分钟的鲸鱼纪录片。超大的屏幕加上3D眼镜，给人身临其境、与鲸鱼同游的感觉。因为做游客中心志愿者，我被派往鲸鱼中心熟悉业务，即所谓的Familiarization，简称Famil。做完功课后果然不一样，我在给客人解释观鲸一事时终于知道自己在说什么了。

在菲尔半岛出入最多的鲸鱼种类为Southern Right Whale（南露脊鲸）。在捕鲸时代，此类鲸鱼因其游速很慢，且行动靠近海岸，正好适合捕杀而得名。澳大利亚禁止捕鲸为20世纪70年代，从此南露脊鲸可以从南极洲前来此处安心求偶繁殖，悠然度过半年之久的美好时光，无须再担虑被截杀的悲惨命运，一直活到80高龄。

看到鲸鱼其实并不容易。匆匆路过的游人带着巨大的期望来看鲸，可能会失望而归。南露脊鲸鱼体形中等，最长可达18米，离岸最近可达100米。运气好的话，你也许能找到海岸线上游动的鲸鱼，但如果超过1公里，就算它们体形巨大，但身体大部分都潜伏在水面以下，估计只能看到一个灰黑色的小点，那就是鲸鱼的脊背。当然你也可能足够幸运，正好看到它们摇头摆尾，喷出两注喷泉，甚至鱼跃出水面，那真是令人欣喜若狂，也许一生只有一次的幸事。

可是你需要足够的耐心，静下心来等待这一刻的发生。鲸鱼性情温和而随性，何时何地做精彩的表演并没有事先安排和节目预告。你只能用心观察，等待奇迹的发生。

郝哥哥有一天就看到了奇迹。某个冬日的周末，郝哥哥和朋友在

Chilton冲浪俱乐部餐厅小聚午餐。这个俱乐部的位置极好，坐落在海岸边的高崖上，可以临窗眺望海面。正聊天吃饭，突然眼前出现一条巨大的鲸鱼，喷水，翻滚，摇头摆尾，似乎是要给人们一个大大的惊喜：嘿！我来看你们啦！

这正是，有心栽花花不发，无心插柳柳成荫。

后来我还看到过两次鲸鱼。一次是在从Waitpinga到Kingshead的海岸徒步中。6月底的天湛蓝深邃，海天一色的海面上突然出现了一个小黑点。鲸鱼，鲸鱼！队伍中有人喊道。我顺着看过去，果然一个黑点忽隐忽现，和我们向着同一个方向缓缓前行。我估摸着，也许有一公里左右的距离。

还有一次，就在小镇中心的滑板公园附近，我们几个小镇姑娘在海边散步。路遇几个游客对着大海的方向眺望，还有人索性架起了望远镜细细观看。看啊！那里有一对母子鲸鱼正在玩耍呢。陌生女子热心地告知。我们顺着她指的方向，定睛看去，哇！果真一大一小的灰色生物正在自在悠游，亲密无间。小鲸鱼时不时扭动一下身躯，仿佛在向妈妈撒娇。这一回，看得真切很多，应该只有500米。我估摸着。一群人久久驻足，不忍离开。

我很高兴有了一次近距离观鲸的经历。上班时告诉奈德丽，她说，是啊！这对母子鲸鱼已经在小镇中心地带的海岸线上徘徊了半个月，实在是太好了，这下人们不用到处寻找鲸鱼，只要在镇中心的海边走一走，就能看到传说中的鲸鱼了。

后来得知奈德丽还担任着另一个重要工作，她是本区域的海洋生物保护组织的负责人。这个组织负责附近海域的海洋生物观察，将任何异常发生的情况记录拍照录像，以供弗林德斯大学的科学家做海洋研究资料。"你可以来参加我们每月一次的Big Duck大鸭号海洋观察游船活动噢！"奈德丽热心邀请我。Big Duck Tour是维克托港的一个经典旅游项目，快艇承载着三十来人绕着海岸边的几个小岛兜一圈，海风轻拂，在Encounter Bay（相遇湾）不期而遇海豚、海豹、海鸟等各种海洋生物，每一次出海都是独一无二的海上经历。这个项目多年来经久不衰，游客们趋之若鹜。

奈德丽组织的快艇观察海洋生物活动每个月都吸引了三十来人。这些成员都是长枪短炮，有备而来。有些成员索性全家总动员，每次都带着孩子一起来。看啊！那是Oscar！有人指向一只高高跃起的海豚。我好奇地问，你怎么知道它的名字的？哦，你看它的鳍上有一个小三角的缺口，我们给它起名Oscar，下次见到时，我们就可以呼唤它的名字了！

原来如此。附近海域的海豚很多都有名字。只要它们的特征足够明显可辨，并且多次出现，该组织就会给它们起一个名字。孩子们往往被授予这个起名字的权利。据说，很多家里宠物的名字都用到了海豚身上，这样海洋和陆地之间的距离一下就拉近了。怪不得，孩子们每个月都想来看看他们的海洋宠物呢。

"看，一只小企鹅！"有个孩子眼尖，呼喊着。快艇很快降速慢下来，哦，原来是一只可怜的死去的小企鹅漂浮在水面上。一个年轻女孩把它打捞上来，放在水桶里。"哦，可怜的小企鹅，不知遭遇了什么。"奈德丽说着。花岗岩岛上在20年前有着上千只小企鹅每天傍晚在此归巢歇息。维克托港也由此成为观赏小企鹅的胜地。但近20年来，小企鹅的数量一直在递减，到如今只剩下二三十只。每晚的看小企鹅的旅游项目还在继续，但能够看到的数量基本在10只以下，少得可怜。经过多年的研究，引起企鹅数量急剧下降的原因到现在还没有定论：可能是全球气候的变化，可能是周边海豹数量的增加，也可能是出没在岛上的狐狸干的坏事。

同行的菲利普和妻子同时在游客中心做志愿者多年。他说，作为

Friends of the island组织成员之一，他们的任务就是维护岛上的自然生态平衡，保护已经濒临绝迹的小企鹅是他们的重中之重。最近在当地报纸*Times*上看到的一则新闻，让所有当地居民感到痛心：摄像头拍到一只狐狸在夜晚潜入花岗岩岛，杀死了3只小企鹅。这无疑使岌岌可危的小企鹅在岛上的命运雪上加霜。

奈德丽在她的iPad上记录着，11:35，打捞上一只死去的小企鹅，身长……同时她还拍了照片。届时一起将此信息作为本次活动的内容发邮件给做海洋研究的大学研究人员。

那一天，海豚们像是被附了吸铁石，一拨又一拨地围着快艇欢快地随行，时不时跳出水面，在空中做出一个个优美的翻转动作，如水中芭蕾，仿佛是在列队向大家问候：好久不见，你们好吗？

此起彼伏的海豚表演让我们目不暇接，大人孩子兴奋地在船上到处走动着，寻找最佳的观察和拍摄角度。我粗粗数了一下，那一次短短的一小时行船，我看到了起码100只海豚。

后来从奈德丽那里得知，原来海豚也是鲸鱼的一种，属于齿鲸类。

秋天来临，冬天就在不远处。我打算今年的冬天跟着奈德丽的脚步，去寻找从南极洲远道而来的鲸鱼的踪迹。幸运的话，成为今年第一个看到鲸鱼的人也说不定呢。

第二辑　人生漫漫，不如慢慢品味

袋鼠肉的味道

初尝袋鼠肉，是来到袋鼠国一个多月后。那时在教堂结识了Siri，她是一个西化了的50多岁的印度女人。为了答谢我常邀请她来家里吃美味的中餐，有一天她郑重邀请我和女儿去她借宿的牧师家中吃饭。和中国人请客吃饭的隆重形成极大反差，她请我们吃饭的唯一菜式就是咖喱袋鼠肉。我们好奇地吃了有生以来的第一顿袋鼠肉餐，除了肉质稍微粗糙一些，感觉和牛羊肉的区别不大，也许是浓重的咖喱味烧出来的味道都差不多吧。

和大多数人第一次在BBQ尝袋鼠肉感觉又老又有味儿的不愉快经历相比，我们第一次吃袋鼠肉的经历堪称完美，印度味和袋鼠肉堪称绝配。或许是澳大利亚的牛羊肉太可口了，以后很久的日子里我都忘了还有袋鼠肉这回事。

是郝先生的出现让我踏上了探索袋鼠肉美食的征程。

郝先生热衷于环保，是个不折不扣的绿党。刚认识他不久，他邀请了各路朋友去他家吃饭看球赛。那次他做的就是袋鼠肉饼夹汉堡。做法就是将袋鼠肉糜和洋葱、鸡蛋、面包粉及其他香料搅拌在一起，捏成饼状在浅盘里油煎。搅碎了的肉糜质感上和其他肉类也没啥区别，加上其他味道的调和，你若不问，就以为自己吃了一个牛肉汉堡也无妨。

后来这个袋鼠肉糜小饼就成了郝先生的专利，每次一聚会他就自告奋勇做这道菜。后来有一次圣诞聚会，他发现自己的袋鼠肉饼受欢迎程度远不如其他大厨做的中国美食，就此渐渐失了兴趣，任由我在聚会时大展厨艺了。

我倒是对袋鼠肉越发感兴趣了。先是常常到超市买了袋装的袋鼠肉糜（每公斤10~11.5澳元）来替代牛肉末做意大利面。放了番茄酱、奶酪、红椒、西蓝花、蘑菇和各种西式作料，渐渐发展出自己独创的一种意大利面，好吃得让人停不下来。记得有一次40个国内来的小学生来我家吃饭，我就用了这款意大利面来款待。事先征求了老师的意见后决定隐瞒袋鼠肉的事实，等到饭后再揭秘。老师担心有些孩子因为种种原因不愿吃袋鼠肉，比如不愿尝试新鲜事物，觉得袋鼠太萌而不忍心吃，等等。结果每个孩子都吃得兴高采烈，以至于回来要第二拨的也大有人在。饭后得知是袋鼠肉后，大家的反应都趋于平静，仿佛各自暗自思忖，原来这就是传说中的袋鼠肉啊。

我就此得到了启发，每次做袋鼠肉菜肴请客吃饭时，只要你不问，我就不说。常常混了袋鼠肉块和牛肉块一起做炖菜，佐以土豆、胡萝卜、西芹之类，常配以东南亚或者印度味道，炖得酥烂入味，每每大家吃得忘情，忘了问肉的种类的来龙去脉，我只好在酒足饭饱之后自动汇报，嘿，这里面可是有一半的袋鼠肉噢。大家每每露出了匪夷所思的神情：原来袋鼠肉还可以这么做！

澳大利亚人对自家国徽上的国宝动物有着深厚的感情，这一点恐怕是大多数人不吃袋鼠肉的缘故，或者说压根就没想起吃袋鼠肉这事来。澳大利亚是个幸运的国家，货架上从来不缺质地上好的牛羊肉，袋鼠肉始终是个不入流难以登堂入室的肉类。超市里虽有袋鼠肉销售，但比起种类繁多的其他肉类，袋鼠肉只有少得可怜的肉糜和肉块的选择。我常常买的袋鼠肉糜一半用来做意大利面浇头，一半用来喂养我们家的狗，Charlie对袋鼠肉糜加鸡蛋牛奶麦片的美味乐此不疲，从不生厌。

郝先生对此状况表示很不理解。他说人们觉得袋鼠萌所以不吃袋鼠肉简直是无稽之谈。难不成牛长得不可爱吗？羊长得不可人吗？人们只是为了在自己的舒适区里打转转找理由罢了。他认真总结了推广袋鼠肉的三大理由：1. 澳大利亚袋鼠泛滥成灾，严重破坏农场生态环境。射杀袋鼠有益于控制袋鼠的数量，保持生态环境平衡。2.野生袋鼠过着自由自在的野外生活，生命在被射杀的那一刻之前都是快乐的。其生存状态远优于人工饲养的牛羊猪等家畜，符合人道主义的动物权益保护主张。3.袋鼠常年野外跑跳，它的肉99%都是精肉，具有高蛋白及各种矿物质优等的营养价值，非常适合人类食用。我听完非常赞同，于是身体力行，不仅常年买来袋鼠肉食用，还在朋友圈里大肆宣扬食用袋鼠肉的好处多多。

郝先生对袋鼠肉的热衷近乎狂热。有一天他从路边拖回一只刚被车撞死的还冒着热气的袋鼠。我一听大惊失色，更没敢去车的后备厢看个究竟，恨不得他立马拖到哪个荒郊野岭去掩埋起来。可是他不，他说要肢解这只死袋鼠，就在我们后院的工具房里！尽管他对此一无所知毫无经验，书生气的他竟然要自我挑战，尝试一下屠夫的工作！他解释说这个袋鼠肉可以用来做喂养狗的饲料云云，越说越兴奋。我无言以对，内心充满恐惧，只好快快地把自己关在屋里，心想，你爱怎么折腾就怎么折腾吧。

那晚他搬来了儿子做救兵，两个大男人在工具房里折腾到半夜三更。我在床上辗转难眠，满脑子都是他们肢解袋鼠的血腥场面。后来好几天，我都无法直视郝先生，仿佛他是刽子手，双手沾满了鲜血，更不想跟他靠近一步。因为战利品袋鼠肉的体积太大，他后来干脆花了200澳元去买了个冰柜来储存袋鼠肉。那个冬天，我家的Charlie吃得膘肥体壮，精力充沛得停不下来。

袋鼠走路只看前方，不看两边，每每还大摇大摆跑到乡村道路上横冲直撞。所以在澳大利亚蜿蜒崎岖的乡村开车一定要眼观六路，小心撞上袋鼠。袋鼠体壮如牛，高大威猛，每一头撞死的袋鼠都对应着一部被撞得不轻的受损惨烈的汽车。我们常常去打乒乓的Inman vally路上常有刚刚被撞死的袋鼠，每一次郝先生的起心动念都被我坚决地制止在萌芽状态。对我来说，那个阴森恐怖的肢解袋鼠肉的夜晚，几乎就是一个梦魇，以至于我很久都不去那个有着袋鼠灵魂飘荡的后院工具房。

后来在袋鼠岛游览时，发现一个旅游点出售一本*Road Kill Recipe*，即关于路上撞死动物的食用菜谱。看来澳大利亚人食用被车撞死的野生动物也是很有历史的，只是不知他们如何在没有检疫的情况下判定此等肉类的食用安全性。抑或也是如郝先生一直信奉的那样：That doesn't kill you make you stronger! 但凡杀不死你的，最终都会让你更坚强！

郝先生不知从哪里发现了一个购买狗食用的袋鼠肉糜的好去处。小镇边缘有一个不起眼的小店，专卖宠物食品。巨大的冰柜里常年卖袋鼠肉糜，价格几乎是超市的一半，郝先生隔三岔五地买几包回来喂狗，终于彻底打消了拖回死袋鼠自己肢解的疯狂想法。

有一次去城里中国城，发现那个专卖袋鼠肉的店易主了，现任的店主是一对年轻的中国夫妇。从他们口中得知，他们店的袋鼠肉是肉质上佳的灰袋鼠肉，产于南澳和维州交界处。但由于射杀袋鼠的猎户有限，一旦天气不好，散漫的猎户懒得出门狩猎，供应数量跟不上时，价格就会浮动上涨。和气生财的店主说他们的生意越来越好，因为吃袋鼠肉的中国人越来越多了。我猜，袋鼠肉只有进入中国菜的菜单中，才能一改人们对它旧有的偏见，成为一道令人垂涎的美味佳肴。店主推荐我买袋鼠尾巴回去炖汤，说是包我满意。果不其然，第一次炖袋鼠尾巴汤就鲜美无比，袋鼠尾巴炖到烂熟，那些尾巴骨缝隙里的细肉，不油不腻，味道和传统的排骨汤类似。那袋鼠尾巴和高贵无比的传统名菜牛尾又有什么区别呢？

由此爱上了袋鼠尾巴。每次去中国城必去那家专卖店买回两袋袋鼠尾巴。后来尝试了几次中国式的红烧，加了木耳香菇及桂皮八角大蒜生姜等香料，也是大获成功。有一回请一对农场的好友夫妇来家里吃饭，其中一道菜就是红烧袋鼠尾巴。两人对这道菜赞不绝口，欲罢不能。妻子就说：老公，你不是有枪支许可证吗？赶紧把枪擦亮去射杀袋鼠吧，我要学会中式炖袋鼠尾巴！后来他们果然给我们送来了一条长长的袋鼠尾巴，长到放不进冰箱，郝先生只好动用了他的木工锯来大卸八块。

我们似乎吃袋鼠肉上了瘾，尤其是郝先生。他有一阵郑重其事地对我说，现在开始只吃袋鼠肉和自己钓的鱼。理论基础就是人类现代畜牧业和海洋渔业对地球的破坏巨大，如果长此以往，地球环境将不再宜居。我一个喜爱美食的俗人还无法做到完全遵照他的旨意，但也在尽量往这个方向靠。他则很自觉，每逢外出就餐时点餐都是袋鼠肉汉堡，似乎如此重复并不能令他生厌。

有一天我突然脑洞大开，尝试起用袋鼠肉做馅包饺子。很长一段时间，我带去乒乓球俱乐部的煎饺饺子馅都是火鸡肉加木耳和葱。澳大利亚人习惯一成不变的饮食，一旦认准，百吃不厌。我决定用袋鼠肉替代火鸡肉。第一锅袋鼠肉饺子出锅味道很不错，我还特地拍照留念，朋友圈分享。后来想想袋鼠肉都是精肉太过干巴，决定还是混入一半牛肉馅，这样精肥适度，口感更棒。调配成熟后我将此食谱推广，带去作为乒乓球俱乐部的晚餐，味觉迟钝的球友们大多好吃不问出处，偶尔有人问起，我都以牛肉馅搪塞过去，生怕说到有一半的袋鼠肉馅会引起某些人的不适。

直到去年年底夏季比赛结束前的一晚，本着负责任的态度，我主动向大家揭开了谜底：饺子馅里有一半是袋鼠肉！本以为大家会有一些过激反应，没想到大家根本无所谓，似乎都抱着这样的态度：反正是饺子就行，管它是牛肉馅还是袋鼠肉馅呢。

袋鼠肉被我用得越来越得心应手，越来越大胆。我的袋鼠肉食谱里又多了几道经典菜：袋鼠肉糜比萨，袋鼠肉糜炒粉干，袋鼠肉糜菠菜派，皮蛋瘦肉（袋鼠肉）粥……中西参半的袋鼠肉餐深得郝先生喜爱，以至于每次吃完他都把盘子刮得干干净净，用蹩脚的中文直呼：真好吃！

有一阵我们俩突然热烈地讨论起关于出口袋鼠肉到中国的话题来。经过调查，确认中国市场并没有袋鼠肉可以买，也就是说澳大利亚还没有开通对中国出口袋鼠肉的渠道。基于中国庞大的消费市场和澳大利亚泛滥成灾的袋鼠肉资源，我们百思不得其解，为什么这么一个市场前景广阔的生意放着没有人做。后来问了做出口羊肉到中国的朋友，他说这个问题不在中国，而是澳大利亚政府一直没有疏通好出口流程相关的产业链。

今天我在写这篇文章时突然想到，后新冠时代全球经济形势异常严峻。在拓宽思路发展经济新的增长点的战略思维中，澳大利亚政府是否应该把如何利用袋鼠肉资源来发展就业机会列上议事日程呢？

亦东亦西，不一样的烟火

曾经有一个强烈的开餐厅的梦想。左边一排中式桌椅装饰，右边一排西式风格，中间用一池鱼水隔开，其间有小桥可通过。坐在东方的人吃着中餐，抬头瞟一眼西洋景；吃着西餐的人偶一抬眼可见神秘的东方景象。取名"东西坊"。

十多年过去了，我在这个南半球的小镇上，过着亦东亦西的散漫生活，算是用另一种方式圆了梦想。

人们都说思乡其实是思念妈妈的食物，家乡的味道。我深以为然，可惜妈妈早就不在人世。我少年离家，走南闯北，似乎早已习惯了不同地域的饮食滋味。为了免得思乡病，我把家乡的食物带到了异国他乡。

记得初来乍到的第一个圣诞节，惊喜地在唐人街发现粽叶！于是决定包粽子。买来正宗圆糯米，腌制五花肉，炒咸菜，浸泡粽叶，一切就绪，发现没有绳子。急忙去超市买来昂贵的厨用麻绳（Cooking Twine），万事俱备，独缺高压锅。于是又搬来朋友家的高压锅，如此过三关斩六将，盛夏的小屋更加热气腾腾，心心念念的家乡味——黄氏咸菜肉粽出锅了！就这样，我把西方的圣诞节活生生过成了东方的端午节。

后来时不时就在南半球过端午节。我对包粽子这件事的执着不同一般。在国内时就把我老家的咸菜肉粽带到了遥远的北京，引得只吃甜粽的北方人惊呼原来还有那么好吃的咸粽子。原来就对粽子情有独钟，加上经不起表扬，于是就在家和女儿包粽子，自己解了馋不说，分享给周围的好友们也都视之人间美味。

　　包粽子费时费力。爱吃粽子的人不在少数，来不及送怎么办？授之以鱼，不如授之以渔。我们索性组织起包粽子学习班来。女儿手巧，包的粽子永远比我好看。我们俩手把手地教了好一批巧妇，每个人回家后都把"有米之炊"煮得有模有样。

　　后来入住小镇，热爱粽子的初心不改。前后几年在端午期间，都给老北京中国超市供货几百个，半夜三更还在孜孜不倦吊着口仙气包粽子。郝先生很不解也很心疼，不知我那么劳心劳力为哪般。连续两年，受老北京超市之邀，我还到现场搭台唱戏，现包现卖，郝先生也亲临现场助阵吆喝。朋友圈点评说我是中国饮食文化的传播使者，超市的妹妹们索性叫我"粽子姐姐"。

　　说起粽子就没个完。我写过一篇文章《东游西走包粽子》。不展开了，先扯回来。

　　厨艺对我来说，是接地气的艺术，是创意，是灵感在生活中的体现。知道我的朋友都晓得，我做饭不讲究正宗。天马行空的我做菜不走寻常路，常常自我发挥，没有固有套路，喜欢就地取材，把原先所谓的正宗做法重新分解组合，常有意想不到的效果。

　　中国人烧菜跟着感觉走，几乎没有谱，因为心里有谱。老外则不然，凡是做菜必须有谱。Recipe这个单词不知为何在我几十年的英语学习中从未出现过，直到10年前来到澳大利亚。

　　做西式甜点尤其需要严格配方。爱吃甜点的我难以接受澳大利亚甜点的高甜度，于是减糖自己做西点。凭着早些年从老友Marj和社区厨艺课上学的西餐技能，常从不同渠道拿来配方稍作调整，经过多次实践后写下经改良的食谱，载入史册。

　　我所谓的史册，只是我的一个食谱存档册页。80多岁的玛吉当年给我看过一本翻烂了的Recipe Book，是她奶奶的手抄食谱，一代代传给了她。到现在她做的松饼还是100年前的家传食谱。当时被深深感动，立志也要做一本类似的家传食谱。时代变迁，手写的太过局限，我希望把它做成图文并茂的印刷本，除了传给家人，还要分享给热爱厨艺的朋友们。

做过最经典的一款西点应该是Carrot Cake（胡萝卜蛋糕）。初听这个名字，觉得匪夷所思，胡萝卜也能做蛋糕？后来才知道这款蛋糕可是澳大利亚人的最爱之一。第一次是依葫芦画瓢认真按照Recipe做的。厨艺这门艺术，在你还没搞明白套路的时候，还是按部就班的比较好，否则出了岔子不仅功亏一篑，而且错在哪里都摸不着头脑。

第一次做就加了太多的苏打粉和泡发粉。原因是把teaspoon和tablespoon两个不同尺寸的量勺混淆了。整个蛋糕发涩发苦。我继续实践，终于一次比一次做得好，获得一致好评。每每夜晚在厨房里孜孜不倦地捣饬甜点自得其乐，脑海里常浮现出居里夫人在实验室彻夜不眠的画面来。只是居里夫人的瓶瓶罐罐估计要比我多很多。

实践出真知。几次实践后我把配方做了适当的修改，甜度介于中西方人之间。中国人不觉得过甜，澳大利亚人也不觉得太过寡淡。这款配方比超市咖啡馆里出售的要好吃一百倍，这不是自夸，是别人告诉我的。口感好的关键在于用料讲究，除了胡萝卜外，还有椰蓉、核桃仁和菠萝。一口咬下去，口感丰富，层层叠叠的滋味慢慢散开，刺激着味蕾，让人满足得无以自拔。我每每将其带去各种聚会，或是在家待客，得到赞声一片，屡试不爽。

朋友们也都纷纷要求学习该厨艺。几年来我不仅面授了徒弟无数，还应邀将配方放到朋友圈供五湖四海的朋友们学习精进。徒弟中有不少巧手姑娘，青出于蓝而胜于蓝，已然把这款蛋糕做得炉火纯青，可以继续传授收徒了。

我这一来岂不成了胡萝卜蛋糕师太？这么想着，生出一种满足感。

每一个食谱都有很多故事，只好点到为止。你若好奇这款胡萝卜蛋糕，可以飞来小镇一试，或者要了我的中英文对照配方，去自家厨房实验。

当然我的甜点不止这一款蛋糕。前后做了很多，最后落下几款最爱，其中有一款叫作Sticky Date Pudding，用伊拉克椰枣做成，配以冰激凌，摆盘时再插上一朵旱金莲，顿时化身为五星级酒店出品的高级甜点。

冰激凌是澳大利亚人的心头好。什么甜点和冰激凌一搭配，立即丰富饱满起来，从色彩到口感都有了质的飞跃。这款椰枣布丁一般是加热上桌，配了冰爽的冰激凌，口感冷热交集，在口腔中幻化出一股不急不徐的神奇感受，让人从视觉到味觉都有了极大的享受。

有一回村姑艺术部落的女友们郊外小聚，我带了这款Sticky Date Pudding，没有冰激凌相佐也很入味，韩老师直呼好吃，"你得教我做这款枣糕！"她说。哈，中西甜点之间转化如此之快，让我深受启发。有一回做此点心，伊拉克椰枣用完不够量，我索性用了红枣来补充，一款即兴发挥、中西混搭的枣糕从此诞生。

热爱粽子的我，也曾包了很多次让传统中国人大跌眼镜的西式粽子。用西点中常用的椰蓉、葡萄干、杏干、南瓜子等做配料，裹上白糯米，就成了小巧玲珑的西点甜粽。上桌时晶莹剔透的白色粽子上配以两勺冰激凌，来自东方的香甜糯米佐以西方人熟知的丰富配料，每每让心生好奇的客人们吃个精光。这款甜点和西方人热衷的Sticky rice pudding类似，我索性也为之冠以此名。后来偷懒发明了另一款散装的糯米甜食，发现味道不输甜粽子，过程却简化了很多。我在想，不久的将来我要发明一款用烤盘烤的糯米甜点，下面铺好粽叶，如此保留了传统粽子的粽叶香味，又省却了烦琐的加工过程。万变不离其宗，很多经典名菜不也是有心人灵光一现，经过不断实践创造从而被传播传承的吗？

常常觉得厨艺和绘画有很多相似之处。首先，都要系上围裙。大多数创作活动，因为涉及多种原材料，恣意发挥中免不了泼洒溅渍。那些配料就如同颜料盘里的色彩，不仅有时间线上的考量，还有如何调色组合的规划。做菜有一个环节叫作Garnish，意为装点，常撒些漂亮的绿色香料诸如Basil或Parsley之类作为结束。每当做此动作，我都会想起韩老师教我们画水彩的一招：撒点，英文叫Splash。每次撒点都是我最爱做的一件事，如此画龙点睛常有妙用，做菜的这个最后一道程序也同样不可小觑。摆盘则如同装框，人要衣装马要鞍，七分画三分裱。同样的食物，放在不同的盘子里，做不同的摆盘处理，这恐怕就是拉开餐厅档次的重要秘密。美感这个看似无用的词汇，其实在生活乃至商业活动中所发挥的有用之处，实乃无处不在。

我很热衷于这样的摆盘游戏。有时候懒得做甜点，就自由组合出看似高大上的无名混搭点心来。华夫饼是我喜欢的点心之一。超市买的华夫饼，加上冰激凌，配以各种色彩明丽的蓝莓、树莓，撒上椰蓉，再摘上园中几朵三色堇，实在是乡下人家常有不速之客时的应急之道。

周围好友大厨林立。我不敢班门弄斧，就独辟蹊径，用西餐招待中国朋友，用中餐宴请澳大利亚朋友。不善做西餐的中国朋友难得吃西餐觉得我的厨艺高大上，澳大利亚朋友吃到满满一桌中国宴席往往心满意足。

我最拿手的一个西餐当属南瓜汤。西方人不喜中国菜里的清淡寡味的清汤，香浓稠密的浓汤才是他们日常的汤类。试过几次中式汤后，我就明智地把中式汤在我的家宴清单上去除了。

我做的南瓜汤常常受到来我家吃西餐的中国朋友的欢迎。有一回清清楚楚地记得，朋友家的小朋友把南瓜汤吃了个底朝天。餐厅里的南瓜汤一般也就两种原料：南瓜和洋葱。但在我的南瓜汤里，特意多加了Basil罗勒和南瓜仁，整个汤就此有了更深层的味道，如同奇妙的穿透力，在舌尖上唱出欢快的歌来。

中餐的神奇之处，在于满满当当的一桌菜在两三个小时里就能完成。澳大利亚人总是由衷地赞叹Amazing！中国餐一锅一铲搞定一桌菜，西餐用了各式厨房神器，却要捣鼓好几个小时。两者不同的体系，如同不同的语言，之间孰好孰劣很难说清。饮食习惯实为文化传承的重要组成部分，个人以为，一个人对待食物的开放态度，基本就是他对另一种文化的接受程度。

澳大利亚人推崇多元文化的融合，体现在饮食上也越来越显出多元化的趋势。二战后大量欧洲移民给原本单调的澳大利亚食物结构带来了新的补充。据说意大利比萨在澳大利亚也就是20世纪70年代才开始兴起。近年来亚洲饮食备受追捧，各种名为Asia Fusion（姑且翻作：亚洲美食总汇）如雨后春笋般冒出来，成了时尚一族聚会外食的好去处。

我爱Fusion这个词，以至于我们注册了一个名为East West Fusion的公司，旨在全方位促进中西方交流。Fusion，融合。你中有我，我中有你，世界大同，这是郝先生心目中的理想世界。

对于美食，古今中外也许都可以分为两类人。有种人只爱自己从小到大熟知的食物，另一种人则希望尝遍天下美食。对我的美食邀约说"No, I'm ok"的人常常让我觉得无计可施，有点让人觉得没有人情味。我一直将食物视作人与人之间最好的连接，而澳大利亚人拒绝分享食物的人倒也不在少数。后来仔细一想，很多人有食物过敏以及慢性病对食物的限制，也就不再介意此事。

我最爱推广的中国食物当数红枣和黑木耳。不仅每次请客都有黑木耳炖肉或小炒，红枣当零食或泡菊花枸杞茶，还常常当了礼物送给朋友。在众多澳大利亚人无法接受的中国食物当中，这两样东西似乎很容易被人接受，加之我苦口婆心地宣传它们的营养价值和各种好处，我希望在蝴蝶效应下，澳大利亚人在不远的将来，将会对这两样食物不再陌生。

郝先生的发小有一天告诉我说，Black Fungus（黑木耳）已经成为他橱柜里的宝贝，隔三岔五就要吃上一回。我也惊喜地在当地超市发现了黑木耳的低调身影。

澳大利亚有一种本地人钟爱，外国人嫌弃的食物，叫作Vegemite，是一种有着百年历史的超咸的蔬菜酱，用来涂面包用。我猜这类似我们中国人的咸菜或是橄榄菜一类宜储藏的咸味酱，同属贫困岁月的产物。我从不接受到现在爱上了这款酱，早餐面包上总要抹上一点。每年回国，我也会带上最小罐的Vegemite回去给亲朋好友品尝这个澳大利亚的土特产。想着这也算礼尚往来，在竭力推广中华美食的同时，我也在推广澳大利亚的饮食文化。

好在有勇于尝试新鲜事物的人。老同学小红说：我现在吃面包就爱涂Vegemite！

我家现在常有这样的画风：我喝着英式红茶，郝先生喝着杭州龙井。我装模作样用着刀叉，郝先生熟门熟路用上了筷子。

常常小聚的海伦热爱我做的中餐，鼓励我开启中餐厨艺课。几年前我设计了课程，种种原因置之一旁未能实施。今年大年初五我从幼儿园教孩子们包饺子回来的路上，终于决定尝试每周一次对朋友及街坊邻居卖饺子的生意。镇政府派了人来检查厨房卫生颁发许可证，我终于可以合法卖食物啦！

为了不占据太多精力，我决定只做一种馅的煎饺——袋鼠肉火鸡肉葱花黑木耳饺子。只在周二下午3小时内限时开放，客人须自带饭盒上门取货。条件虽然严苛，已经有好多熟人闻之开始预订，试营业期间反馈良好。

我希望镇上的居民们在不远的将来，每到周二就会条件反射，说道，It's dumpling Tuesday！（又到了吃饺子的周二啦！）

玛丽姐姐

　　玛丽是郝先生的姐姐。第一次见面记得是在他们Encounter bay的度假屋吃晚饭。玛丽姐姐见面就给了我一个紧紧的拥抱。齐耳短发，一对独特的银饰耳环，衬出她的别致来。衣着素净悦目，目光温暖而坚定。玛丽姐姐的度假屋不大，可是每一个角落都有风景和故事，CD唱片，书籍贺卡，画作照片，让我看得饶有兴趣，眼睛根本停不下来。饭菜是早就准备好了的，冷盘色拉从冰箱里取出，热菜从烤箱里拿来，从容间，我们就可以坐下来共进晚餐了。这和我们中餐很是不同，因为几乎样样菜都要热炒，往往客人到了，女主人还在厨房里忙得热火朝天。玛丽姐姐准备好了餐前的小点心，端着精致的盘子亲手送到每一个客人面前请之品尝。一切都是那么优雅得体，从容不迫。

　　第一次的见面晚餐进行得很愉快，我的随和风趣赢得了姐姐姐夫的好感。

　　第二次的见面是在姐姐城里的家参加新年聚会。玛丽邀请了十来个有着几十年交情的老朋友，我和郝先生也在被邀之列。盛夏的夜，我们在她家后院的游泳池游泳，玛丽的女友们对我很好奇也很友善，大家相谈甚欢。从泳池里上来我要去浴室冲澡，玛丽给我安排了浴巾之类。事后很久以后，郝先生说，当时你去浴室冲淋对澳大利亚人来说是何等奇怪啊，我们可是从游泳池上来就不再冲洗了。

　　啊哦！看来我一个异族女子进入这个家庭一定掀起过小小的波澜。好在我是看过风景，波澜不惊的人。我只管做好本真的我。

我很喜欢玛丽姐姐在城里的房子。这是个位于东区繁华地段的老房子。粗瓦白墙低调地隐匿在绿树成荫的院落中。据说20年前买这个房子的时候，是姐夫周末外出路遇一个房屋拍卖会，他凑过去看热闹，看着看着就买回来一个房子。姐夫原先学的是体育教育，做了几年体育老师之后就子承父业，和他的兄弟一起经营父亲的会计师事务所。想来是他的会计专长帮他做了一个如此快速英明的决定，在没有和玛丽商量的情况下做了一个绝好的投资决定。

这个房子后来一直在被他们辛勤改造，终于打造成现如今一切都是刚刚好的样子。玛丽是个室内装饰高手，家具布置低调中彰显着独特的品位。素雅是基调，其中流动着蓝色和绿色的韵律。实用和装饰恰如其分地结合着，古典和时尚不动声色地交叠在一起，一切有心被安排得行云流水，不着痕迹。玛丽家保留了很多古老的家具，朴素中不失细节，点缀在高挑房顶的客厅里，和现代柔软的布艺沙发相映成趣，让人怎么都觉得舒适养眼。

厨房和餐厅之间隔断处有一个长长的黑色大理石台面，上面放了大大小小的贺卡和照片，错落有致，一尘不染。"这是前几年骑车时突然心脏病发作去世的约翰，他是我好朋友的丈夫。"玛丽遗憾地对我说道。

玛丽是个人情味很浓的人。每到逢年过节或是生日祭日之类的重大日子，她就会准备各种礼物、贺卡，里三层外三层包得美美的，亲自送来。记得我50岁生日那次在国内，她早早准备了一包礼物，亲自到机场接了我们，然后把礼物交给我。她太知道我的心意，送的都是我爱的东西，木制托盘，陶制碗碟，精致卡片。每次她去国外旅行，总记得带回来一些小礼物给我们，这些礼物不仅漂亮精致，还都是日常所用，比如说从伦敦市场买回来的木质杯垫，从希腊市场买回来的花案小盘。有一次喝英式红茶，茶袋一时没有地方放，在一个合适的时机，玛丽又给我们送来了两个白色玉石般光滑的小茶碟用来专门放茶袋。郝先生生日之时，玛丽送给他两个价格不菲的玻璃杯，不锈钢的手柄，独特的造型。好看得每每被我拿来招待客人。可惜有一次被郝先生不小心打碎，无意中跟玛丽提到，她很快就又买了一个来配对。今年他生日之时，玛丽又买了两个同样的玻璃杯作为生日礼物。到如今，我常常感慨，我家好看的东西很多都和玛丽姐姐有关。我虽然活不到像玛丽姐姐那么细腻精致，但也耳濡目染了她的很多精髓。

玛丽姐姐堪称植物学家。拜我的名字Flora（花神，植物的总称）所赐，我所知道的植物名字已经多过常人。然而不知道的总比知道的多。我所不知道的植物名称只要问她，她就能张口即来。她不仅把城里房子的院落打理得错落有致，还把度假屋的花园也打理得令人惊叹。这个院子要说面积起码也有500平方米，每一个角落都被植物铺盖着，长得生机勃勃。四季轮回，园中花开不断。我说她有Green finger，她谦逊地说道，这个也是十来年辛苦下来的结果。我很惊讶于他们并不常来这个度假屋，基本一个月来一次的频率，怎么能够在没有人照顾的情形下还能保持如此好的长势。玛丽告诉我两个秘密：一是Native，也就是本地植物为主；二是Mulch，就是碎木片或干草等覆盖物作为防晒防干旱的武器。玛丽园中的花似乎也不是名贵的品种，但都长在了适当的位置，一片片一丛丛，构造出一个层层叠叠的植物世界。我从玛丽那里学到一个重要经验，花园里的花要成片种，造出条带状或成簇形，这样的花园才有形态，否则就流于凌乱。这又让我想起一个从玛丽姐姐那里学来的词：Bitty，就是零碎的意思，我每每在日常生活中想到这个词，联想到当今常说的"碎片化"，常常告诫自己，不要东一点西一点，要专注，要整合。

玛丽对花艺的理解和掌控力，让我心甘情愿把我花神的桂冠转送于她。她家的角角落落被植物的各种形态装点着，或是鲜花插在玻璃瓶中，或是干枝落在古朴的陶罐里，或是干花撒落在瓷盘中，或是树上掉落的形态奇异的干果盛放在竹篮里。每一处都恰到好处，不多不少。那年母亲节，她带了一大束素雅的花去见母亲，一看就知道是她亲手做的花束。紫色的花是西蓝花的花叶，白色的大菊花是郝妈妈最爱的母亲节之花，配以花园里采撷的木本素色碎花和绿叶，插在一个大大的玻璃花瓶里，显得高雅而大气。我默默地赞赏着，想着哪一天我也要尝试这样的大胆搭配。

去年年初我给姐夫送了一个生日礼物，另外附了一张我自己手绘的桉树花叶的卡片。玛丽姐姐的女儿瑞秋看了好生欢喜，萌生出让我给她画婚礼请柬的想法。我于是很认真地画了好几版给她，让她从中挑选。玛丽和瑞秋不约而同都选了同一张，决定用这个作为整个婚礼的平面设计背景。我很开心能让她们满意，也很感激她们对我的信任。玛丽姐姐几次三番地要让我给她报个价，表示一定要付给我钱。我还是脱不了中国人的风俗，心想帮家里人做这点事算什么。后来拧不过玛丽姐姐的坚持，她终于往我的账号里打了一笔钱，说了很多感谢的话，这才心安。

玛丽姐姐女儿的婚礼预定在去年12月。澳大利亚的疫情相对稳定，但南澳对婚礼的人数限制也不断在修改，10人，50人，80人，100人……姐姐姐夫的人缘极好，除了庞大的家族，还有很多几十年的老朋友。邀请谁来参加婚礼成了让人头痛的问题。玛丽做事有条不紊，按照不同的人数想好了各种应对方案。好在南澳终于在11月底的一阵慌乱后恢复平静，婚礼人数到达150的上限。婚礼终于如期在阿德莱德山顶最美的Mount lofty house举行，一对新人经过墨尔本半年的封城以及辗转去到达尔文两周的隔离，终于在一个有阳光也有风雨的日子喜结良缘。席间每位来宾的座位卡按我的建议做成了书签模样，一面印有我手绘的桉树花和宾客姓名，另一面是新娘新郎的名字和婚礼日期。简洁大方的设计和周围素雅的花艺设计和谐呼应，很是特别。

但玛丽姐姐为我们倾情奉献时是不求回报的。2018年春节我们以为OXFAM筹款的名义组织了一次中国春节联欢晚会。我无知无畏地列了一个长长的中式菜肴清单，玛丽姐姐主动请缨来帮忙。她和我沟通后得知我的菜单后，为我愁了整个晚上没好好睡觉。当然这事我事后才知道。那周她花了3天帮我们准备食材、安排座位和装饰现场。玛丽姐姐不愧是曾经做过活动策划的专业人士，在我们有限的帆船俱乐部的场地创意设计出最恰当的斜摆桌椅的方案，配以桌上红色的餐巾纸，白色的杯盘，悬梁上高挂的红色灯笼，每个桌上还从花园中采了红色的小花做装点，一个红红火火的热烈中国年的气氛被她营造得完美无缺。

玛丽姐姐在那个中国除夕的活动中，继续尽职尽力充当服务员的角色。同时还从城里把刚下班的姐夫叫来充当服务员，夫妻两一晚上没有好好坐下来吃一口饭，实在是让我过意不去。那个周末他们去替儿子看房时，玛丽姐姐在一家后院一脚踩空，造成脚踝骨折，经历了3个多月的恢复，才回到正常状态。郝先生事后悄悄说，他觉得姐姐是帮我们做OXFAM活动的准备工作太辛苦了，才会这样不小心造成事故。我听了觉得很亏欠玛丽姐姐，内疚了好一阵。

玛丽姐姐组织活动的能力超凡，在家搞的活动总是有模有样。郝家兄弟姐妹四人，每年轮流坐庄安排家庭的圣诞聚会。2018年底玛丽姐姐家的圣诞聚会，是我参加过的最温馨的家庭聚会。每家每户带一个菜式，其他的都是玛丽姐姐准备的。玛丽姐姐是厨艺高手，不仅有拿手的经典菜谱，也勇于尝试新菜，荤素搭配有致，味道好不说，摆盘总是充满美感。玛丽从不主动讨表扬，低调地默默做事，只有被询问到出处时，才款款道来其中奥妙。圣诞节有一个互换礼物的传统环节，以50澳元作为一份礼物的预算，男女有别分别包好。一家人在后院的紫藤架下打开礼物互道祝福的那一刻，从此深深地印在了我的脑海里，美好依旧。

　　玛丽姐姐为女儿30周岁的生日精心策划了一场别出心裁的"了不起的盖茨比"生日派对。这场生日晚会，不仅家里的角角落落都点缀了20世纪30年代黄金时代风格的饰物，来客们也都摇身一变成100年前的俊男靓女，男人们戴绅士帽，女人们扎着夸张的头巾，每个人都闪闪发光。我和郝先生最是低调，我用丝巾扎了头巾，他勉强戴了借来的领结。我主动要求帮忙端茶送水，郝先生则和姐夫一起做了酒保，正好免了拿着酒杯到处找人聊天的尴尬。那一晚，我看了很多熠熠生辉的男男女女，觥筹交错，欢声笑语。我很高兴躲在厨房里洗了很多杯子，可是事后玛丽姐姐还是一如从前的风格，送了一张花圃的充值卡表示衷心的感谢。

　　玛丽姐姐的感谢是真诚的。她总是说话的时候看着你的眼睛，嘴角微微上扬微笑着。她从不插话，耐心地等待你把话说完，也不急于评判。如果你问，她就和缓谨慎地给予意见。我在想，玛丽姐姐的教养也许来自彬彬有礼、保守的基督教原生家庭，或者来自女子教会学校的严苛教育，抑或是自结婚后跟夫姓并改为天主教徒后的不断修行。玛丽姐姐婚后除了短暂从事过社会工作者和活动策划人等工作外，基本就是在家相夫教子，料理家务。澳大利亚家庭妇女的工作量一点都不小，不说澳大利亚人的家园都很大，每天清理一个角落就要把人累死，更何况澳大利亚人一般很少请保姆打理家务。玛丽姐姐的生活是很忙碌的，除了家里的大小事之外，她还要安排每周两天去给海边的天主教堂的主教做助理，这是一份志愿者的工作。

　　玛丽姐姐做事有条有理的作风让我见识了几次，我只能叹服。她和朋友去北欧旅行的行程安排，瑞秋30岁生日晚会筹备清单我都见过，里面的细节内容丰富具体得让我惊讶。中国人说，不打无准备之仗，同样，她组织的每一次活动都天衣无缝，堪称完美。用玛丽姐姐的话来说，就是Time management。此话触到我的痛处，对我一个天马行空的随性人来说，每一次活动只有松散的计划，大多数时间都是临场的即兴发挥。虽然结果总是出乎意料地好玩，但总有一些做得不周到的地方值得我反思后悔。

世界上怕就怕有心二字。玛丽姐姐就是这么个有心之人。最近一次见到她是在郝妈妈家，其间谈到电影，我说郝先生推荐的电影有时候过于暴力血腥，少点女人喜欢的生活浪漫气息。于是玛丽姐姐就在两天后给我发来一张长长的电影清单，里面都是她认为适合我看的电影。作为她忠实的粉丝，我相信她的眼光。果不其然，*Miss Potter*（《波特小姐》），*Chariots of Fire*（《烈火战车》），*Out of Africa*（《走出非洲》）等电影果然是我的菜，我甚至觉得玛丽姐姐在某种程度上比郝先生更懂我。

说到有心，我也为玛丽姐姐做了一件有心有意的事。两年前玛丽姐姐生日，我琢磨着该送一件什么生日礼物好呢。突然心生一计，有了一个自以为很得意的想法。我们刚入住维克托港时，园中花木甚少，就去玛丽的度假屋花园里剪了很多枝条来扦插，其中有一种紫色的草花，秋冬季开花，花型奇异，在我家后院开得如火如荼。我决定用水彩把这个紫色花画下来，然后用从郝爸爸家拿来的二手镜框框上送给玛丽作为生日礼物。果不其然，玛丽姐姐被成功地感动，这个融合着循环往复生生不息的故事的生日礼物，被他们挂在了度假屋客厅的显著位置上。每次我去他们家，都会被拿出来指点一番，表达他们的喜爱。而我，除了感动，还有点点不好意思，那幅画画得实在也很一般啊。

郝姐夫也是一个十分有心的人。我曾经送了他一罐绿茶，他放在办公室和其他种类的茶放在一起供员工一起享用。不久后他见了我，就汇报说：嘿，你知道吗？我现在每天上班都会喝一杯绿茶噢！他说这话的时候浑身散发着活力，仿佛这每日一杯的绿茶已经给他注入了很多正能量。他确实也是一个正能量十足的人。经营着这个财务公司需要他近乎一周六日的工作时间，每周日早晨雷打不动和一群朋友骑自行车。剩下的时间还要打理两处房子的花园，余下的时间还要修理房屋，整改旧家具，等等。我还知道，他还资助着好几个慈善组织，不仅是财务上的，还亲力亲为去效力做实事。每次见到他，他总是脸上泛着红光，开着善意的玩笑，好玩得像个天真的孩子。前年，他刚过了60周岁的生日。

真心喜欢这样的姐姐姐夫。我想起了自己远在北半球的姐姐姐夫，想想他们还真有很多相似之处，温暖善良，诚实可靠，吃苦耐劳。想到这儿，心中生出很多幸福的感觉。

入秋了，玛丽姐姐送的一帆风顺Peace lily在落地窗前的绝佳位置开得正盛，我拍了照片，发了一条短信给她，祝她有美好的一天。

读书，是一次又一次的相遇

常常被"一日不读书便觉面目可憎"这句话击中。现代网络时代，碎片化信息满世界飞，眼球被锁定在手机电脑上，好好看完一本书成了奢望。

搬来小镇之前在城里居住。有一年在凯莉的倡导下，我参加了一个5个人的读书会。其中两位对如何运作一个读书会颇有经验，于是我们由5个中国姑娘组成的村姑读书会活动很快就开展得风生水起。

隔50天左右一次的读书会活动日积月累，一年多下来，我很满意跟着大家读完了自己一个人难以攻克的多本大部头巨作。小说类的有：《无言的告白》《追风筝的人》《生命不能承受之轻》《百年孤独》。心理学个人成长的有：《一念之转》《新世界》《少有人走的路》《非暴力沟通》《断舍离》等。每次活动由选书的人作为东道主在家主持读书会，并负责食物茶饮。席间大家轮番发言讨论读后感，借机也分享一番美食菜谱。

后来大家各方云游，村姑读书会告一段落。阳一直执着于成长教练工作，旗下有一个"阳光读书俱乐部"。她把自己读过的最好的书推荐给大家，在她的群里供大家免费轮番借阅流转，令大家受益匪浅。我有天突发奇想画了很多手绘书签送给她的阳光读书会成员，算是投其所好做了一点和读书沾边的事。

去年年初的一次聚会上，好友蕾妮提到她想成立一个读书会。我马上应和，表示自己有过加入读书会的经历。说到做到，读书会刚开始成立也就是4个人，第一次会议决定了一些基本的章程就算正式开始运作了。经大家商议，定为每六周读一本书，各人轮番推荐一本书，每次推荐人主持活动并安排晚餐。

我的《道德经》成了读书会的第一本书。好在我有好几版不同的《道德经》英文书，于是分送给大家各自回家阅读消化。郝先生几年前阅读过《道德经》，其他两位成员是第一次接触这本东方智慧的结晶之作。为了能够很好地主持第一次读书会活动，我反复地看这本看似很薄却意味深远的古书，绞尽脑汁想着如何用浅显的语言表达看似生涩的译文。这本备受推崇的东方神作就这样被我引入了这个小型读书会。

我说，你们知道吗？这本《道德经》的作者老子，是中国历史上对世界影响力最大的哲学家，这本著作在德国人的书架里几乎家家都有一本，堪称东方的《圣经》。当代的灵性大师追根溯源都会从《道德经》中汲取营养。第一次读书会活动在大家伙似懂非懂的混沌状态下完美收官，老子的智慧哪里是一次读书会可以领略的呢？也许在座的各位初尝神秘的东方哲学后，若千年后突然顿悟也有可能呢。

这是我第一次参加英文读书会，难度可想而知。第二本书是关于一个19世纪末在弗里曼特尔监狱的爱尔兰人越狱漂洋过海最终成功登陆纽约的历史事件。时空跨度、文化差异和语言限制让我无法逐字逐句地阅读那厚厚的英文书，只好去图书馆借来CD听书。这是一个宏大的历史事件，涉及的人物众多，每每听得我不知所云，只好在厨房干活的时候来来回回地反复播放。选择此书的布莱德有心地推荐了一个有关链接，以纪录片的形式对此事件做了一个场景的回放。有了栩栩如生的画面感，终于让我对这本书有了大致的了解。第二本书算是勉强蒙混过关。

好在读书会并无严格的章程，可读书，可听书，也可以看电影，各遂所愿。

轮到郝先生，他选了我推荐的《荆棘鸟》。此书在国内大名鼎鼎，被誉为了解澳大利亚社会的必读之作。很奇怪的是，其他三位读书不少的成员并未好好拜读这本澳大利亚历史上最畅销的小说。书虫郝先生坦陈他一直以为这是一本关于鸟的书，所以从未引发他的兴趣。

哪知从图书馆借来这本书后，他一读就爱不释手。郝先生读书速度很快，随时随地都可以见缝插针读上几页。我则很难有这样的定力，必须周遭环境整齐干净，家务事料理完毕才能心无旁骛地开始看书。他说这本书有一种魔力，时时刻刻都有戏剧性的事件在下一页发生，正沉浸在一个欢乐场景中，忽然间，家族的命运发生了重大转折。作者Colleen McCullough用娴熟的优美笔法，把这一切安排得不动声色，却直击人心，荡气回肠。

我又一次走了捷径。我选择在喜马拉雅上听中文书。很多年前关于此书的记忆早已模糊不清，听书让我对全书的人物事件有了很清晰的思路。果然是一部名不虚传的佳作，我把这个音频推荐给远在布里斯班的Ivy，柔软心肠的她被人物命运所牵动，听到动情处泣不成声。

想起多年前村姑读书会读Ivy推荐的《追风筝的人》，夜晚读书常被催眠的我，读到半夜欲罢不能，眼泪一把鼻涕一把。看来好的小说确实引人入胜，阅读的人和故事中的人物纠缠在一起，让人根本分不清书里书外的世界。

听完中文版还不过瘾，找来20世纪70年代家喻户晓的《荆棘鸟》电视连续剧来看。老一辈的人说，当时这部电视连续剧轰动一时，扮演男主人公的Richard Chamberlain更是成了众多女观众心中的大众情人形象。有意思的是，多年后，进入老年的Richard终于公开承认，自己是个男同性恋者。

我对读书会的宽松环境甚为感激。大家对我作为第二语言的读者来参加读书会表示巨大的支持和宽容。第四本书是蕾妮选择的*Dark Emu*。这是一本有争议的关于澳大利亚土著人历史的反思之作。这本书二百来页，其中没有复杂的人物穿插，只是简单地陈述历史，阅读起来相对简单。终于我啃完了完整的一本书！那些陌生的关于土著人历史的画面一幅幅在我眼前展开，让我对这片既年轻又古老的土地有了更深刻的了解。

这次读书会我们邀请了皮特作为嘉宾。皮特一直对土著问题颇为关注，并经常作为志愿者为土著人社区服务。那一晚，主人做了澳大利亚人在Bush丛林里野营时常吃的简单面包Damper，以呼应本书的主题。

几个月下来，我们4本书一圈顺利轮完，疫情期间也一刻没有耽误。我突然想起我们还没有正式的名字，大家似乎对此并不在意，让我给想个名字。当时我们正在蕾妮位于Encounter Bay（相遇湾）的家中，脱口而出，How about Encounter Book Club? 大家拍手叫好，好，就它了，相遇读书俱乐部。

第二轮我继续我的哲学之旅。推荐了一本当代灵性大师Eckhart Tolle的*Oneness of All Life*，翻译成中文就是《与生命合一》。多年前在村姑读书会中接触了埃克哈特·托尔的《新世界》一书，生命中沉睡的灵性被唤醒，从此对哲学类的书尤其感兴趣。这本《与生命合一》是《新世界》一书的精华集结，我在阅读中虽然无法完全领悟其中境界，但灵修之门似乎正在缓缓开启。其他的成员有对此书的生涩表示不解，也有对其中一些片段的共鸣。我暗自思忖，也许只有我这个方外之人才能有闲读这样远离主流社会的书籍吧。其他的几位，布莱德忙于经营财务公司，蕾妮是社会工作者，郝先生是数据分析师，皮特是退休教师，只有我身份不明。怪不得选的书主题似乎常偏离现实社会的常规跑道。

或许正是因为跳开现实社会，才更有前瞻性。埃克哈特说，一个灵性觉醒的新世界已然来临。我对此深信不疑。

皮特自上次客串后正式加入读书会，成为第五个成员。皮特常怀忧国忧民心，他带给大家一本完全不同视角的书：*No Friend But The*

Mountains。我姑且翻译成，与大山为友。这本书2018年出版，作者是伊朗难民，描述了其从出逃到集中营的艰难历程，揭露了当下澳大利亚政府最为棘手的难民问题。

布莱德的下一本书很合乎读书会的主题。名字长得吓人：*The Guernsey Literary and Potato Peel Pie Society*。翻成中文就是《根西岛文学与土豆馅饼协会》。这一次，我的表现有了质的飞跃。不仅阅读了纸质全书，还看了2018年刚上映的电影。这本书说的是一个纳粹统治下的英伦小岛上的读书会的故事。布莱德感慨道，在如此至暗时刻，书中的各色小人物身上的人性光芒还在闪闪发光。

主持人布莱德那晚很尽心地按书中描述做了土豆馅饼，还做了书中格外珍贵的烤猪肉。大家发言踊跃，仿佛穿越到20世纪二战时期的英国小岛和书中人物相会，可谓是最为圆满的一次读书会。

读了好几本话题沉重的书，郝先生决定选一本相对轻松的书：*Nothing to see here*。这本书通过描述两个玩火上瘾的小孩各种搞怪，揭示了美国社会各阶层的冷暖世故。书中人物相对简单，文字行云流水，故事性强，时间线清晰，成了我又一本完成阅读的书。由于这本书作者Kevin Wilson之故，我们又找出他写的电影*The Family Fang*来看，这部Nicole Kidman主演的电影里面，有个小孩子自燃的镜头和本书多次出现的故事情节相像，看来一个作者写东西都有一些共性，很佩服作者的超现实想象力。今天查了一下，Kevin1978年出生，今年才43岁，已经写出多部年度最畅销小说。

这一次读书会我们又有了新成员梅尔。梅尔是我们Oxfam的头儿，一直酷爱阅读。听说我们成立了读书俱乐部，就要求前来旁听做客。Mel事先阅读了这本*Nothing to see here*，第一次参加读书会就很喜欢读书会的氛围，希望能够正式加入。大家自是很开心有新成员加入，当场全票通过，于是我们的读书俱乐部有了第六位成员。

Mel应我的要求，选了一本关于澳大利亚的书：*Jack Charles：A Born-again Blakfella*。Jack是著名的澳大利亚土著人演员及音乐人，这本书是他坎坷人生的自传，诙谐的笔触常常令人捧腹。又一次，一个不为我所知的世界在我面前展现，我和大家一起，通过Jack的传奇人生，产生了更多的深层思考。

一年多下来，我们不知不觉中读了9本书。题材各异，年代地域跨度极大。这样的读书俱乐部形式显然对我这种读书拖延症患者很是合适。这种看似松散的组织形式，在有弹性的规则里促使我进入书的世界，和陌生的作者相遇相识，和书友们从不同的维度解析同一本书。我深深地爱上了这个相遇读书俱乐部。

郝先生常说，看书是最好的旅行。这句话有句对应的中国古语：读万卷书，行万里路，识万般人。后疫情时代，行万里路不再畅通无阻，读书成了人们唾手可得的慰藉。各类线上线下读书会突然蔚然成风，如雨后春笋般涌现出来。我很高兴听到一串串响亮的读书会的名字：

三生读书会，阳光读书会，稻田读书会，明了读书会，樊登读书会……

读书，是与未知一次又一次的美好相遇。不如我们读书会见吧。

写一封信，慢递给你

我不执着，但有一件事却被我坚守至今，那就是写信。静静坐在书桌前，慢条斯理，选上好的信纸，给远方的你写一封信。

至今记得大学里的信箱号码：1238。这串数字仿佛我的人生密码，一直以某种方式如影随形。生活委员刘同学每次拿着厚厚一沓信到教室里分送的时候，大家伙期盼的眼神到如今还是历历在目。

我是收信最多的那个。并不是说我有多受欢迎，只是我发出去的信多，一分耕耘一分收获，自然就收获一些回信。现在想来，写信是情感交流，也是能量交换。情绪低落的人收到我热情洋溢积极向上的信，往往如同打了鸡血，振作起来。

我喜欢这样的分享。古人很雅，用鸿雁传情表达了信的功能，不仅指情书，也泛指所有的信件往来。

自从有了电子邮件，邮政就开始走下坡路。虽然我还是常常写信支持邮政事业，可惜微薄之力，难以力挽狂澜。

有好一阵子和好友艳常有书信往来。艳是文字工作者，写起信来洋洋洒洒，几页纸一气呵成，字里行间透着真挚，每每读后顿觉神清气爽。尤其是那些不期而至的信，更是如获至宝，让一整天都明朗起来。

后来通信日渐发达，微信里大家每天都在见面，写信似乎成了多余。

总得写点什么，我固执地想。于是改写明信片。寄明信片一般是旅游时的专利。去一个陌生的地方，买上几张当地明信片，看着画面，脑子里浮现出想念的人来。于是拿出早就随身携带的通信录，写上地址，再写上几句诙谐打趣的祝福，就可以让思念放飞到世界的任何一个角落。

不过找当地邮局倒是每每成了问题。有一年在西班牙旅行，买了一堆明信片，陆陆续续写好准备寄出，寻寻觅觅直到最后一天也没有找到邮局。最后只好找酒店前台帮忙。好心的姑娘只收了我10欧元，说保证帮我寄出。心存疑虑的我回到澳大利亚，朋友们纷纷来汇报，嘿，收到你从西班牙寄来的明信片啦！

也有买了明信片却错过了在当地寄出的最佳时机，只好回家后再寄的。我甚至干过一件乌龙的事，在自家门口的邮局给自己寄了一张凯恩斯的明信片，为的是在明信片上盖一个邮戳。

也不知道现如今还有没有人集邮呢？

朋友们有好些是易感人群。收了我寄来的明信片心存感动，来而不往非礼也，感性的女友们也开始在外出旅游时给我时不时寄来惊喜。日本、中国台湾、新西兰……我把那些越过千山万水寄来的明信片贴在冰箱上，做饭的间隙看上一眼，仿佛即刻就和远方的她们说上了话。

2015年3月在婺源篁岭看油菜花。篁岭用石子铺就的主街上有一家特立独行的商铺，主营慢递信件。靠墙的一侧一大排信箱，写着未来的年月日。我好奇，索性欢喜地坐了下来，给澳大利亚同事写了一张明信片，祝福两个月后的她生日快乐。主人告知，客人只须告诉他们需要对方收到信的具体日子，他们会根据寄信地址估计邮寄速度，从而决定寄出的时间，以保证未来的收信人在某个时刻可以收到信件。

几个月过去了，澳大利亚同事欣喜地告诉我：我收到了你很久之前从中国寄出的明信片！

这个慢递商铺的形象一直印在我的脑海里，反其道而行之的经营之道令我叹服。给未来写封信，多么浪漫的一个想法啊！6年过去了，不知这个慢递小店是否依旧？

　　每次回老家总会去看看小学时代敬爱的班主任汪老师。汪老师总是把我们当孩子，拿出一堆水果点心招待我们。有一回汪老师笑盈盈地说：我要给你看样东西。原来是我十几年前在北京时给老师写的两页信！老师说：很喜欢读你写的信，我都好好保存着呢。我接过信慢慢读起来，开始泛黄的信纸承载了多少飞逝的时光……

　　估计有一天回国探亲，姐姐也会从储藏室搬出一箱东西，问道：你有没有时间重读一下当年大学时代的信呢？

　　几年前我开始手作贺卡。有一次和好友手绘贺卡到深夜，兴奋得停不下来。外甥女袁逸也是文艺女青年一枚，于是决定在离她生日还有半个月之时寄去她点名喜欢的手绘贺卡，外加三页情深意重的手写书信。

　　哪知过了整整一个月还是音信杳无。从南澳小镇到浙江首府，一个月的邮政慢递仍没有寄到，感觉回到了邮政马车的年代。我叹息快递迅速发展的时代把寄信这个最根本的业务弃之一边，岂不是舍本求末吗？同时也为没有寄挂号信很是后悔。好在我早有防备，寄出信之前把信件内容拍照留档，有备无患。

　　5个月后的一天，万里之外的袁老师微信里发来照片，嘿！我收到你的信了！三页纸的信加贺卡完好无损，只是5个月里它究竟经过了什么样的磨难去了哪里就成了千古之谜。

　　5个月的邮递服务，堪称史上慢递奇迹。不过总比有些寄出去的信，从此了无踪迹要好很多。我暗暗庆幸。

　　远在国内的朋友大多难得打开信箱。一切电子化后，加上快递业务的便捷，家家户户的邮箱成了摆设。有几次朋友隔了好几个月说：我今天开了信箱，惊讶地收到了你的新年贺卡！此时新的一年早已过去了大半。

　　从前慢的时代一去不复返了。想想我似乎在做着一件不合时宜的事。

但喜欢收信的也大有人在。澳大利亚好友海伦说：你去中国时记得给我写明信片噢！我有收集明信片的习惯。于是我在山西大同的云冈石窟云游时，给她选了一张慈眉善目的菩萨石像寄去，过了很久后再聚的一天，她说：我好喜欢那尊佛像！我把她贴在冰箱上，她一直在看着我。

西方人在写信这件事上和中国人一样，估计也日渐式微，鲜有人还在认真写信的。但贺卡不同。在各种节庆时节以及不同的生日婚礼、丧葬住院等等场合送一张贺卡的传统沿袭了100多年，经久不衰。

一天门前的信箱里有一封没有邮戳的信，原来是绘画俱乐部80多岁的西西莉送来的。为了表达邀请她来过中秋节的感激之情，她在自做的贺卡上这么写道：谢谢你上周六在家举办的特别活动。希望一切都好！

我如法炮制，回送给她一张我做的贺卡。不同的是，我画的是鸡，她画的是狗。

郝爸郝妈结婚60周年钻石婚之际，收到了英国女王的贺卡及亲笔签名。当然还有南澳总督的贺信以及家人朋友四面八方寄来的祝福。这些贺卡被整整齐齐摆放在客厅的台子上，俨然一道人情味浓浓的风景。都说幸福与否的关键是良好的社会关系，即与他人的连接。这些贺卡仿佛就是那连接的象征，幸福的提示，默默地联系着彼此，无论天涯海角。

我和隔海相望的袋鼠岛上的彩虹妹妹不知何时开始了书信往来。明明可以在微信上三言两语说完的事，被我节省了下来，化作信纸上的一行行字慢慢寄到海的对岸。收信的她受了感染，也开始给我回信。好久没有写中文了，字迹潦草，请见谅哈！她写道。在岛上居住了二十来年，难得有机会说中文的她，估计也鲜有机会写中文吧。在岛上过着深居简出慢生活的她，似乎很享受这样两岸书信传情的游戏，不紧不慢，从此开信箱时有了些许期盼。

有一天，我选了一张从日本买回来的印有小碎花的信纸，认认真真写了两页信，装在同样印有小碎花的信封里，踱步到家附近的邮筒，近乎虔诚地塞进邮箱，希望这份友情通过这样的仪式感慢慢传递给海那边的她。

我还是常常提笔忘字。出国10年，失去了中文环境，加上电脑手机打字的便捷，字写得不如以前娟秀了，文笔也不如从前隽永。记得很久以前，大家对写字这件事是很较真的。字如其人，人们常常用字来判断一个人的性情。

我还是顽固不化，想回到"从前慢"的日子里去。最近和画廊的负责人建议说，是否可以在画廊辟出一角，专供给客人写信之用。取名：Write a letter in the gallery. 想象一下，在画廊里静心写一封信的感觉，是不是很美很文艺？

第三辑 自由散漫，人人都是艺术家

与画有约

　　想要开始学画的念头，在来澳大利亚后好一段时间都在脑子里打转。和杭州好友艳一直叫嚣着要开始艺术人生的下半场，她早已画画上手多年，我买好了全套的画纸画笔颜料，铺设好画台，却迟迟未能动笔。

　　终于机会来了。

　　2015年9月，好友韩那在茶树沟图书馆一角开设了成人水彩绘画班。韩老师的专业背景是中国画花鸟工笔。但她并不拘泥于传统，她画的卡通很萌很有创意，水彩触类旁通，更不在话下。

　　记得第一节课画兰花。我颤颤巍巍地跟着韩老师运笔着色，一切都那么陌生又令人兴奋。回家后在厨房的小餐桌上继续画兰花，画了一簇又一簇，初尝画画的魔力，疯狂的画笔根本停不下来。

　　我们每周画一次，每次两小时。后来陆续画了康乃馨、圣诞贺卡、蓝花楹、海鸥、鲤鱼、鹦鹉……从植物到动物，把自然界画了个遍。绘画兴趣班的人来了又走，最后留下来的都是真爱，演绎成了后来的艺术村姑部落。

　　我中途回国4个月，感觉是回国进修艺术去了。国内的艺术产业方兴未艾，到处都可以感受到艺术的浓烈氛围。北京的草场地、798、宋庄，上海的泰康路、M50、北外滩艺术园区，艺术以从未有过的开放态势显现出一片繁荣景象。在杭州，好友引荐我去见了她的水彩老师余知辛老师。她位于杭州高级中学的画室让我羡慕无比，她赠送给我的几本画册，对我后来的画风产生了深远的影响。

余老师的水彩画写意随性，充满灵性。我在杭州生活的那段时间闲暇有余，时不时和老友一起约了画画，其间临摹了不少余老师的画，对水彩画的场景处理开始有一些直观的概念。慢慢地，我开始临摹一些其他网上看到的素材，但基本也离不开自然和植物界的题材。有一次偶尔买了一本英国乡村植物日记，各种野花野草以水彩的方式呈现，令我爱不释手。在回到澳大利亚后的一段时间，我又忙着临摹这些细腻的花花草草，从写意又回到了写实。

这一切都是学画途中的探索。没有绘画童子功的我，人到中年，如同一个孩童般对水彩的绘画世界充满了好奇。之所以选择水彩画，我想原因有三：1. 水彩的流动性。水和颜料的互动转化产生梦幻般的色彩肌理，不确定的结果正是其玄妙之处。2.水彩画可以在短时间内完成。我喜欢一蹴而就的洒脱，难以忍受一幅画画上几天甚至几个月的折磨。3.水彩和中国画有相似之处，对于爱好混搭的我正是中西合璧的最好媒介画材。

4年前搬来维克托港，不多久就在小镇后街的画廊结识了画家玛格丽特。她热情地引荐我去参加当地艺术家俱乐部每月第一个周一晚上举办的活动。这个俱乐部有七十几个成员，我毫不犹豫地交了35澳元年费（后来因一年过半，他们又退给我半年的年费），以初学者的谦逊姿态如饥似渴地从周围的艺术家身上汲取营养。

艺术家俱乐部名下最活跃的，是每周四上午在Lutheran Church（路德教会教堂）的活动室举办的绘画小组活动。3个小时的活动付费5澳元，每人自带画材，各自绘画。前来的会员水平参差不齐，有的是真正的有创意的艺术家，在艺术领域驰骋多年；有些也是如我一般的艺术新兵，刚刚开始在艺术道路上蹒跚学步。其间大家互相交流心得，喝咖啡聊天，看似没有老师，其实人人都是老师。我在这个绘画小组自由发挥画了不少画，渐渐脱离临摹的束缚，开始真正意义上的创作。因为初学者的心态，无拘无束，画得不好，一笑了之；画得好了，赢得一片赞扬，喜不自胜。

没多久就到了8月南澳最大的艺术盛事SALA艺术节，翻成中文就是"南澳洲在世艺术家的艺术节"。为期一个月左右，展出的场地遍布南澳的城市乡村，大到美术馆，小到画廊、艺术工作室甚至咖啡馆。维克托港艺术家俱乐部按惯例会有一次较大规模的画展。画友们开始怂恿我去参展，我由衷地觉得没有底气，可是经不住她们的竭力相劝，赶鸭子上架在截稿前一天完成两幅小幅水彩：Backyard Pansy（《后院三色堇》）和Almond blossoms（《杏仁花开》）。

没想到这两幅画收到了很好的反响，观展的客人和其他画友纷纷表示喜欢我的画风。《杏仁花开》这幅画竟然卖给了一位我喜欢的本地画家！我大喜过望，虽然卖得不贵（88澳元），但能够有人来花钱买你的画是多么大的荣幸啊！要知道梵高当年生前可只卖出一幅画啊。我大受鼓舞，越发享受我的绘画之旅。

爱分享的我常把自己的习作发到朋友圈和大家分享。老同学王同学在留言里总说些鼓励和做我经纪人的话，我只当是玩笑。没想到我回国前，他真的很认真地跟我说要我带些画回去，他要买一批画来装饰他的办公区域。待到下一次再回国时，他已经正儿八经地把画挂上了。

转眼10月又有一次小镇盛会，有着100多年历史的Port Elliot Show。这相当于皇家阿德莱德秀的迷你乡村版。我们艺术家协会每年都会在这个展会设专区画展。我在回中国探亲之前匆忙赶出两幅自创原作：Pin Cushion daisy（《高山蓝盆花》）和Lavender in front of the old house（《老屋前的薰衣草》）。一个月后我从国内回来，画家Wendy交给我没有卖掉的两幅画，同时也给了我一条绿色绸带：上面赫然写着水彩画三等奖。我愕然，笑问道：是不是水彩画参展作品只有

3幅啊？她说：不是的，水彩一共有十几幅参展呢。你这幅Pin Cushion daisy真的画得很不错呢，Lorraine是这次的评委，她给了你这个三等奖。哦？真的吗？我对自己的怀疑一点点地开始融化……

有一天，绘画小组的一个成员动员大家把画放在Encounter Bay的Boulevard Café展览出售。我把那幅得了奖的Pin Cushion daisy和另一幅画拿去展出，一个月后展出时间到期，唯一卖出的一幅画竟然就是这幅Pin Cushion daisy。大家都为我高兴，前来道贺。我欣喜之余开始反思，也许并不是我画得有多好，而是人们需要新鲜的令人耳目一新的艺术作品。我的画，西方的水彩带着东方的韵味，亦东亦西，也许有一种澳大利亚人觉得说不清道不明的东西吧。

在画友们的引荐下，我开始去位于Hindmarsh island上的Graeme那里上课。他的家前身是一个百年历史的奶酪工厂，石头垒筑的房子有着高高的梁柱，客厅里放着长达5米的老木头长桌，我很享受大家在他的客厅里课间休息时间的茶点时光。他退休前也在Tafe教绘画，尤其擅长教学，但他自称自己不是艺术家而是艺术教师。我们一次课一般有五六个学生，各画各的题材，他眼光犀利，往往能一针见血地指出要害，让人受益匪浅。

2018年底，在画廊做了一年多志愿者后，画廊负责人问我是否愿意成为正式的画廊成员。我很犹豫，因为我知道，要成为其中一员要经过可怕的无记名投票。画廊是画家联合体，成为画廊的画家需要得到其他画家的多数投票。这种被公开评判的恐惧足以击退很多有意愿成为画廊成员的画家。我抱着无所谓的态度，斗胆带着我的几幅画等待大家的审判。要知道，画廊原有的这些成员都是有着很长画龄的成熟画家，有几个还是屡获殊荣的负有盛名的大画家。没想到，我被大家以全票通过的方式接受了！我欣喜万分，感谢大家给我这个艺术新兵如此宝贵的机会。

成为画廊画家可以放10幅画在画廊里卖，120澳元的年费，画廊提取25%的佣金。还是和从前一样每月当班一到两次，每月有一次月度例会。2019年半年下来，我在画廊一幅画也没有卖出。不过这一点也不奇怪，我也并不为此感到羞愧。艺术的道路从来都不会是一帆风顺的，我这样劝慰自己。

这期间，我继续参加各种大师班的短期课程。来自新加坡的Alan是近年来南澳风头正盛的水彩画家，他的画有着东方水墨画的神韵，粗放流动，似乎有着音乐的韵律。我在他的演示课上很受启发，回来画了几幅画，被懂行的朋友看出来是得了大师的真传了。

Lorraine是我欣赏的一位本地知名画家。我参加了两次她的水彩绘画课。她是一位恬静的优雅女人，她的画很传神，色调柔和雅致，有着很深的艺术造诣。后来得知，她的老师是一位俄罗斯和中国的混血儿，怪不得，她的画与我总是有一种特殊的亲切感。

Glenn是另一位很有造诣的当地画家，不仅自成一体个性十足，还擅长教学，并同时经营画框生意。我也去参加了一次他的每周一次为期5周的课程，对透视、色彩等基础知识有了更深一步的了解。

大师班上了一阵之后，我决定停一停。吸收了那么多，需要时间和实践慢慢消化和体会这一切。我开始跟着自己的感觉画画，大多数时候是用自己拍的照片做参考素材，因为有自己亲身的体验和连接，画画的时候更有临在感和创作的热情。这些画，令人满意的我称之为Happy accident（意外惊喜），糟糕透顶的我就偷偷塞到柜子里束之高阁。一切似乎都是偶然，又似乎也是必然。我坦然接受学艺途中的曲折起伏，也享受着创作难以言喻的快乐。

原先画画的工作室设在后院的工具屋里，然而冬天觉得冷，就懒得起意动笔画画，有时候一搁笔，可以过上两个月一幅画也没有画。

有一天看着从卧室通往书房的过道，通透明亮，两边的大玻璃窗将院子里的植物自然连接，我突然脑洞大开，这是一个多么合适的画画空间啊！于是一不做二不休，很快将后院画室搬到这个通透的过道，画桌大小正好合适，多么紧凑接地气的一个画室啊。每天走过路过都能看到画桌，再也无法找到理由不去动笔画画了。

然而创作这件事总是有点让人捉摸不透。搬好画桌，一切就绪，我又有两个月没有动过一笔。

不过还是学会了很多东西。比如说如何利用二手画框。澳大利亚的画框很贵，如果要去专门做框，动不动就会上百。羊毛出在羊身上，这就意味着你的画要卖到很贵才行。我还是把自己放在初学者的位置，不想把画卖得很贵，所以热衷于淘二手框来改造。有些二手框品相很好，几乎不需要整改，但在背后封框上要做到专业。买封条、钢丝绳、螺丝钉等等细节都是一个学习过程，一段时间下来，总算摸出了一套门道。

有些框原材料是原木，品质不错，但有一些刮痕需要补救。于是我买了油漆，将其刷成亚光的白色或灰色，再用砂皮打磨，最后呈现出我喜欢的做旧的distressed怀旧风格。这一切的慢工细活，让一幅画作的完成充满了乐趣，我浸润其中，乐此不疲。

我几年前随意画的一幅大公鸡，原先随随便便找了个小的二手框，挂在女儿客房一角毫不起眼。某天突然兴起，将之框入一个大气了很多的二手蓝色镜框，瞬间那只公鸡也有了十足的神气，我给它起了个好名字，叫作Rooster on fire（热情似火的大公鸡）。嘿，结果在第二次参展Port Elliot Show时被人毫不犹豫地买走，有好几个画友很认真地跟我说，People's Choice（观众选择奖）我们投票给你的大公鸡了！

去年年初，我不知从哪里受了启发，开始用我以前的画作的复制品做起贺卡来。我把画作的照片打印出来，然后手工贴在空白的贺卡上，定价为我最喜欢的数字3.80澳元。原先是抱着玩儿的心态，没想到放在画廊里卖得很不错。后来我做志愿者的游客中心也鼓励我把贺卡拿到那里去卖，结果也是出乎意料地大卖。Council的财务索性通知我直接在送货之时就把账单开给他们，而不要等卡片卖完再开账单了。因为他们坚信，所有的这些卡片都会销售一空的。郝先生高兴地说：看来我可以很快退休不干活了！

这些手工卡片让我小小开心了好一阵。但总是重复自己慢慢让我开始觉得无趣了。我开始手绘卡片，虽然说费时费力，但每画一张小卡片都是一次创作，这种感觉让我兴奋，于是开始尝试这种艺术形式，定价8.80澳元。不仅在以上两处出售，还衍生到了Goolwa的画廊和附近的咖啡馆。

一年一度的Port Elliot Show好像是我的福地。去年我画了3组小画去参展。作为艺术家俱乐部的成员，周日下午的最后一个shift是我和另外两人值班。刚去没几分钟，就有一个女子过来对我说，她想要买这几幅画。我一看就笑了，这不是我的画吗？她很开心，竟然见到画家本人了，说她也喜欢另外两幅，索性就把两个系列的5幅画都买了。

2019年10月，我的一幅小画终于在画廊卖掉了。那是一幅放在橱窗里展出的红色虞美人，水色朦胧的背景透着东方意蕴。从这个小小的里程碑式的进步开始，我在画廊的业绩接下来一直都让人欣慰。2020年1月，我第一次参加了维克托港最大的艺术展Rotary Art Show。这个画展也有让人发怵的门槛，每一幅画的入场费为25澳元，如若未被审核录用这笔钱就权当是捐助了。因为Rotary本身就是一个慈善组织。申请之前我的心里也一直打鼓，钱的事小，关键是被拒绝的打击更大。好在最终的结果是顺利入选，后来知道，淘汰率在10%左右。可惜参展的两幅画并未售出。

然而有意思的是，在Rotary Art Show画展的一周展出期间，我在画廊里共出售了4幅画！分别由两个从其他州来的客户买走。这让我又为之一振，恨不得快快拾起画笔，创作灵感源源不断。

之后艺术家协会又在新落成的Coral Street Art Space搞了一次画展。我的画被挂在进门处的显著位置上，可惜并未售出。有一个访客说很喜欢我的画，问我是否有网站可以浏览。我很认真地写了邮件给她并附了很多画作的图片，却从此音信杳无。

2020年疫情突然降临，很长一段时间无法静心画画。其间拍了无数菲尔半岛的美景，尤其是日出时分的海色天空，用美图分享在朋友圈治愈着焦虑的人们。终于有一天，有人忍不住发声了，是时间把美景画成水彩画了！

一句话惊醒梦中人，我终于凝神静气坐到了画桌前。不画则已，一画就停不下来。坐在画桌前，时间转眼间流逝不见，我只感觉到每一笔一画都带着美的气息在流动，有一种叫作"心流"的体验无以名状。这样几个月下来，陆陆续续创作了二十几幅小幅水彩。画画如同写作，刚画完总觉得差强人意，但过了一晚再次远观近看，竟每每看出其中的好来，往往越看越欢喜，以至于像刚刚生下了一个婴儿，左看右看，爱不释手。如此这般，竟有了废寝忘食的时候。对我这个讲究平衡吃饭睡觉从不怠慢的人来说，我知道，这就叫Passion（热情）。

也许是孕育了很久，厚积薄发，这批画自己觉得比较满意，于是陆续拿到画廊去卖，甚至也跻身到Goolwa的Artworx画廊去寄售。那个大咖云集的画廊，我本想只卖手绘卡片去填补空缺的，没想到手绘卡片卖得不错还经常需要补货，现在竟然也可以把我的小幅水彩拿去寄卖了。画廊主人是我原先上绘画课的同学，一直喜欢我的风格，她的眼光犀利，给我提醒说：我觉得你的画风有西化的趋势，还是保持你的东方韵味比较好。

去年还有一件学画过程中里程碑式的事件。一起打球的皮特听说我是Artist（在澳大利亚，是个画画的都叫艺术家，我总是每每感到羞愧，后来也懒得去更正了），去年年初看似随意地说了句，"你帮我度身定制一幅关于我家花园和房子的画吧"。我拖了好几个月才忐忑不安地交稿，额外多画了一幅网球场的水彩。结果他很满意，认认真真把两幅画并排挂在客厅一个显著的位置。

说实话，第一次为人订制画，心里很没底，感觉受了很多的约束，左右都不是。虽说皮特似乎很满意，但我总怀疑他也许只是好心地想鼓励我这个新人。

无独有偶。一天远在国内的老友给我发来一条微信，说很喜欢我的画，让我给她未来的别墅画一批水彩画装饰墙面。但不用着急，预计两年后才会迁入新居，可以慢慢画。老友很贴心，说题材大小尺寸都不受限，反正家里墙面很多，到时候由我来设计挂画外加室内设计。我仿佛一下回到了十多年前在国内的日子，当年为不少朋友和公司做了一些室内装饰呢。

今年1月的维克托港Rotary Art Show规模盛大，我第二次参加此展。画了两幅和袋鼠有关的当地风景画，信心满满，希望能够售出，结果没有收到那个传说中的幸运短信，两幅画又被我拿回画廊出售。卖画就是这样，起起落落，难以预测。画的好坏和市场的关系并不成正比，这也许是给我这个艺术道路上的初学者的警示：忌功利，戒冒进。

艺术家协会在2月举办了疫情后的第一次画展。这次画展的开幕酒会很成功，第一晚就卖出了17幅画，其中我的3幅"日出"系列幸运地被小镇的CEO买走，引得大家纷纷道贺。后来有个资深画家对我说：看来你的风景小画很受欢迎，你应该在这条路上坚持走下去，直到它成为Signature and your thing，意即你的个人特色和特殊符号。

有了一点小成绩的我突然就有了压力，以至于无法安心去周四的绘画小组和其他人一起画了。学画5年三天打鱼两天晒网的我，其实还有很多绘画技巧尚不成熟，远不到出手就有的境界。对自己当众画砸的尴尬难以接受，全然没有了当初无所谓的自在心态。曾经有一段时间每天早上坚持画一幅素描，下决心画100幅的目标虽然只完成了一半，也算是补了一些基本功。好在网上有很多提高绘画技巧的课程，世界各地的水彩大师们不遗余力地授课让我受益匪浅。按照一万小时定律，我这5年来满打满算估计只用了2000小时，如果按将来每周画画20个小时算的话，那也需要8年才能达到真正画家的水平。我只希望能够摈除杂念，在自娱自乐的绘画表达中找到更多的共鸣者。

韩老师对我的画有个深刻简练的评语，那就是"拙"。我深以为然，她确实是懂我的人。个性朴素随性的我，画作难以精工细作，只求粗犷质朴，意到形散。抱朴守拙，深得我心。正所谓画如其人吧。

我们的画廊所在的Railway TCE（铁路后街）9月开始改造，画廊在疫情和半封路的双重打击下勉强为生。好在我的小画和卡片还颇受欢迎，去年下半年还卖出了十来幅画。这条街因其历史遗迹的完整保留将被改造成文化艺术一条街，3月底有望完工。画廊于是在3月初做了一次粉刷装修，期待迎来画廊的春天。

越来越觉得，原来绘画是多么奢侈的一件事啊！世间杂事纷纷扰扰，有多少人有这份闲情逸致定下心来创作一幅画呢？于是更加珍惜这样的机缘。朋友圈有几个好友因为看我常常晒出新作，受到启发，也开始涂涂画画，甚至报了绘画班去学习绘画，实在让人欣慰。

一路走来，画画似乎是一种玩票。玩着玩着，玩出了情结，玩出了情绪。我想我一直和画有一种约定，正如摩西奶奶的绘画历程，人生没有太晚的开始。

艺术，生命中的要事

4年前入驻小镇的一个主要原因，就是这里聚居了很多艺术家。虽然不似宋庄那样的密集成规模，但这种不被商业所驱动，只为个人爱好而迁徙的风气深得我心，我要和志趣相投的人在一起！

迁入小镇后稍作安顿，我就开始到处寻访画廊。如果说美术馆是官方关于美术史的教学基地，那么民间的大小画廊就是自我陶冶艺术情操的必到之地。自从35岁那个转折点后，我就常在美术馆和画廊及画家工作室游荡。逛画廊和工作室时和主人闲聊常有让人意想不到的收获，更是我这个闲散之人的偏好。

维克托港是整个Fluerieu（菲尔半岛）的中心镇，每隔10公里还有几个周边小镇如明珠般撒落在海岸线上。每个小镇都有自己独特的个性，历史古镇，海边度假镇，冲浪小镇，河口小镇，大家都有一张自己独一无二的地理名片。

我最爱逛离家开车10分钟就到的Port Elliot。小镇虽只有两条纵横交错的主街，却有着时尚、古董、书店、咖啡馆、烘焙坊、画廊、酒吧、餐厅等一系列商业模式。South Sea是远近闻名的独立书店，书店里常有人来喝咖啡，和书的墨香气糅合出芬芳的书香气来。主人在街对面开了一间同名家居小店，普通民居改造的店面层层递进，每一间都让人惊喜。装帧精美的书籍，精心挑选的小众衣物饰品，独树一帜的艺术品，甚至还有遥远东方来的小古董，融会在多层次的空间里，让人目不暇接。每一个空间都点缀着夸张的大型自然插花，让我想起好多年前的一本杂志《家居主张》。穿梭其中，质朴原始的乡村狂野气息和时尚前沿的现代节律交替袭来，说不清，道不明，令人沉醉其中，流连忘返。

South Sea旁边开着一家三天打鱼两天晒网（三天开门、四天关门）的名为Dog Dragon 的家具店。主人约翰十多年前在印尼为教育部工作。热爱木艺的他被印尼丰富的木制家具资源所吸引，回到澳大利亚后索性辞职开了这家东南亚风格的家具店。店里的大多数家具都从印尼进口，采用前店后作坊的经营模式。他常在后院库房敲敲打打翻修家具，听得门铃声响，就出门迎客。每次见到他都是一副澳大利亚人典型的Laid back（休闲）的神态，身上带着些木屑也透着儒雅的书生气。我每每带了朋友前去探宝，总希望能给他带来一些生意。

镇上还有一家名为"Living by design"的家居小店。店的风格趋于简洁现代，宽敞的店面色系明朗清新，小型家具、服装、家居饰品被组合分布得恰到好处，每一次进去都令人神清气爽。有一次巧遇此店的创始人Mon，两人一见投缘，得知这个店最早的店在山上的一个小镇，现在已经扩张到4个分店，而她也退居二线，把事业交给儿子打理，自己开始了一段全新的生命旅程：潜心画画。Mon不仅在本地跟着老师学画画，还去法国学习了一段时间。她的勤奋很快让她有了骄人的成绩：她在自己的几个连锁家居店里已经卖出了100幅画。她的画基本以大幅花卉油画为主，画面清新，主题鲜明，写实中又有写意的恣意，很具辨识度。帆布画面，无框，每幅画的价格在500~1000澳元，在琳琅满目的家居时尚商品中显得格外出挑。

看来这是一个非常启发人的艺术经营新思路呢。人们去逛画廊的心情常常是去观看欣赏，并无购买之心，而去一家家居店的目的往往明确，我是来买东西的。澳大利亚人喜欢按预算行事，难怪Mon在经营自己的画作时的独辟蹊径取得如此斐然的成绩。

小镇上有一家正经八百的画廊"The Strand"。画廊里常有展览，走的是高端路线,画作价格不菲,几千上万倒是经常有合适的买家,相信画廊的主人是瞄准了有钱的度假人士,Port Elliot作为高级度假屋的聚集地,每年节假日都吸引了众多的度假者。

我还喜欢去一家叫作45 Gallery的画廊。画廊的主人Paul几年前买下主路边一处不起眼的二层小楼,翻修一新,上面住人,下面开画廊。原先做平面设计的Paul,后来爱上了摄影和绘画,绘画的涉猎范围甚广,油画、丙烯、水彩、人物、风景、抽象……他在画廊里设了一角工作室,可以边画边和客人聊天。Paul是个勤勉的艺术家,画廊里出售的大多数是他的作品,同时也穿插了其他当地画家的画作。他经常在画廊里举办绘画教学,前来学习的人们络绎不绝。

天性随和热忱的Paul对艺术的热爱从他炯炯有神的眼睛里可以看到。I just love it! Paul说,眼睛里闪着光。我有一回跟他说,想用直播的方式采访他,他欣然同意。后来合作方一时没有下文,我就耐心等待,慢慢等待一个合适的时机。

位于20公里外Goolwa小镇的Artworx画廊是我喜欢的风格,以画为主的画廊集结了本地区很多著名画家的作品。画廊里错落有致的各种艺术衍生品也很有品位,当地人把此画廊当作购买礼物的好去处。有一次在绘画课中发现同学Liz竟然是画廊的主人,我后来也成了Liz的供应商,从小小的手绘贺卡开始,慢慢开始出售我的小幅水彩。

Goolwa位于墨累河的入海处,河海相会的独特地理风貌和人文景致吸引了很多艺术家前来聚居。小镇不大,却有着4个常年开放的画廊。Artworx是私人画廊,Art@Goolwa是画家联盟,Signal Point和老警察局旧址改造的画廊则属于镇政府。

老警察局常搞一些别出心裁的展览。几年前看了一个桥梁画展。两位好友驱车寻遍澳大利亚的各处桥梁,一个用钢笔画,一个用丙烯画,一年下来开了这个联合画展。两年后,他俩再次联袂来了一次以Shed

库房为主题的画展。澳大利亚家家户户都有库房，可以说是工具屋木工房之类，常被称作男人的天堂。

Signal Point是古瓦镇上的艺术中心。场馆设计现代，高挑宽敞的空间成为各种艺术门类活动的中心场所。这里常年都有规模不小的视觉艺术展览，也有音乐会、小型表演活动。有一次看到一个关于袋鼠的画展，该画家画的袋鼠神态逼真，动感十足，而他开始画袋鼠也就是两年前的事。看来一个人如果聚精会神，两年里面可以成就很多的事呢。

有一次网球场上结识了一位画家Peter McLochlan。他邀请我去看他在Signal Point的个人展。在小镇艺术圈里混了好多年，从来没有听到过这个名字。好奇地约了好友去现场看展，一进门就被深深吸引。他的油画带着哲学思考，将自然和人类的错综复杂的关系以绘画语言重新打碎组合，古典、现代和未来在画布上撞击，虚中有实，引人思考。看后深觉，菲尔半岛真是藏龙卧虎之地啊。

菲尔半岛的画廊远远不止这些。更令我惊讶的是，寻常百姓家也常有令我误入画廊的感觉。

画友迪亚有一次邀请几个女友前往她家下午茶小聚。一进门我就怔住了。这哪里是居家，这几乎就是一个画廊！前厅的一侧很是宽敞，墙面挂满了夫妇俩多年收集的大幅藏画，大多为现代抽象画，在各式古典家具的衬托下，透着穿越古今的波西米亚混搭气息。果不其然，楼上那个看得见海景的画室继续延伸着这种气质，不经意间，她拿出一打泛黄的艺术杂志，说道：我从有着波西米亚气质的母亲那里继承了这些。

有一次临时拜访一位划船朋友的家。房子隐匿在一大片农庄的树丛中，从低调的侧门进得其中，哇！别有洞天啊。法式乡村的基调，每一处合适的墙面，包括楼梯走廊都挂了一幅恰到好处的画。大小错落的画林林总总应该有二三十幅，俨然是一个常年家居画展。

我慢慢可以理解为什么人口稀少的小镇有那么多画廊，每年为什么有那么多各种名目的画展。因为每一个普通的家庭，不管是否和艺术沾边，他们都会把艺术品当成必需品买回家收藏、装饰和欣赏。如同每天必需的精神食粮，用美滋养着一代又一代。

如果说国内很多画展都是圈内人自娱自乐的小众活动的话，澳大利亚的画展似乎是接地气的全民活动。除了少数高质量的知名画家的画价格不菲，大多数的画都是老百姓买得起的艺术作品。我每每到访一家普通人家，主人都会对墙上的画作的来龙去脉娓娓道来，引出一些有趣的和艺术结缘的美好故事。

年轻人对家居环境的艺术性也很有讲究。我以前的同事学的是室内设计，对美学有着独到的见解。几年来我陆陆续续去过她搬过的好几个家。年轻的她还在拼搏，家居环境并不宽敞。但她的每一处家都经过她的妙手被打造得井井有条，风格独特。她尤其擅长利用室内绿植营造气氛，不大的空间里绿色植物错落有致，让人仿佛进入了热带雨林。

善于利用绿植的年轻人还有郝先生的儿子路易。他们小夫妻租了一套两室一厅的Unit，小小的每一个空间都被整理得纹丝不乱，网上淘的二手家具被他们利用得恰到好处。书架上的书籍，两把吉他，墙上的摄影绘画作品，蓬勃向上的绿植，每次拜访都感觉这两人仿佛不食人间烟火，只活在精神世界里。而厨房里摆放整齐的锅碗瓢盆又明明白白告诉我，他们只是普普通通的饮食男女。

我很喜欢林语堂的《生活的艺术》一书。后来才得知，原来这本书最初是用英文写的，原名为 *The importance of life*，生活中的要事，林先生是告诉我们，艺术是生活中不可或缺的要事吗？老人家在20世纪30年代早就洞察一切，而我也越来越觉得，艺术看似无用，却是生活中，或者说生命中顶要紧的事了。

音乐不能停

　　一直以来，对能够自弹自唱的音乐人羡慕不已，希望有一天自己也可以成为其中一员。我曾许下人生下半场艺术人生的三个愿望：学会画画，学会一项乐器，出一本书。女儿作为我的监督人，在一旁如此批注：画展我来给你赞助，乐器希望不只是口琴，出的书一定要图文并茂。

　　我决定开始学钢琴。赛尔是一个才华横溢的年轻人，我开始拜师于他。我买了一架数码钢琴，每周两次驱车20分钟去他家上课，回家后就苦练各种练习曲，下决心每天练习至少一小时，直到练得C小姐耳朵起了老茧，她声称那首*Santa March In*的旋律快让她呕吐了。

　　就这样沉浸在音乐的海洋里过了3个月，我以为我一直会在这条道上坚持不懈走下去。这时赛尔回国度假去了，要回去一个月。机缘巧合，这个空当期，我不仅开始拾起了画笔，还开始了和郝先生的约会。

　　钢琴就此扔到了一边。

　　郝先生倒是偶尔坐到钢琴前弹一首优雅的曲子。这是他唯一能弹的曲子，我至今不得其名。他说40周岁生日时，妈妈给他的生日礼物就是一年的钢琴课程，结果就是他记住了这唯一的曲子。我却什么都不记得了，3个月的心血白费，觉得很对不起赛尔老师。

　　郝妈妈可以称之为钢琴家。作为一个4个孩子的妈妈和全职药剂师，她自学成才学的钢琴始终没有丢弃。如今的她已经85高龄，每周二都要去附近的Capri戏院在电影开演前弹奏那古老的从舞台底部缓缓升起的管风琴。另外还有频繁的葬礼钢琴伴奏。我真希望我也拥有这样一项技能，一直到老都能持续悦人悦己还能赚钱。

巧的是，我的另一位老友Elaine（丰老师）也是一位钢琴家。郝妈妈名字也是Elaine。丰老师在国内修的就是钢琴专业，移民到阿德莱德后就开始从事钢琴教学工作。现如今，她的学生需要排长长的队预订才能排上她的课，她们注册了一个名叫"闪耀之星家庭音乐会"的组织，每年都有好几次高质量的学生汇报演出。

郝先生还有一个和C小姐一样的梦想，就是学会架子鼓。C小姐一时性起买的一套二手架子鼓被淘汰到了我们小镇的房子里，和郝先生另外淘来的电子版架子鼓都放在客厅里，不知情的人一走进我家，被浓浓的音乐气氛所包围，都误以为我们是音乐家呢。

话说，他老人家一头乱蓬蓬的金发，确实总被人们误以为是搞地下音乐的。

他有那么一年，一直坚持去拜师学架子鼓，40澳元一小时。先后拜了两个老师，每次回来就即兴捣鼓一通，沉醉其中，不亦乐乎。可惜好景不长，生活琐事渐渐多了起来，一次中断，就歇了下来。到如今已经有一年多没见他敲过一下鼓了。

郝先生的儿子却继承了奶奶的音乐细胞。他的钢琴很有造诣，吉他也自学成才，和几个朋友组成了乐队，时不时在各种活动中参加演出。每次去看他的演出，我都会幻想着有一天我能手抱吉他，自弹自唱，那该有多美啊！

小镇里的音乐家多如牛毛。有次去邻居家敲门借东西，发现他家里挂着五把吉他。另一家邻居老夫妇一个拉小提琴，一个吹萨克斯管，一直活跃在当地的管弦乐队里。我们的邻居加朋友泰利是吹黑管的，刚刚从管乐队指挥的位置上退下来……这样数下去，我估计我随意在镇上扔一块石头，就能砸到一个音乐家。

入住小镇后没多久就被人引入了乌克丽丽俱乐部。每周三上午，在镇中心的Old school。这里似乎很适合初来乍到好奇心十足的我。负责人弗里达是个六七十岁的和蔼女人，举止优雅，气质不凡。活动每次都有二三十人，每人交付3澳元，要买歌谱的话每本再交2澳元。每本歌谱里至少有100首歌，分了六大本。一切都是那么井然有序。第一次体验就让我免费试用了一个Ukulele，我跟着大家伙瞎弹瞎唱，感觉在这里浑水摸鱼滥竽充数不被发觉的概率很大，于是就下决心加入，去镇上的音乐器材店花了90澳元买了个普通版Ukulele。

乌克丽丽俱乐部是个很欢乐的地方。这个四弦琴弹奏简单，音色清脆，适合弹奏一些简单快乐的乐曲。他们选的歌曲跨度很大，最早的可以追溯到20世纪二三十年代，最近的可以追溯到90年代甚至更新。对我一个外国人来说，这些歌曲大多数都是闻所未闻。偶然有几首歌唤起了我沉睡的记忆，然后恍然大悟道，哦，原来就是这首歌啊！

我很享受每周三上午的Ukulele时光，每每觉得两个小时太短。那里的人们大都上了点年纪，60岁以上的居多。虽然满头银发，行动迟缓，但一旦弹起琴唱起歌来，则每个人都兴致勃勃。我们每个早上都能唱上二十来首歌曲，我发现我是个老古董，喜欢的竟然大多是20世纪60年代的歌曲，七八十年代的歌风开始转变，转变成迪斯科的那种快节奏，少了很多60年代的抒情韵味。

后来得知我们这个维克托港乌克丽丽俱乐部其实只是Goolwa俱乐部的一个分部，总部的人数多达百来人，每周四上午活动，很多人是同时参加两边的活动的。他们是个活跃异常的组织，常常到诸如老人院退休村之类的机构去义务演出。我没有参与这些活动，我想我是来看热闹打酱油的。

如果说绝大部分的俱乐部成员是像我一样来打酱油的话，其中还是有好几个有造诣的音乐人。他们不仅在乐器上做了改造，使之发出更多动听的旋律，还引入了架子鼓和口琴之类的伴奏乐器在一旁助兴。弗里达是个很好的组织者，每过一阵就会组织一次让每个人都上台表演的活动。有一次被安排在一个小组里主唱I have a dream这首ABBA的歌，赢得满堂喝彩。记得有一首歌叫作Mess about along the murray river，他们果真穿着各种戏服，带着各种道具来表现他们在墨累河边的各种活动。自娱自乐到了如此认真的地步，实在让我叹为观止。

有一回圣诞前夕的俱乐部年终聚会，我们一行30多人去了Hindmarsh island的Dennis家。大家酒足饭饱后，开始无休无止地弹唱，从日落到夜深，好不欢畅。

然而我回家后几乎不练琴。难得练过几次，郝先生似乎并不感冒，我也就扫了兴致。我私下里觉得他不把Ukulele当个乐器，而且他觉得Ukulele发出的声音太过单调和快乐。他喜欢忧伤的冗长的音乐，这是我花了很长时间对他喜欢的音乐的总结。而我和他不同，我喜欢快乐的积极向上的音乐，当然我也喜欢缓慢抒情富有灵性意味的音乐。

乌克丽丽俱乐部让我结识了一批热爱音乐的普通人，由此也打开了通向了解西方音乐的一扇窗。我去了一年多后，因为各种活动越来越多就中断了，暂时结束了这一段令人难忘的音乐旅程。

郝先生为我打开的是另一扇形式不同的音乐之门。他喜爱音乐的方式不一样，我偏向参与，他倾向聆听。他曾在50岁生日时送给自己一份礼物，就是把他喜爱的音乐梳理罗列下来和家人分享，整整20页纸一直写到第二天清晨6点。可见他对音乐的痴迷程度。

他是数据分析师，每天在家上班，跟电脑数据打交道。他工作有个习惯，始终开着背景音乐，基本不间断。有个叫作Radio paradise的网上电台是他常年打开的频道，里面播放的音乐涉猎很广，全程没有一句广告，很合他意。我的电脑桌放在他对面，有时候会受不了整天都在音乐环境之下，何况有时候摇滚之类的音乐确实使我五心烦躁。于是我就逃离到楼上去。

我和他一起去看的音乐会，比我这之前所有加起来的音乐会都要多得多。每每看到他喜爱的乐队来阿德演出，他眼睛都不眨就订票了，这个日子常常是一年半载后的某一天。墨尔本作为国际大都市有更多合意的音乐会，他也常常悄无声息地订了票，事后低调宣布：嘿，某年某月某日我们要去墨尔本咯！就好比说是：刘姥姥要进大观园咯！

屈指数来，我们这4年看的大小演出不下30场。著名的几场有：Queen，Phil Collins，Eagles，Ed Sheren，Passengers，U2……当然还有更多小众的他喜欢的独立音乐人，如George Walter，Steven Wilson，Ben folds，David Gray等，以及特立独行名字古怪的乐队如My friend chocolate cake，All our ex are from Texas，等等。虽说郝先生的音乐口味偏重，多少带些摇滚之风，我并不喜欢其中的每一个乐队，但在这种现场音乐会的身临其境是一种纯粹的精神享受，非其他物质享受所能比拟。所以郝先生在购买音乐会门票上的花费从来都是慷慨大方。

当然不去阿村城里或者是国际大都市墨尔本，我们也可以同样现场感受到音乐的魅力。小镇上众多的音乐人一年四季都在打造着各种美妙的音乐体验。小到各种近似自娱自乐的小型聚会，自己拿着分享的食物，带上乐器和嗓子就可以有一个美好的音乐之夜，大到每年9月小镇举办的摇滚节都会吸引到众多音乐人和音乐爱好者，届时小镇成了音乐的海洋，大家在主街中心跟着现场乐队的音乐翩翩起舞，仿佛一场狂欢节。每年维克托港及周边小镇还有名目繁多的各种音乐节，抑或叫Music&Food Festival（美食音乐节），美食美酒音乐，让人沉醉不知归处。去过一个正在改造的位于农场中心的音乐场所，四处都是山峦起伏的旷野，原木搭建的舞台，粗大的树干倒在地上各处散落着，就是观众的凳子。主人是一个有着天籁之音美好嗓子的中年女子Kylie，很喜欢她自由不羁的波西米亚风打扮，期待有一天到农场的旷野里去听她的演唱会。

有一年我们去了阿德莱德古老的监狱旧址举行的Blues festival蓝调音乐节。古老的监狱高墙耸立，石头垒就的墙体古旧而冷酷，和蓝调音乐这个主题有了一种奇怪的化学反应，不同的监狱区间举办着不同的乐队的活动，处处人声鼎沸。国内的朋友看了我的朋友圈，感慨道，老外真会玩。

当然阿德作为节庆之都，还有每两年一度的音乐盛会Womalaide。历时两周的音乐节吸引了全世界各地的音乐人前来演出，也吸引了全澳大利亚各地前来朝圣的音乐狂人。我暂时还没有成为狂人一员，据说票价实在是不菲。

我最期待的是在新南威尔士州的Tamworth小镇每年1月底举办的Bluegrass（兰草）音乐节，这种蓝调和乡村音乐的混合体，以既舒适慵懒又朴实阳光的风格表达自我，看似平和中庸，实则个性独特，很是对我的音乐口味。期待不久的将来能够成行。

身处澳大利亚这样的西方国家，偶然也能享受到中国音乐的滋养。有一年大年初一，郝先生神秘兮兮地带着我和C小姐去了Festival center，原来那里正在举办一次中国新春音乐会！那是一台高规格的传统中国音乐演出，如此异域风情的精彩演出赢得全场观众的热烈掌声，有意思的是，其中大部分都是澳大利亚本地人。

还有一次去阿大看了一场孔子学院主办的中国民乐演出。二胡、古筝、扬琴、琵琶……这些熟悉又陌生的中国传统乐器出现在西方大学的舞台上，实在是一件令人兴奋的文化交流盛事，我看到其中台下一位澳大利亚观众，很认真地在笔记本上迅速地做着笔记。后来我在唐人街看到这个中国民乐学校的门店，和主持的老师闲聊间，被他们致力于这项文化传播活动深深打动。

　　曾经邀请郝妈妈为我们的一次公益筹款中国新年晚会演出，其中一曲就是《梁祝》。她为此在家认真练习了很久，事后告诉我，她深深地爱上了这首叫作*Butterfly lover*的钢琴曲。我也偶然会听到在电台里飘出《梁祝》的优美东方旋律。

　　都说，音乐无国界。确实，音乐是人类共同的语言。当然我们用的乐器有所不同，创造出来的音乐风格可能大相径庭。记得丰老师曾经说到，西方音乐是立体的，比如说交响乐，一层层不同的器乐叠加整合在一起，如雷贯耳，气势磅礴；东方的音乐则是平面的，只有宫商角徵羽五个音节，哪怕和在一起也是如山涧清泉，云淡风轻，和谐清雅。我对此说甚为赞同。但不同并不阻挡我们互相欣赏，也正因为不同才更激发了我们互相好奇探究的兴趣。

　　生命不止，音乐不息。

想把我唱给你听

从小爱唱歌。老天待我不薄，赐给我一副还算不错的嗓子。

最早一次登台演出是小学上台唱那首《听妈妈讲那过去的事情》，至今还记得同学们质疑我为什么唱到那句"妈妈还穿着破烂的单衣裳"的时候，我拉扯的衣襟明明是一件崭新的衣服。初一时在高大的操场主席台上唱了一首《大海边奔跑着一个小姑娘》，每当几十年后我在这个南半球小镇的海边跑步时，此景就会如同电影一般在脑海里涌现，岁月如歌啊。

爱唱歌的爱好一直带到了阿德莱德。朋友家有卡拉OK机的不少，每次聚餐后的余兴节目都是卡拉OK，大家享用美味的中餐后往往鬼哭狼嚎一番，一解思乡之情。好在这里邻居房子都不那么紧挨着，唱得太晚也从未见邻居投诉。

在阿德只去过几次唐人街的卡拉OK厅，其规模比国内是要小多了。澳大利亚似乎没有这种卡拉OK的文化，他们要搞就搞真的乐队。好多年前我勇敢地辞职了，临走前请大家去吃中餐唱卡拉OK，把中国的套路搬到了澳大利亚。同事们大多数都是第一次去卡拉OK唱歌，每个人都唱得很嗨，有些喝了点酒后就唱出了明星范儿。

搬到小镇后和朋友们一起唱卡拉OK的机会就少了。再说唱来唱去那几首歌，不见长进，也就没了兴致。不过有一年回国，带着郝先生去了好几次金碧辉煌的歌城一类的地方K歌，他似乎也来了劲，为了用足南航每人46公斤的行李重量限额，我们在杭州买了一套卡拉OK设备哼哝哼哝扛回澳大利亚。刚回来安装好真是新鲜劲十足，隔三岔五地唱，家里来了客人就开唱。我家的客厅层高四米五呈拱形状的屋顶似乎给了音响更好的扩音效果，每每有在舞台上演出的错觉。我们玩了近一年，后来如同所有一时上瘾的游戏一样，弃之一边又一年有余。

有一阵很想去参加一个合唱团，镇上不乏这样的组织。但因为各种机缘巧合参加了乌克丽丽俱乐部，除了可以初级学会简单的四弦琴的弹拨外，更满足了我希望能够学习英文歌的愿望。很享受和大家伙一起唱歌的感觉，对他们来说，也许这是他们青春年华的回忆，而我则是对西方文化的一次浸润。

有一次我们Oxfam搞一个中国新年晚会，我请乌克丽丽俱乐部的成员和我一起唱一首《跑马溜溜的山上》。我写了简谱复制好给他们，没想到他们个个面面相觑，完全不知道那些阿拉伯数字是个什么东西。我想当然地认为简谱是国际通用的乐谱，没想到他们从来没见过简谱。

我们这个活动在Yacht club帆船俱乐部举行，有一次去厨房帮忙干活，同在的两个澳大利亚女子让我预先表演一下这首歌。我轻轻哼唱起来，她们听得入迷，其中一位竟然流下了眼泪。我问她知道我唱的什么吗？她说：我眼前有一幅画面，一个绿草茵茵的山坡上，远处白云飘飘……哇！我很惊讶她竟然能够感受得那么准确！后来我才知道，外貌普通无异于常人的她是个灵媒。

就此我真的相信歌声是有灵性的。我喜欢那些悠远的有灵性的天籁之音，比如王菲。很爱她的那首《天空》，那么空灵婉转，如百灵鸟，一直飘到很远很远的地方。

我也喜欢齐豫的歌声，不羁洒脱，带着流浪者的气质。最爱那首《橄榄树》，三毛的那句"不要问我从哪里来，我的故乡在远方"几乎就成了我的心灵写照。我能不看歌词就开唱的歌很少，每次被人邀请即兴演唱一首歌，我就会不假思索地唱起了"不要问我从哪里来"……呜呜呜，有一种伤感，伤感中有思念，思念中又有洒脱……哦哦，我的故乡在远方。时不时地，这首歌的旋律就会蹿入我的脑海中，盘旋萦绕不去。

我一直为自己不能好好唱几首英文歌感到羞愧。大学里非常虔诚地学习过惠特尼·休斯顿的高难度英文歌，可是最终都没能修成正果，可以随时拿出来唱的只有如Love Me Tender之类简单的慢歌。英文歌的难度在我看来主要是发音吐字和停顿连接的节奏。和说话不同，英文歌的断句难以把握，单词有时候被拉长到面目全非，无法识别。20世纪六七十年代的歌还好些，80年代以后的歌感觉都很支离破碎，单词被肢解成字母，让我这个外国人要捡起那一地鸡毛实在是勉为其难。

但这个挑战很有趣，我于是在家里苦练英文歌。郝先生有一天对我说：亲爱的，你还是坚持唱你的中文歌吧，我觉得那是天籁。可是你一唱英文歌，就把你的水准拉下来了。原来他是觉得我的吐字太刻板清晰，听着很别扭。

郝先生的评论确实有点打击人。嘿，你有本事唱首中文歌给我听听啊！他不会唱中文歌，哪怕是儿歌也不会。但是我笃信"上什么山唱什么歌"，既然我在澳大利亚，那我就应该学唱英文歌。

我对自己喜欢唱歌这事从来不遮遮掩掩。郝先生说：Flora在其他事情上恐怕还要推辞一番，但你若叫她站起来唱歌，那就根本不用问她第二次。事实确实如此。唱歌是多么美好的事情啊！为什么要推辞呢？我喜欢这种美好的用心传递，歌声是最接近心声的表达方式，这样的分享，实在妙不可言。

我住的小镇是个被歌声环绕的地方。周六的Farmer's market（手工艺市场）总有客串的歌手自弹自唱，酒吧咖啡厅也总会传出或爵士或摇滚的歌声，好几个教堂也都有他们自己的合唱团，每年在小镇上还有一次大规模的合唱节。郝先生的一个同事Jane一直是一个小型乐队的主唱之一，前一阵我们去观摩了她们乐队的第二张CD的发行演出。这张CD中有好几首歌都是她写的，看着她在舞台上表演自如的模样，那一刻我有一种冲动，我要唱我自己写的歌！梦想还是要有的，万一实现了呢？

　　一个周日的下午，我正在画廊里当班，远处传来悠扬的歌声。原来那是隔了100米外的咖啡厅每周日下午的现场乐队演出。我下班后过去跟主人打招呼，有个年轻人边收拾乐器边跟我打招呼说：Are you an artist? 我犹豫着说，嗯，我画画。然后他解释说，他们正在招募一部叫作*South Pacific*的音乐剧的演出人员，他是那个音乐剧的指挥。其中有个重要角色Bloody Mary是亚洲人，如果我有兴趣的话可以来参加试镜。我说我从来没有参加过音乐剧的演出，不过倒是在舞台上唱过歌，但是我有点担心我的英文歌的发音有口音。他说，哦，那就太好了！因为Bloody Mary这个角色的所有舞台设计都是有口音的。我们当下就在他咖啡厅旁边的音乐工作室试了音，他说我的音域很宽，音准乐感都很好，当下给我复印了Bloody Mary的两首歌的歌谱，让我回家看视频好好练，第二天参加试镜。

　　一切都那么具有戏剧性。我本是个热爱唱歌的人，这事很对我胃口。于是我开始积极寻找各种相关的视频，还看了1958年的原版电影。这才发现Bloody Mary是个太平洋岛国的Tonkinese越南后裔，在美国海军基地兜售各种纪念品甚至是骷髅头。她个性泼辣，幽默又精明。这么一个有个性的角色非常有挑战。我在家临时抱佛脚准备了一天，第二天不慌不忙地去试镜了。

　　第一次参加这样的试镜，很是好奇。带着无可无不可的态度，我很放松地在教堂的舞台上唱了那首著名的*Bali Hi*，评审小组似乎对我的演唱很满意。离开那里时，我就收到了作为音乐指挥的盖尔发来的短信说我的表现不错。又过了几个小时，导演打来电话说：恭喜你啊！你被录用了！他说，事实上，我是来试镜的人里面最为放松的一个。

接下来1月我们就开始了紧锣密鼓的排练。这出音乐剧是为这个名为Choral and Art Society的70周年做献礼的，这是一部大戏。组委会为此做了很多准备，我很惊讶于这个剧团有那么悠久的历史，好多人已经为之服务了好几十年。我们每周三、五晚上排练两次，对我来说这是一件既陌生又兴奋的事。这和我参加的一般常规的俱乐部不同，这个演出需要更多的协作和创意。演员的年龄跨度很大，从十来岁到七十来岁都有。他们似乎都有着丰富的舞台经验，有些和这个剧团已经有过多次合作。男女主角的嗓音条件都超好，他们每人都要唱六七首歌以及说很长的台词。其他的演员哪怕是群众演员个个舞台经验丰富，很有表演天赋。我很庆幸我只有两首歌和简单得多的台词。但Mary是个个性十足的舞台人物，需要很夸张的笑声和动作，还有那对我来说过多的骂骂咧咧的粗话都颇具挑战性。这个和我的个性反差太大了！

好在我很钟爱Bloody Mary的两首歌。一首Bali Hi很抒情优美，曲风跌宕起伏，荡气回肠，几乎是本音乐剧的主旋律，其歌词意义也很深远。大家都说这首歌很难唱，可是我觉得这首歌正适合我的音色音域，唱起来非常和谐轻松。另一首Happy Talk节奏欢快，一气呵成，唱起来也很过瘾。我每彩排一次就从老师和其他人那里学到一些新的东西。这个团队很温暖，导演严厉又风趣，每次点评都直击要害，然后又婉转温和地表扬一番，照顾到每个人的情绪。我感觉自己正在走进Bloody Mary的音乐世界。

3月中旬，澳大利亚的新冠形势突然恶化了。基于我对新冠病毒的了解，我很犹豫是否还去排练。但勇敢的澳大利亚人似乎并不以为意，继续排练，直到政府叫停所有的社交活动。剧团被迫决定取消原定于5月的10场演出，沉寂了几周后开始筹划是否推迟到今年10月。我因为不确定的回国旅行日程无法确保我的出演，剧组表示无限遗憾，希望将来会有机会合作。

计划不如变化快，我刚刚开始的音乐剧生涯就这样中断了。

然而我的歌唱梦并没有断。自我隔离的日子里，我又打开了尘封已久的卡拉OK机，开始唱歌。一直记得罗大伦博士说的话：唱歌是最好的治疗肝气不舒的方法。我找到郝先生一本叫作*The best 1001 English songs*，准备每周至少开唱一回卡拉OK。有一回在院子里隔着围墙和邻居打招呼，她说，嘿，昨晚听到你唱卡拉OK了！从她的表情来看，应该是带着欣赏的意思。我以前请她来我家唱过歌，可惜现在新冠期间，大家只好隔墙问安。

上个月看了一场由一对苏格兰和爱尔兰夫妇的组合乐队Borderers的小型演唱会，热烈欢快的气氛唤醒了我沉睡大半年的音乐细胞。我决定重回乌克丽丽俱乐部，混迹音乐圈。每周一次两小时的浸泡，我又开始时不时不由自主地唱起不知名的歌来。

唱歌，作为最原始的最能自我表达的一种艺术形式，是一个人永远随身携带的乐器。我很喜欢清唱的感觉，像Amazing Grace那种空灵的无伴奏合唱真的很是震撼人心。唱歌于我，是一种自发的心灵之约，在特定的场景下，就会不知不觉地哼唱起来：

太阳出来的那一刻，我会欢快地唱道：太阳出来咯喂，喜洋洋咯，浪咯……

在无人的海边漫步，忍不住轻轻吟唱：在无人的海边，寂静的沙滩绵绵……

听着大海波涛汹涌，心底涌出一句：你听海，是不是在笑……

我知道，我会一直一直想把我唱给你听。

物尽其用，淘宝乐趣多

35岁以后突然对旧物有了感觉。原来喜新厌旧的，突然在这个女子五七三十五的节骨眼上开始了恋旧。

在荷兰领事馆工作期间，有一回总领事家为庆祝女王生日在家举行盛大宴会，我和同事们都被邀前往他坐落在张学良故居的官邸。舒适的西式现代家具配搭着从中国各地淘来的古董旧物，散落在三层小楼的各个空间，看似不经意，其实很用心。中西合璧的空间有种独特的气场，我被这种亦中亦西的混搭气息深深地震撼以至迷恋。

后来就有了辞职去开一个半似古董店半似画廊的故事。从此放飞自我，在旧物里寻找遗失的梦，走遍了上海的东台路、吴中路，北京的高碑店、吕家营乃至于董村。年轻的我俨然成了老古董。

辗转又一个7年之后来到了南半球叫作阿德莱德的小城。我被这座小城的古旧风貌所吸引，尤其是那些石头垒就的老房子，还有那1000座形态各异的尖顶教堂，不见现代大都市的浮华，只见不显山露水的低调优雅。

刚来时到处转悠。有一回在家附近转入一家不大不小的店，商品陈列整齐，价格却格外低廉。诧异中看到一个几乎九成新的蓝色花瓶才8澳元，于是乐颠颠地抱回家，从别人家摘了南天竹来插，小屋顿时有了生机。

后来才知道，原来那是家二手店，是澳大利亚Salvation Army为筹款而开的慈善店，连锁店遍布全澳大利亚，简称SALVOS。

　　这种二手店和国内的二手店有着截然不同的气质。国内的二手店进去一股腐朽的气息，店面一般狭小逼仄令人窒息。这里的二手店则很亲民，店面干净整洁，商品琳琅满目应有尽有，老百姓不分年龄性别都爱在二手店里淘宝。大多二手店为慈善机构所设，物品为捐赠，店员除经理外均为志愿者，所得收益归慈善组织。女儿在澳大利亚的第一份社会实践工作就是去这个简称SALVOS的二手店做志愿者。记得她每次回家都会向我汇报，看到捐赠的物品里常有完全未拆封的名牌衣物让她惊讶不已。

　　很多年过去了，现在的她不仅把闲置的衣物送往慈善二手店，同时也利用她的敏锐时尚嗅觉从二手店里淘Vintage复古服装。说是准备在Instagram上开个Vintage网店。她说，现在的年轻人环保意识很强，并不介意二手服装，何况复古风尚正在来袭。

　　很快就爱上了逛二手店。这类慈善店也叫OP Shop，即Opportunities Shop，可以直译成机会店，或者意译为淘宝店，意在旧货中淘宝。我最爱在二手店里搜罗陶陶罐罐。我爱陶器，澳大利亚人有学习陶艺的风气，所以各种不同年代的陶制品流入二手店的很多。低价买入的陶器被用作碗盘或是花瓶笔筒，陶器的质朴品质深得我心，很快家里的角角落落就点缀了不少粗陶制品。

　　初来到处闲逛，逛到了古董家居一条街Magill Road。有一家叫Kensington Antique的古董店，门面不大，到了里面却一进又一进，东西五花八门，应有尽有。这个古董店不同于OP Shop，经营者是私人老板。第一次进到里面很是好奇，把每个房间都好好考察了一遍。于我，逛古董店是坐上时光机穿越时光隧道，那些古老的旧物不知有多少传奇的故事呢。

　　第一次逛这家店就有收获。当我看到一幅品相良好的关于澳大利亚农场景色的油画只卖25澳元时，简直不相信我的眼睛。于是毫不犹豫买回家，兴高采烈挂在进门处客厅的墙上，家徒四壁的屋子顿时蓬荜生辉。

我常常有事没事去逛逛那家店，后来最满意淘到的宝贝是一个有着中国古典人物雕刻的木箱子，108澳元，我搬回家做了咖啡桌，比简单粗暴没有故事的现代家具多了不少韵味。

再后来，陆陆续续带了不少朋友去逛这些古董店，朋友们的新居开始沾染上古旧的气息。

继续淘宝的路上又发现了古董拍卖行Scammells。每周六是预览时间，周一是拍卖会。人以群分，物以类聚。来了才发现这里别有洞天，爱好收集古董的人真不在少数。除了现场来竞拍的看热闹的，还有人同时在网上出价竞拍。拍卖师的语速快得让人不知所云，我只当是去练听力的。

不过我还真拍回来一些宝贝。一套粗陶碗碟二三十件，拍到后来没人要，我以2澳元拿下。一幅类似希腊神话中的采花女神的巨幅印刷品，50澳元，不说那粗犷的巨大木框很合我意，岩画风格的画面也让我心仪。我把它挂在客厅的大墙面上，后来学美术史的Jill来到我家，告诉我这就是花神Flora啊！

不得不相信，这个宇宙是有密码的。

发现一个好玩的地方，就忍不住地要与朋友分享。Ivy和我去过这个拍卖行，虽然我们同好，但她毕竟年纪太轻，显然还没有领略到古老气息中的特殊韵味，看到那些老旧的洋娃娃只觉得诡异。赛雅（赛尔和晓雅）夫妇也被我好奇地领进这个拍卖行的大门，神奇的事情发生了，他们看中了一尊品相完整无缺、雕刻精美的莲花盘腿佛像。抱着无可无不可的心态，赛尔说：要是拍到100澳元以内我就要。结果是，拍卖拍到95澳元时，就再无人和他竞争。两人恭恭敬敬地把她抱回家，供奉在一个显著的位置。后来他们查到这是一尊很少见的印度财富女神，名叫拉克西米女神。如今两人回国，这尊佛像又陪伴他们漂洋过海来到厦门，继续护佑他们的身心灵之旅。

若干年后的一天，和郝先生聊到Scammells拍卖行，他轻描淡写地说：哦，我读书那会儿打工，在那里做过Stockman（仓库伙计）呢。我闻所未闻，追问道：你到底打过多少份工？他数了半天，捡起尘封的记忆，掰着手指头数了半天："应该不少于15份工作吧。"

这同时又发现了Garage sale。每次开车一晃而过看到手写的"Garage Sale"标志，总是莫名其妙地和Grape联系起来，以为是家中卖葡萄。后来回过神来Garage是车库的意思，仍不明就里。终于有一天好奇地随着指示牌来到一家人家的车库，原来是在将家里闲置不用的东西做大甩卖！我一眼就看上了一盏蓝色的马灯，只用了1澳元，拿回家随处一放就是一道风景。

我从此爱上了周末逛Garage。有些主人会在当地报纸或二手网站上登广告，老逛Garage的人们就会事先做了路线规划，一家人东游西逛，和主人拉拉家常，花点零花钱淘到心仪之物，只把此当成了周末家庭活动的小乐趣。

常有心想事成的事发生。有一回看到朋友家有一个放食谱的铁架子，铁艺雕花，工艺精美，心心念念就想要一个类似的支架。一个周六，我们一群女友小聚之后回家路上看到Garage Sale的指示牌就顺路进去一探究竟。没想到一个装饰有小鸟和简洁雕花的食谱架就在桌上的显眼处。当时刚来澳大利亚，还有讨价还价的习惯，标价5澳元，我说3澳元可以吗？主人说那就4澳元吧。我正准备掏钱，改口说可否3.8澳元呢？然后急忙解释说中国人对4这个数字的忌讳以及我个人对38这个数字的喜好。主人笑说很开心学到那么多知识，最后还问起我们是否一群留学生，一群文艺女中年听完都笑开了花，说道，You make our day！

有一回和几个朋友一起逛到一个不同寻常的Garage Sale。主人把整个房子几乎都开放给大家了，原来是他们即将搬家去往其他州。主人是艺术家，我很开心淘到很多画框，同去的女友则用20澳元高高兴兴地搬回两箱心仪的塑胶老唱片。

还有更不寻常的Garage Sale。不知道的，以为是进到一家类似法式乡村风格的家居饰品店，抑或是一个周末家庭聚会。出售的二手货都被主人重新粉刷改造，无论是修旧如旧或是整旧如新，主人匠心独具的再创作都让每一件旧物散发出独特的魅力。小件家具，家居饰品，这里出售的物品比一般的Garage Sale价格略高，但绝对比商店的便宜。主人每隔几个月就会有一次这样的Sale，常来的客人留了电话号码，到时候就会收到主人发来的短信通知。主人很用心地备了茶点，人来人往俨然在后院开起了派对。

类似的也有很多慈善机构组织的Shed Sale或Boots Sale，其中就有很著名的Rotary Shed Sale。扶轮社把很多捐赠物品集结在仓库里，一个月的某一个周末集中做一次大甩卖，因为仓库租金低廉，人工也都是志愿者，所以东西的价格也是出奇的便宜。我们只当是有趣，乐此不疲在旧物堆里寻寻觅觅。时不时还放到朋友圈晒一晒战利品，和国内晒奢侈品包包形成了强烈的反差。

有一年突发奇想，准备把房子出租，自己外出旅行一年。我和女儿刚来澳大利亚时各自带了两个行李箱，住了5年后屋子满满当当看似在此住了一辈子。于是决定也办一次Garage Sale，把东西做个大清理，集资的钱捐给"美丽中国"项目的云南小学。这又是一个非典型Garage Sale。不仅有家居物品、衣物家具，还有卖粽子、打乒乓和打麻将，活生生的一个中国游园会。忙里忙外好几天，终于辛苦筹得700澳元，捐给了云南深山里的小学作图书室扩建之用。

我们还搞了一次家庭拍卖会。这一次还是为"美丽中国"项目筹款。我们在朋友圈里号召大家把闲置物品（不论新旧）捐出，学着拍卖行的拍卖模式，赛雅夫妇一唱一和有模有样做起了拍卖人，一个介绍物品，一个负责竞拍。起拍，竞价，落槌，一时间小小的庭院里笑声不断，热闹非凡。

有意思的是，这次拍卖会选在了一个温度高达41摄氏度的情人节举行，共拍得351澳元，悉数捐给"美丽中国"云南乡村学校。捐赠的朋友们清理了闲置物品，实践了断舍离，前来拍卖会的朋友各取所需，满载而归。如此一场慈善拍卖，一石三鸟，何乐不为？

淘宝的乐趣一直延续到了小镇。小镇虽小，二手店却不少。镇中心有Save the Children，Salvo，Vinnies和Lifeline，都由各慈善组织运营。Vinnies二手店隶属于天主教圣文森特慈善机构，在全澳有650个店，以能淘到时尚衣物而著称，是女人们中意的二手店。这些二手店还经常搞促销活动，在原来已经很低的价格基础上还会有半价之类的活动。有些年轻女孩手中拮据，去二手店淘几乎全新的价廉物美的衣物饰品就成了平常事。女孩们也毫不掩饰，有人问起是哪里买的，她们就会大大方方地告诉你，二手店买的，太实惠了！

小镇的边缘有个叫Adra的慈善二手店，类似一个巨大的仓库。刚搬进小镇时，家里还有很多空间待填补，于是从Adra淘到一张复古扶手椅子，一张乒乓球台，瓶瓶罐罐若干。不仅如此，还带了小镇姑娘们去淘宝，等到我家里渐满需要停止淘宝之时，姑娘们还淘宝正上瘾。有次女儿来小镇看我，在Adra发现难得一见的藤制靠背餐椅，复古的流线，舒适的设计，巧的是颜色也和她的工业风家居风格搭配和谐，5澳元一张椅子，她美美地搬了4张餐椅回城。

因而二手店除了大家常说的OP Shop，还有一个正式的名字，Thrift Shop，意为"节约商店"。勤俭节约的美德在当代的中国似乎渐行渐远，我却在澳大利亚这个发达国家重新拾起。当然，二手店的旧物除了被称为Second-hand（二手货），还有一个美好的名字，叫作Pre-loved，曾被爱过的。我的正解是：旧物需新欢。

淘宝总能让人心生欢喜。我们艺术村姑部落的女人们人人都是淘宝高手。韩老师尤甚。韩老师自称周遭二手店的店员们应该都认识她了。韩老师喜欢旧物，隔三岔五去二手店巡视一番，总能收获一些小玩意：老邮票、画册、老照片、小古董、陶器、小家具……不一而足。韩老师是化腐朽为神奇的高手，老东西到了她手中被她改造一番，往往组合出意想不到的效果来。有一组画，她是这样画的：老照片贴在画纸上，照片之外韩老师添加了绘画，内容是意想的照片之外的延展部分。这样的创作，打破了艺术种类的边界，更是穿越了时空，堪称别出心裁的跨界之作。

身心灵训导中说道，一个人要处理好三种关系：和自己的关系，和他人的关系，和物的关系。万物有灵，我崇尚物尽其用，人尽其才。我在旧物淘宝中越来越感知到每一件物品被全然使用的满足感。如果这个世界上有更多的物品能够被充分利用，那么这个世界将成为一个流动的积极能量场。

晨跑路上，思绪飘来散去

4月底，日出时间越来越晚，今天看过天气预报，6:50的日出时间，6:40出门，跑到海边只要5分钟，正好。

我和郝先生各喝了一杯柠檬蜂蜜水，轻装出门跑步。今天的清晨云层很厚，天色暗淡，平日里常见的朝霞躲藏得无影无踪。经过一个多月的日出观察，我已不再对日出的绚烂抱有执念。对我来说，任何一个"日出而作"的早晨都是美好的。

Bridge point是我最经常看日出的观看点。灰色的积云层层叠叠把东方遮了个严实，不见一丝曙光。暗想，这样也好，可以专心跑步，不用惦记日出了。

沿着海边向西一路跑向Causeway的方向。头还是习惯性地往后往东探寻太阳升起的方向。就在预计的日出6:50后的一分钟，东方渐渐显出一丝微弱的粉红色。我提醒郝先生回头望去，说时迟那时快，太阳已经开始初绽笑脸，低调地在一片灰云中闪着暗红的光芒。哦，日出，今天也有日出！我喜出望外，想起"一线希望"这个词，边跑边和郝先生解释，也不知他听懂了没有。

快跑到Causeway时，郝先生建议道，要不要去岛上跑一圈？我心理没有准备，犹豫了一下就爽快地答应了。哪怕是这样阴郁的早晨，花岗岩岛还是有着很多可圈可点的妙处。Causeway长长的白色护栏上悠然栖息的海鸥，被海水冲刷得圆滑干净的花岗岩巨石，远处港湾的海上游泳池……一切都在沉睡中渐渐苏醒。

长堤尽头一转弯,就看到那个沐浴在晨光下的五彩汉堡雕塑。它在岛上刚入口的显著位置,曾引来小镇居民的各种争议。我原先也觉得汉堡和海岛的自然风光毫无关联,但自从去年孩子们来玩时在汉堡前留下诸多夸张有趣的照片后,我便和汉堡雕塑和解,接受了它在海岛的存在地位。再后来,又得知了这个雕塑背后更深层的关于人类和海洋关系的思考,才知道艺术家的良苦用心。

郝先生早已习惯我的跑步不专心,也不催促,径自在海岛餐厅另一侧的突堤跑了一圈和我会合。我们一起继续跑上甲板台阶,拾级而上,跑到海岛的另一边。

在台阶中处有个宽敞的平台,是最好的面向南大洋的观景平台。夏日时分的日出几乎处于Victor harbor正对的南大洋的中间,正好被花岗岩岛挡住,若不上岛是看不到朝阳的。虽然已经是无数次地来到这里,每每登上这个平台,总要被另一侧的浩瀚海景深深地震撼。汪洋一片的南大洋,茫茫然海天一色,一直伸展到无边无际的天边。近处台阶下的巨大岩石不规则地叠加错落着,海浪一阵阵席卷而来,不厌其烦地一遍遍冲击着花岗岩石,哗,哗,白色的浪花如洗衣粉搅出的白色泡沫,不时撞击出高耸的银色巨浪,一浪高过一浪。

我看得入迷,不时捕捉一两个镜头,回过神来继续拾级而上,猛一抬头,发现郝先生正在甲板上做俯卧撑,真是善于利用时间的效率高人啊!

岛上两年前引入的世界各地艺术家的雕塑作品,一时间成为镇民们的议论热点。亚当夏娃那个雕塑初见时我颇不以为然,古铜绿色的如同缆绳般交错在一起的形状总让我不愉快地想起一坨粪便。后来有一次和艺术部落的村姑们齐来探访,知悉亚当夏娃这个名字后突然有了好感,仿佛在抽象的雕塑中看到了人类起源发展生生不息的力量。我的绘画启蒙老师韩娜更是在那个日出的清晨透过雕塑的空隙拍出了不规则空间里的日出之美。

雕塑之美在于，在不同的自然气候天光变化中，和不同的观赏人群互动，由此产生出预想不到的关于自然和美的联想，甚至是更深层的哲学思考。每一次这样的互动，其结果往往迥异，令人着迷。

不过我今天沿着海岛的外圈跑，没有特地跑入内圈去看亚当夏娃。但还是远远地投了注目礼，算是对人类始祖的尊重。今天错过的还有我最喜爱的雕塑作品，钢筋做成的瘦弱枯树残枝，水泥底盘上缠绕着钢筋，像是枯朽的老树根。两根枯树一高一矮相距一米左右，仁立在岛的中央山坡上，和近处的荒草、远处的天空海洋全然融为一体，浑然天成。记得第一次见到它时是和另外两位画画的好友一起，大家都是视觉动物，免不了对小镇上突然引入的国际雕塑展评头论足一番。我远远看到这个雕塑就说这是我的favorite，再凑近一看，哇，原来是中国人的作品，artist：Yi Cui。忘了这个雕塑的名字了，总之它很低调地位于岛的中心地带，极易被人们错过，一如大智若愚的中国古代智者，偏安一隅，笑看风起云涌。

就在不远处在环岛小径旁面向南方有块极好的空地，赫然仁立着一座雕塑，其形状如同古代中国的官帽，又如一个金樽，黑红相间的色彩又让人想起精巧的漆器，总之有着极浓郁的东方气质。果不其然，这件作品出自日本艺术家之手。

继续追赶郝先生的脚步。小径上出现一位戴着耳机的徒步者。远处是Encounter bay的Bluff岿然不动的伟岸身影，我发现自己越来越爱上这个光秃秃的高崖了。从刚入住小镇时对其毫无兴趣，到现在越来越心仪，时不时去看望。更何况，它的身影总是无处不在，在小镇开车也好走路也罢，总能在不经意间从不同的角度领略到它沉默不语的风采。想到"父爱如山"这个词，默默无声，他就在那里。

最近又在海岛这一侧发现一个打蛋器雕塑，几乎就是一个用不锈钢材料做的放大版的真实厨房用具。乍一看觉得有点突兀，细一想觉得也不无创意，打蛋器这个稀松平常的厨房用具，静静躺在海岛的自然灌木丛中，题名：Stir the sea。搅拌海洋，人与自然，意味深长……

然而我还是最不能原谅那个名为Flower pot的假花花盆雕塑。红红绿绿的色彩搭配首先就俗不可耐，塑料制品般的材质也让人觉得品质低劣。我实在想不出如此自然美丽的海岛放这么一个雕塑出自何意。煞风景，我闷闷地想。

海岛的西北端集结了众多奇形怪状的巨型花岗石，是我最喜爱的海岛一角。记得有一次小镇的中国姑娘们一起来海岛看日出，一群人叽叽喳喳在朝阳的映照下摆出搞怪的动作，影子打在巨石上排成一排，构造出各种神奇的图案，散发出如甲骨文般的神秘魅力。

Umbrella rock，这个叫作雨伞岩的巨石一直让我费尽心思，遍寻不着。写着指示标牌的周围有好几块巨石看着都像雨伞的形状，每次来寻找都不能确定。上一次和郝先生来跑步，说到我的困惑，他老人家很快就指给我看一个介绍Umbrella rock的牌子，自然循着很快也就找到了对应的岩石。我很纳闷，为什么我一直以来就没有看到过这个牌子呢？郝先生讥笑我只是Have a boy's look。囧！

再往前，南澳本地最著名的艺术家Margaret Worth的作品"*Walking，Looking，Talking*"赫然就在眼前。那是一组灰绿色的片岩石块，切割成合适坐下的高度大小，用橙色的漆在石头的局部上色，每一块石头上都有一些图案，诸如手机、拖鞋、眼镜，等等。整组石头正好掩映在几棵大树下，看似随意地不规则散落开来，实在是一组可以与看者互动对话的艺术作品。想起那一次中国姑娘们在岛上的小聚，我们每人各占一块石头小憩，每个人的脸都在晨光的照射下熠熠生辉。

又看到那个称作"*Horizon*"的雕塑作品了，不过只是远远地看，毕竟今天是晨跑，不是雕塑游览之旅，我提醒自己。如果让我评选一个最能代表Granite island的雕塑作品的话，这个恐怕是不二的选择。锈铁的材料铸就了一个类似锚的形状的拱形雕塑，线条简洁明朗，所处位置正好透过长长的白色长堤回望小镇全貌，不多不少，镶嵌在海岛的边缘，将蓝天白云、海岛生物用这个干脆利落的雕塑做了一个连接。自然因为多了这一点点的人文坐标，仿佛灵魂突然有了归属。Horizon，地平线，多么恰如其分的名字啊！更何况，这个艺术家是来自南澳本土的。

突然就想到了去年10月去日本直岛看濑户内艺术节的情景。直岛上多处散落了高品位的艺术雕塑作品，每一个都被来自世界各地的朝圣者追捧打卡。人们为了这样的一个艺术盛事，不远万里漂洋过海来到那个曾被遗落的荒岛。看过那些海岛雕塑后，我突然明白为什么花岗岩岛突然多了这么多雕塑作品，原来在世界上，已然掀起了一股海岛雕塑热呢！相比日本的直岛，我们维克托港以及周边小镇的旅游资源无论从自然景观还是人文背景上都更为丰富，只是没有重量级的大师来运作艺术节，如若将来好好打造，应该是前景看好。比如说这个地平线（Horizon）雕塑和直岛那个网红拍照点的拱门雕塑相比只是在体量上略小，从设计上来讲更丰富有内涵，周边景色也更迷人。想来维克托港真是深藏不露的一颗明珠啊。

继续跑，思绪也在跑，一刻不得闲。跑过一棵古老的树叶稀疏的桉树，那里曾经留下朋友们的欢笑。跑过又一棵桉树，这棵树和远处弧形的causeway曾经作为我画画的素材，作了一幅水彩送给搬去爱丽丝泉的好友。往前又跑过标有Granite island的巨石碑，旁边有两个小企鹅的铜雕，每每有朋自远方来，常常在此处留下倩影。

沿着Causeway往回跑，跑回大陆。

跑，继续往家的方向跑。跑得有点气喘吁吁了。路上早锻炼的人们也渐渐多了起来。太阳忽隐忽现，小镇在晨光中显得生机勃勃。穿过主路，回到小学校的那条parkway路上，终于离家很近了。我好像跑出去很远了，一个冷清的早晨，例行跑步从5公里延长到了10公里，思绪飘来散去，感觉离家出走了一整天。

第四辑 漫无目的，生命在于运动

慢慢打，也能打出点名堂

乒乓球和我有缘。从小学入学开始，到中学、大学乃至工作，乒乓球一直如影随形，以至于每一次听到乒乒乓乓的乒乓球声响，我都会心跳加速，兴奋地想挥上两拍。

人生兜兜转转，10年前我来到了南半球的阿德莱德。新居后院的大工具房摆放一张乒乓台正合适，于是女儿在工具房的墙上写上了大大的"乒乓房"三个字。那时候刚来嫌什么都贵，也不懂在Gumtree上淘二手宝贝，于是去Kmart买了一个99澳元的分成四片的乒乓台回家拼装，从此台子中间的缝隙就成了打球时永远的痛。

虽然球台的质量不尽如人意，但带来的欢乐一点都不少。朋友们隔三岔五地来切磋球技，一到家里有聚会，男女老少都跃跃欲试。有一次印象深刻的是，我们正举行比赛，雷同学打球兴致高昂，为了去接一个高难度球，整个身子趴到了台子上，哗啦一下，台子像豆腐架似的倒塌了。大家一阵哄笑。重新组装之后的台子总不那么结实，从此就定了规矩，打球时严禁身体触碰台子。

我把乒乓作为中国国粹之一，所以每每邀请吃过中餐后的老外们一起打乒乓，以便全方位立体地感受中国文化。这项饭后娱乐运动显然收到很好的效果，澳大利亚人、伊朗人、斯里兰卡人纷纷登场，欢声笑语，开心之至。

可是在家里这个摇摇晃晃的乒乓台上打球，显然已经不能满足我对高质量的打球渴望了。于是我开始在周围搜寻乒乓球俱乐部。去过一次附近的乒乓球俱乐部，感觉个个都是高手，还遇到了一个中国朋友，他们显然是常年比赛的。有一次因着一个机缘去了Payneham乒乓俱乐部，低调的门脸里面却是别有洞天。七八张台子外加一个专门的训练房，厨房餐厅设施齐全。人们打球，聊天，来来往往好不热闹。我一下子爱上了这个俱乐部紧凑合理的陈设布置和善良热情的人们，于是每周三晚上坚持开车20分钟来此打球。现在想起来这是我在澳大利亚第一次如此近距离地在工作场所以外的俱乐部活动，好奇心带着我边打球边了解澳大利亚社会的全貌。有一次正巧观摩了一场俱乐部之间的比赛，那种严肃认真的架势，感觉不亚于专业比赛。只是那时懵懂的我永远都搞不明白贴在墙上的比分表和关于比赛时间地点的通知。

有一阵突然有了提高乒乓技能的冲动，于是在东区找了一个叫John的教练球球。记得是20澳元半小时，也就练了两三次，感觉很对路，技术大有提高。John称赞说我很有潜力，他有信心把我培养成南澳女子单打前十的选手。我被他一鼓动也来了劲，原本想努力一把的，可是一次回国又把我这个即将冒芽的念头打断了。

后来就有了郝先生的出现，可惜他不会打乒乓。不过为了促进彼此的感情，他也愿意开启一段新的乒乓之旅。记得他曾立志在3个月里起码打败我一局。但后来的事实是，3年后他才开始有打败我一局的记录。我们就这样有一搭没一搭地打乒乓，然而他执拗地表示更喜欢他的网球和壁球。

转眼我们有了在维克托港海边小镇共同的家。安居后两个月的第一件事就是寻找当地的乒乓球俱乐部。网上找到具体地址后我兴冲冲准备前往，邀郝先生同去，可惜他老人家兴趣不大，支支吾吾说让我先去探班。我第一次前往就兴高采烈而归。俱乐部就在10分钟车程的Port Elliot的主街上，5张台，一个训练机器。台子充足，周四晚上来练球的平均水平挺高，单打双打轮番上阵，基本可以做到不用等待。俱乐部的人很友好，交代了大致的规定规则，交了2澳元的训练费就可以尽情打一晚上。我回来后和郝先生汇报了情况，他表示也要和我一起去见识。事后我想，他估计是想去看个究竟露个脸，表示说，这个中国女人是有Partner（伴侣）的，兄弟们请知悉。后来他看到来打球的基本都是比他年龄大的老头后，就安心有点懈怠，三天打鱼两天晒网趁我去练球时赖在家里看那些我不敢看的暴力电视剧。

俱乐部里男多女少，老年人多，年轻人少。所以像我这样的中年女人可是香饽饽。很快我就被召唤参加他们的季度循环赛了。刚开始是以替补的身份参加的，也就打个第七位的样子。冬季赛是他们最主要的赛事，一般有6个队参加，队员组成并不按照队的名称所在地来分。比如说我来自维克托港，但我可能被分在Inman Valley队，宗旨是为了使每一个队整体处于一个相对平均的水平，有益于可看性和娱乐性。这样一来，我打球时毫无压力，没有太多的关于所属队的荣誉感，只要打好当下每一场比赛就好了。因为从未参加过这种俱乐部比赛，比赛经验缺乏，刚开始打比赛时常常输给看着并不强大的对手，让我心生气馁。我的打法偏保守，平时训练时漂亮的正手扣球全都消失了，只剩下来回的推挡和搓球，毫无优势。好在打了几次之后，慢慢摸出一些门道，也琢磨了一些战略战术，开始发挥我的正手进攻，终于在一年后从七级一路升级打到了五级。

我发现升级对我的意义重大。打比赛时最怕输给你觉得不如你的人，越怕越输。而面对你认为比你强大的对手时，你的斗志反倒被激发了，胜了喜出望外，败了虽败犹荣。如此一来，看起来处于下风的人因为处于挑战者的地位，其实比他的对手的位置要自在得多。如此这般，两年下来，我打了正式的冬季赛，也随意打了消闲的夏季和秋季比赛。不仅积累了丰富的比赛经验，比赛的排位也一路上升到冬季的第四位和夏秋季的第三甚至是第二位。

郝先生后来也被我如火如荼的乒乓球事业所感召，一起加入比赛的队伍中来。我们俩最初时总是被照顾分在一个队里，而且总是搭档打双打。我善于进攻，他精于防守，一个赛季下来，惊讶地发现我们竟然没有输掉一场双打。多么好的拍档啊！看来生活中的Partner（搭档）到了球场上，还是有他人难以企及的默契的。我们也在各种大小比赛中捧回了好几个不知所云的奖杯。我像煞有介事地放在橱柜里展示，郝先生视荣誉如粪土，直接就往垃圾桶里一扔。

我们的比赛只按水平分级别，不分男女老少。我们常常会看到大男人被女人打败，老头子被小伙子打败的情景。我很喜欢观察俱乐部里打比赛时每个人的表情。有人对比赛结果很看重，对打坏一个球会气馁沮丧；有人只顾恣意发挥，打飞了球也一笑了之。球员们大都具有高尚的体育精神，比赛中常给对方打出的好球以Good shot或Too good之类的赞扬，打完比赛也会握手致谢对手和裁判。裁判多由间隙休息的比赛球员自愿担当，每次比赛都启用新球，专业的记分牌、计分纸，当晚比赛结束时由各队队长统计每一局的得分，签名后交给记分员。这一切的运作都有条不紊地进行着，处处反映出这是一个运作成熟的俱乐部。

俱乐部里的成员形形色色，背景不同，个性分明。通过这个窗口，我认识了不少人，也了解了很多当地事宜。有个退休勘测摄影师告诉我，乒乓球救了他的命。他的一半肺已经切除了，原本病恹恹的他自从打乒乓球后，身体好了很多。他由此迷上了乒乓球，潜心在YouTube上研究乒乓球的各种技巧，说起世界顶级的乒乓球中国运动员的打法头头是道，说得我一愣一愣的。周四常来训练的有好几个已经80有加，打起球来却如小伙子般生龙活虎，满面红光。我最喜欢看有个叫布鲁斯的中年男人打球的样子。打球的时候感觉他是带着一种近似宗教信仰的虔诚，每一个动作都有着夸张的极美的弧线，身体的移动和球的空中曲线几乎一致，完全就是一种行为艺术。后来听他说自己从环保专业硕士毕业，几年前失业到现在也没有找到合适的工作。每每他一打开话匣子，天文地理、国际形势、金融概念等等让你只有静坐一旁做听众的份了。

南澳几个大的俱乐部之间常有友谊赛。我们和Brighton之间似乎常有互动，去年两队在疫情期间还实现了互访，所不同的是每个人的食物必须单独一份，不能与人分享。有一次被叫去另一个乡村大镇Murray Bridge打友谊赛，对方阵势强大，场面宏大，结果我们队战绩惨烈。我记得我被一个12岁的小男孩和一个穿拖鞋行动不便的老头打败，刚刚提起的心气又遭到了重创。

如此磨炼，我的正手攻击力日臻成熟，在比赛中屡屡得手。同时我的防守回球也日趋稳定，总体来说是稳扎稳打，步步高升。去年好几次比赛竟然将我们这个大南部地区的女子第一高手打败好几回。我正飘飘然做着成为本地区女子单打第一的大头梦，回头就被她三下五除二打回了原形。看来五十来年打球积累下来的确实是真功夫。再说另外一位75岁的女子宝刀不老，去年开始回归比赛，她才是真正的女子第一单打。去年夏季赛和她同队，我们的双打合作很成功。转眼今年的秋季赛我第一次有机会和她较量单打，被她以3∶2的微弱优势击败，虽败犹荣。

郝先生逐渐从乒乓中找到了乐趣和自信。他基本在我的下一个级别打球，和他的个性一样，从来不主动进攻，而以防守为主。然而他的防守犹如铜墙铁壁般坚固。他把看似凶猛的进攻缓缓接起回过网，一来二回，往往让对方气恼地失了耐心，不是打到下网，就是打飞了球。

他的慢动作防守风格就这样出了名，令有些进攻高手闻风丧胆，和他交手就有点心虚。他老人家自是以不变应万变，我自慢慢回球，不急。他说，比赛中如果发挥稳定，就等着对方进攻失误也能赢球。我觉得很有道理，但是这一招到了更高级别的高手那里就不灵了。

不过最近运动天赋极高的他突然有所开悟，不仅反手进攻漂亮利落，屡屡得手，偶尔还撩到几个正手进攻，让人瞠目结舌。就如一只昏睡的狮子突然苏醒开始咆哮，让人猝不及防。我猜这可能和我给他买了一块80澳元左右的好拍子有关。他因为不把乒乓球当回事，所以一直坚持用一款25澳元的低价拍子，他的指导思想是：我的水平不够，用好拍子也是白搭。这次我硬是借他生日之际买了好拍给他，希望他能更加感受到打球的乐趣。没想到好的装备真的让人如虎添翼，他的反手抽球又狠又准，在家练球的时候已经常有击败我的良好记录了。

去年年初俱乐部年会重新选举，郝先生好心，被人拉去做了记分员。我也耳根软，被人拉去充组委会人数。和我只是每个月去开个组委会会议不同，郝先生是切切实实地将计分做了改革。他用他的编程技能做了一个计分程序，这样当晚比赛结束就能把比赛结果上传到俱乐部网页。据说维护网页的是一位已经80高龄的志愿者老太太。俱乐部一共有百来个成员，每人的年费原来只有区区5澳元，今年终于涨到了10澳元。然而这却是我所见的财务状况最好的俱乐部。一来得益于庞大的会员基数，二来得益于每周一比赛每人4澳元的比赛费用，以及每周3次频繁的训练。虽然每次来训练只交两三澳元，但积少成多，人气越来越旺，周五早上的社交乒乓时间甚至发展成了有BBQ的茶点时光。人们打球，闲聊拉家常，俨然成了一项热门的社交活动。

由于俱乐部账上的钱太多，组委会决定把俱乐部十来张七成新的台子全都换成新的，淘汰下来的台子从1750$全新的价格折算到250$（澳大利亚人不知为何那么喜欢250这个数字）在俱乐部成员里消化。我和郝先生立即决定换掉我们当初从二手店50澳元买来的普通台，迎来了家庭体育设施的又一次升级。

我也用郝妈妈给我的圣诞节及生日礼金对我的装备进行了升级，买了一块于我来说相对高级的球拍。当得知其他球友的球拍动不动都在200澳元以上时，我意识到自己对乒乓球的投资太过吝啬了。我的球拍是一块7年前用50澳元从我的临时教练那里买的二手拍，拍的主体很棒很顺手，之后基本每年换一次胶膜，用的也是中等价位的胶。卖拍的人很专业，告诉我这块拍将会提高我的速度和扣球力量。果不其然，这块拍在刚开始的秋季赛中开始发威，作为最弱的新晋第二单打，三八节那一天我竟然连着打败了对方的第一和第二单打，之后对方（男）说：今天是国际三八妇女节，我还是让你赢一把吧。

　　之前看到过一篇文章，说到乒乓球是预防老年痴呆的最佳运动。一想到自己在慢慢变老的人生里程中，可以在乒乓桌前以可掌控的节奏恣意挥拍，享受球技不断精进的满足感，心中就生出许多欢喜来。

网球，好玩得停不下来

和网球结缘，是在大学二年级。从香港买的一块木制小拍面网球拍，开启了我的网球生涯。刚开始有一搭没一搭地和同学们一起瞎打，打着打着发现自己兴趣越来越浓，于是自学成才，常常和其他系的男生一起打，渐渐摸出了门道，球感开始越来越好。

那时候学校并没有网球场，我们就在大礼堂前的水泥空地上打，在篮球场打。中间甚至没有网，就这么因陋就简也打得兴致勃勃。那时和计算机系的一个叫陈宓的女生常常约着打网球，一打一下午，不知疲倦，很过瘾很开心。

大三的时候学校里组织了一次开天辟地的全校网球公开赛，由学生们自由报名参加。当时学校里会打网球的人屈指可数，我也无知无畏地报名参加了。比赛是在泥地的排球场进行的，报名的女生没有几个，我出乎意料地得了人生第一个女子单打网球冠军。

之后一直期盼学校能够建一个网球场，然而一直等到毕业乃至留校几年离开学校也没有等到那一天。

离开大学校门，运动似乎成了奢侈的事。忙着结婚生子工作的年龄，网球被弃之一边好多年。偶尔和朋友聚会兴起去附近的网球场打网球，也是一年打不了几回，很不过瘾。

热爱网球的心在移居北京后终于找到了组织。我通过QQ群搜索到了一个叫网球公社的群。这个群人数不过十来个，可是每个人都由衷地热爱网球，很是活跃。我每周六从东五环沿着环路开车一个多小时到西五环去打球，酣畅淋漓地打完球后外加吃饭唱歌，好一个火红的年代。

移居澳大利亚后稍作安定就欣喜地在家门口找到两处免费网球场。

那个初来乍到的夏天，我们母女俩不花一分钱打球打了个痛快，后来还结识了另外两位国内来的网球高手，大家一见如故，打球聊天，在异国他乡的日子不再寂寞。

搬家后家里周围有几处社区网球场，也是沙石地，不算太理想，但总是免费的。我们常约了朋友一起打球，说不上技术上有何长进，但打网球这事总是让我身心愉悦，每每挥拍打出一个好球，那种从引拍到击球再到眼看着网球划过一道漂亮的弧线越网而过，完美落点，这几十秒的过程，仿佛有一种心流，缓缓流过心田，美妙至极。

然而这种社交性的打球渐渐无法满足我进一步提高球技的愿望了。上网搜索一番，发现原来隔壁小区就有一个很大的设施完备的网球俱乐部。我参加了每周三晚上的Social tennis night，俱乐部负责人很热情，每次按照来人的水平分成几组，一晚上每个人基本能打一场单打和两场双打。这是我第一次参加这种网球俱乐部，老实讲，在此之前，虽然球赛看了很多，但对实际比赛我还是不甚了解。

这个俱乐部每周六都有一整天的赛事。我去了几个月后，教练有一次问我是否可以做这个赛季的替补，可惜我当时正准备回国度假，此事也就不了了之了。国内回来后忙东忙西，这个俱乐部的活动就此中断了。

后来家附近其中一个网球场不知何时铺上了假草坪，一下子鸟枪换大炮，让我们好一阵兴奋。我生平第一次打假草坪的草地网球，觉得球感很好，球速放慢许多，脚踩在草坪上的感觉很柔和有弹性，就此新鲜劲上来，又频繁地打了好一阵网球。

郝先生的出现让我的网球之旅升了级。第一天见面我们打了壁球，第二天我们就去了Levi Park的网球场打了网球。他谦虚地说自己网球打得不怎么样，一交手才知道他是过谦了。我很高兴找到一个热爱网球的伴侣，从此一有机会就打网球。他打球从来不遗余力，每一个看似无望的球都要被他奋力接起，由此得了打球机器人的美誉。

郝先生和一群热爱网球的人在城里每周六会打一次球。那个非正式俱乐部里聚集了来自世界各地的初到者，中国人、伊朗人、德国人、捷克人、加拿大人，几乎就是一个"联合国"。没多久他很兴奋地告诉我，他认识了一个家里有草地网球场的香港人。他的房子位于市中心的繁华地段，游泳池网球场一应俱全。我就此沾了光，第一次体会了在真正的草地网球场打球的乐趣。绿草茵茵的网球场需要每两周由专业维护网球场的割草公司来做专业维护。打草地网球的感觉和假草场地类似，但球弹起得更为缓慢，而且还要时刻应对球突然转变方向，因为再完美的草地也会有一些不平整，网球落入一个不起眼的小坑就会将你习惯的预判粉碎得一干二净，然而正是如此，草地网球更是让人捉摸不透而富有挑战。

过了一阵忙着看房换房，买一个有网球场的房子的念头一直在脑子里挥之不去。记得看过阿加西的自传，他父亲在加利福尼亚州看中一块地，四周都是荒漠。他在那块空地上前后左右一丈量，正好可以建一个网球场，然后就痛快地决定：就它了！

我差一点就买了一个带有网球场的房子。合同都签了，结果事后在Cooling off的两天里再回去看时，我和女儿兴冲冲带着球拍去，打了两拍就立马意识到，网球场的底线和周围的铁丝围栏之间只有区区一米的距离，只好放弃。

各种辗转最后还是搬入了维克托港海边一个没有网球场的房子。当然这并不能改变我们经常打网球的习惯。小镇海边有4个网球场，也是沙石地面，虽然不够完美，但随时可以免费使用不用维护。我和郝先生隔三岔五说打球就打球，开车两三分钟就到，再完美不过。

我开始着手解决几个一直没有解决的网球短板：发球和反手。因为从未正儿八经参加过比赛，所以发球一直都是我的弱项。抛球的直线方向和击球点的时机总是掌握不好，以至于发球成功率只停留在50%左右。有一阵我俩苦练发球，共同的目标是要达到发球成功率80%以上。功夫不负有心人，现如今的我们基本上是达到了这个水平。

我的反手一直都是单反。这个在女子网球里很少见到，这是因为我从未经过正规训练，自我琢磨出的一套打球动作并不规范。因为手臂力量的限制，我的单反基本都是削球过网，虽说看着漂亮，但少有威力。我决心学习双反。有一种势力叫习惯，要将一种几十年的习惯改过来还真难。刚开始时几乎就不会打反手了，双手握拍的感觉很别扭，失去了往日击球的掌控感，几乎感觉球都接不到。然而所有的改变都从持续不断的实践开始。郝先生不断地有意识给我的反手喂球，一段时间下来，我的双反有了长足的进步，常常回出一些漂亮的球，心中喜悦不已。

郝先生家族每年都有几次重大的家庭聚会，有些就设在周边有着网球场和足球场的公园里。家族里除了年纪大的几位，其他人似乎都是运动高手，拿起网球拍都能打一手漂亮的网球。我很享受这样的家庭聚会时光，除了吃喝聊天，还能运动奔跑，动静相宜。

郝先生虽然热爱网球，但从不参加任何比赛。他的膝盖十几年来一直带着伤痛，按照医嘱本不该打球跑步的。然而热爱的冲动往往是不计后果的。每次打球后他就会遭受膝盖肿痛的折磨。近一年来我给他的膝盖经常做艾灸，加之他体重控制得不错，打球后的后遗症缓解很多。没有了这个后顾之忧，他打球的热情更是高涨，常常约了和他旗鼓相当的高手对打，每每尽兴而归。

有一回他去了附近的Back Valley俱乐部，周六下午那里有Social tennis。回来后他气馁地对我说，今天他被87岁的布莱恩轻而易举地打败了，老先生跑动已经不很灵便，但他站在网前游刃有余，击败他不费吹灰之力。哦哦，看来此地网坛高手如云噢。

　　和郝先生常一起打球的朋友开始鼓动他去帮他们所在的Victor harbor俱乐部打比赛。郝先生耳根子软，几次劝说下来他就答应去试试。没想到他替补了两次战绩都不俗，替补了三次后按规则就成了本赛季该队的永久队员。转正以后他愈战愈勇，球技日臻成熟，为本队立下汗马功劳。

　　我在前年冬季由于手臂疼痛只好暂停网球，只专注于乒乓球。到了前年夏天来临之时，我的手臂开始恢复，急不可耐地又回到了网球场。看着郝先生打比赛打得风生水起，我也蠢蠢欲动，主动要求做替补参加比赛。机会终于来了，我的第一次正式比赛没想到是在遥远的北部乡村俱乐部Long plains，郝先生朋友所在俱乐部临时缺人，我们俩双双被邀请去替补救援。乡村俱乐部的高水准让我大跌眼镜，男子双打那场比赛你来我往，激烈程度让我有亲临澳网现场的错觉。那一次我们俩的表现都很棒，我甚至获得了三战全胜的骄人战绩。

　　初战告捷。有了第一次替补的经历，我的第二次和第三次也都表现不错。记得有一场决定两个队输赢的女子双打比赛，全场的队员都结束了比赛，大家都紧盯着赛场，我和另一个中国女孩搭档，在4∶6落后的情况下沉着冷静，力挽狂澜，最后以抢七赢得了7∶6的胜利。这实在是一次饶有意趣的反败为胜的比赛，赛后回家的路上还让我俩津津乐道好一阵。

　　澳大利亚民间俱乐部的季度赛在夏季，和澳网同步。前年我小试牛刀，初尝了做替补打比赛的滋味。意犹未尽，去年夏季赛季开始，我和郝先生约好为相对较弱的Inman Valley队效力（这符合他喜欢帮扶弱者的一贯作风）。为了给未来东家添砖加瓦，我和郝先生有机会就去该队队员皮特家的假草网球场练球。Peter是我们乒乓球俱乐部的主席，平日里不是在打乒乓球，就是在打网球。他很愿意呼朋唤友去他家打网球，郝先生比我被邀请去打球的机会多很多，他们有专门的Boys's day，而我只能在另外有一个女子选手时才被邀请去打男女混双。

我以前根本不会打网前，站在网前就有一种说不出的恐惧，生怕被飞速来回的球击中。所以哪怕是打双打，我也是站在底线打球的。然而这在网球双打中显然是行不通的，这样的短板必须及早克服。于是我开始硬着头皮站到网前，站到合适的网前位置左挡右攻，慢慢地掌握节奏，抓住时机，每当拦截出一个好球时那种心情真是让人雀跃。

发球、双反、网前，这三项短处我正在有意识的克服中。我擅长的正手也在越来越稳定而有力量，逐步向底线靠近。和郝先生对打的过程中，他常提醒我两点：一是Footwork（步伐移动）。二是回球落点。他隔网对我喊道：你不要老是回到中间，你要忽左忽右，让我跑起来啊！显然他对我给他总是喂那种友谊球表示不解。我说，这正是我的天性，没想到要为难对方啊！

去年10月开始，我每周二、五早上去Back Valley网球俱乐部打球。以前经过无数次的网球场，近距离接触才知道它的魅力。4块标准场地周围绿树成荫，俱乐部所在的小木屋鲜花环绕，室外的木制长廊占据着高出场地几个台阶的有利位置，休息的人们可以坐在休闲椅上悠然观战，4个场地的比赛状况一览无余。

在球场上打球的感觉更让人沉迷。蓝天白云下，阳光明晃晃地照在山谷间，空气中弥漫着山林的清新之气。打球的间隙，我常常情不自禁地抬头仰望天空，看白云朵朵，贪婪地吸纳着山谷中的氧气。

我爱上了这个网球俱乐部。每周两次，每次交5澳元即可在那里痛快打上2~5场双打。球友们男女各半，大多六七十岁，甚至还有82岁的老太太每次来也要打上两场双打。很多人身上都有不同程度的疼痛，膝盖手腕绑着绷带就上场打球了。我每每晚到，有人开玩笑问我：你是不是想等我们都打得精疲力竭了才来？我说：是啊，因为技不如人，这可是我的战略啊！

　　他们中有高手退居二线的，也有球技一般纯粹娱乐的。基本上他们都不参加周六的季度赛。该俱乐部的比赛团队是另一拨人，他们相对年轻，其中大多数都出自同一家族，而且这个家族在这个网球俱乐部的荣耀延续了好几代人。俱乐部有一个记录历届冠军及突出贡献者的光荣牌，高悬在俱乐部内的显著位置。

　　去年年底开始的夏季赛前几周，我们所在的双打队战绩不如人意，未能进入下一轮。我和郝先生倒也问心无愧，自觉各自表现不错。这是我第一次完整地打完整个赛季的双打，实战中积累了不少比赛经验，不仅提高了球技，也对整个比赛流程和场上行为规范等有了更全面的了解。我们合计着，下一个赛季，我们争取参加Division 2&3，意即有双打也有单打的比赛，按我们的体力，不参加单打实在是不过瘾，也是一种资源浪费。

　　输赢不重要，重要的是在实战中突破自我，让有着三十来年球龄的我在网球运动中进入一个崭新的里程。人生没有太晚的开始，因为我知道，网球是一项可以一直坚持下去的运动，一直玩到八九十岁也不为过。

　　想想都美。

玩疯沙滩排球

  第一次玩沙滩排球是2016年2月28日，感谢微信，一切都记录在案，清清楚楚。

  记得那一天，一位伊朗朋友邀请我们傍晚时分去Henley beach会他，到了那里才知道原来他们一群同事正在玩沙滩排球。我们稀里糊涂就被邀请一起加入，队友们很热情地过来握手，互报名字。很久不摸排球，加上沙滩里挪动脚步很困难，心有余脚力不足，错失了不少接球良机。好在全场的朋友们都很友善，Well done! Good job! Good try! 各种鼓励声不绝于耳。大学里曾经参加过系里的女子排球队，除了几个主力队员，我们也就是打酱油的水平。自打大学毕业，就再也没有触摸过排球。虽然沙滩排球较一般排球软一些，但打在手上还是生疼。场上气氛异常活跃，各种肤色的队员们个个全情投入，奋勇倒在沙地里接球的，两三个人撞在一起抢着接球的，大家伙儿笑成一团。其中有一位还是挺着大肚子的孕妇，外加一只上下欢腾跳蹿的狗狗。天色不知不觉暗了下来，岸边的长堤映照在夕阳下美极了，一群人在暮色苍茫中玩到看不到球在哪儿才罢休。

  第一次沙滩排球的经历实在令人回味无穷，我们决定要好好利用这么好的天时地利，多多组织几次这样的活动。在搬到维克托港小镇之前，我们又组织了几次沙滩排球，一次基本是中国人的，一次有很多伊朗朋友参加。每一次活动都让人意犹未尽，当然第二天手臂青紫酸痛也让人难忘。几次下来，我几乎就认定沙滩排球是最搞笑的运动项目了，虽然我们几乎都不去理会沙滩排球的规则，两边一般都各在五六个人（远远超过两人），想托几次球就托几次（没有按照三次必须过网的要求），也从来不穿比基尼上场（有待把身材练好了再来秀）。

2016年夏天，我和外甥女107电台的粉丝们一起去塞班岛游玩，当我看到酒店就在沙滩边上，甚至还有一个沙滩排球场的时候，兴奋不已，马上苦口婆心地劝说大家一起玩沙滩排球。不玩不知道，一玩都停不下来，想来那一个夕阳西下的海滩边玩嗨了的沙滩排球之夜，一定定格在很多人的脑海里，成了很多团友念念不忘的美好回忆。

2017年夏末秋初我入驻小镇，惊喜地发现就在镇中心的海边整整齐齐有4个沙滩排球场，球网、边界线一应俱全，比阿德莱德Henley beach和Glenelg的沙滩排球场条件好多了。再好不过的是，这么好的设施完全免费！要知道，在City的人工沙滩排球场租场费是90澳元每小时！可惜的是，我每次走过路过，几乎都不见有人打球。暗想，这是多么浪费资源啊！

我们决心好好利用当地政府提供的良好运动设施，多多号召朋友们一起来玩。于是乎，骑行队的朋友们来了，来过跨年夜的朋友们来了，来度假的家人们来了，小镇的街坊邻居来了，小镇的中国姑娘们也来了！

郝哥哥年近六十，从未玩过沙排。有一次他和家人孩子们一起玩沙滩排球，场上表现极其勇猛，尤其擅长借身高优势拦网。虽然大家很久都没触碰过排球，但澳大利亚人个个是运动健将，场上表现都很不俗。常常一个球来回很多回合，看似落地的球也被从不言弃的队友们救起。每每如此，大家伙个个喜笑颜开，Good rally确实让所有人Feel good！一场球下来，大家玩得没大没小，嬉笑一团。事后，郝哥哥由衷表示他爱上了这项运动，这不花一分钱的活动是最棒的家庭活动！

城里来小镇度假的朋友家人们每次来也都不落沙滩排球。因为不限人数，常常能让十来个人上场，让这个活动的集体性优势得到充分发挥。大人小孩、男女老少齐上场，那种欢乐的场面用言语无法充分表达，只有亲临现场才能真切体会。

然而组织一次沙滩排球也不太容易。毕竟我们的水平都很初级，要能把球玩起来，需要10个人以上才行。当然若有几个厉害的主力队员场面就要好看得多。Vicor harbor是南澳平均年龄最老的小镇，以God waiting room著称，我们所认识的镇上朋友大多是60以上的年龄。要找到有活力有兴趣打沙排的人并不容易。郝先生是个不折不扣的运动迷，虽然沙滩排球他并不擅长，甚至连动作也不标准，但以他不屈不挠的体育精神，总是场上表现最勇猛的一位，他在沙堆里为了救球跌打滚爬的滑稽动作常常令人捧腹。他同时还兼任着全场核心人物和计分裁判的角色，总是把一群人分成势均力敌的两队，以期达到几近平局的局面。我水平一般，但同样也有一颗热爱运动的心，受中国女排精神的激励，也常常发出类似"流星赶月"的好球，连连发球得分后被队友笑称为发球机器。

前年夏天我们每周二下午5点相约沙滩排球场。律师尼克斯夫妇和4个女儿是沙排的热情参与者。夫妇俩长得高大健壮，不仅运动天赋禀异，而且幽默诙谐，擅长搞笑。4个女儿从9岁到18岁不等，个头高不说，场上表现也令人惊讶。小镇姑娘平和金姐也唤醒了沉睡已久的运动细胞，百忙中抽出时间来打球，乐此不疲。平在打球时常常以中文呼唤"金姐"的名字，以至于大家以为她的名字叫"Ginger"。想到生姜的种种好处，金姐也就默认了这个中国化的英文名。

那一个夏天，如果你常在小镇的海边散步，黄昏时分，一定会看到一群人在沙滩排球场上大呼小叫，上蹿下跳，嬉笑打闹，驰骋沙场，乐而忘归。

每一场沙滩排球都让人流连忘返。有好几次人数不够，我们就拉了一边停留下来好奇观战的路人甲，每每发现路人常常技高一筹，低调地打出很多漂亮的球。如此宾主两欢，实在是一段美好的相遇时光。

和其他小镇运动俱乐部类似，小镇前两年每周三晚上有沙滩排球活动。路过几次看到，灯光球场下活跃的矫健身姿以年轻人为主。介于缺乏全情投入的核心组织者，这个活动似乎并未一直延续下去。我和郝先生曾一时性起计划成立一个沙滩排球俱乐部，但因各种事务牵绊，此事搁置一边，暂时未能付诸行动。

近来想到，镇政府每年都有相关的项目基金供社区活动组织申请，沙滩排球既能连接社区男女老少，又能将现有体育设施充分利用，并将展现维克托港作为海边小镇的独特海港魅力。此活动一旦策划申请，成功概率很大。

如此一石三鸟，何乐而不为？我的发散性思维又来了。

大家都来PARKRUN

第一次听说PARKRUN这事是在2017年5月入住小镇后不多久。郝弟弟从北边的Gawler驱车100多公里来看我们，他说第二天周六早上8点他要去参加Victor harbor的PARKRUN，问我们是否和他同去。

什么是PARKRUN？我和郝先生都很好奇。郝弟弟耐心解释说，这是每周六上午8点在世界各地20多个国家举行的社区免费群体活动。5公里的路程你可以或跑步或走路，或遛狗或推婴儿车。组织者都是当地的志愿者，目前澳大利亚有三百来个点，南澳有三十来个点。他说："我已经跑了二十来个点了，我准备把南澳的每一个点都跑下来。"

我们第二天兴致勃勃地和他去体验了传说中的PARKRUN。就在Encounter bay的Kent Park，沿着海边往Bluff的方向跑，不到Whalers Inn的地方折返跑回。线路简单明了，跑道质量上好，周边环境优美，不失为一个好的选址。后来才明白，所有的PARKRUN的选址都尽量选在当地风景最优美的地方，由此可推动当地的旅游经济。

初次体验PARKRUN感觉不错。人们非常友好，组织者在开跑前有一套说辞，除了说明一长串的注意事项外，还会非常用心地问到以下一些问题：比如说有没有第一次的Parkrunner？有没有从外地外国来的访客？有没有Milestone runner？等等。人们就举手自报家门，当地的Runner们就呱唧呱唧鼓掌，或欢迎或祝贺，瞬间来访的客人和当地人就拉近了距离。

回到家我们毫不犹豫地就上网注册了。程序很简单，提供简单的个人信息后你就获得一个条形码（Bar Code），打印出来塑封后随身携带，每次跑步后去扫码以便记录成绩。

接下来的那个周六，我们就开始成为正式的Parkrunner了！郝先生的膝盖一直不太好，我并不鼓励他和我一起跑步，但他似乎也被这友好积极的社区跑步氛围所感召，每周六风雨无阻地和我一起去跑5公里的PARKRUN。Victor Harbor的PARKRUN已经有7年历史了，平日里人数在50~80位，一旦到了假期，作为度假胜地，这里的Parkrunner一下就增加到100~150人。前来度假的年轻父母带着孩子们跑在原先年龄偏大的队伍里，周六的清晨，Encounter Bay的海边跑道上充满了矫健的身影，一切显得如此生机勃勃。

每周六早晨8点的PARKRUN很快就成了我们雷打不动的日常。仿佛周末如果不从PARKRUN开始的话，完美的周末就有了缺憾。5公里的路程不长不短，对我来说刚刚好。原先跑步随性的我，如果不是正经八百的活动，跑3公里也是东张西望，一会儿看天一会儿探花，没有个章法。这个活动看似松散，但又有组织，非常合适我这个散漫之人。跟着大部队一起跑步，你追我赶的氛围利于保持良好的节奏，跑到最后终点处我往往还有气力再来一个冲刺，我的成绩最初基本在28~30分钟之间。郝先生基本要被我甩出半分钟到一分钟之外。每次跑完开车回家的路上，我们开始谈论今天跑步的感受，并无奖竞猜我们分别的成绩。周六清晨的路上往往还去Garage sale淘个宝，再去周六农贸市场买个新鲜面包，这个周末就这样生动活泼地拉开了序幕。

回到家吃过早中饭没多久，11点左右打开邮箱，收件箱里赫然已经收到那封关于今天跑步成绩的邮件。里面包含的信息应有尽有：这是你第几次PARKRUN，你的成绩，你的排名，今天这个点的跑步人数，你是你所在的女子某年龄段的第几名，你到目前为止的历史最好成绩（PB-personal best）……如此之快的信息上传，这些组委会的志愿者们是多么勤勉的一群人啊！

　　每周一次的PARKRUN就这样被我们坚持了下来。有时候Charlie也会和我们一起跑，它人来疯似的领着郝先生一路飞奔向前，确实给他的成绩提高带来了很大的帮助。显然Charlie很热爱这个有狗有大人小孩的PARKRUN大家庭。日积月累，我们跑步的次数越来越多，很快摇身从新兵变成了资深的Parkrunner，遇到有潜质的人就开始积极推广PARKRUN这个全民健身活动。不聊不知道，原来还真有很多熟人已经参加这个活动很久了，有一回第一次去城里的Torrens park跑PARKRUN，一眼就认出了共同走过Heysen trail的熟人，那天她正在做志愿者，而她已经跑过170多次PARKRUN了。

　　第一个被我说服的是女儿。她家所在的区环绕人工湖就有一个参加人数众多的PARKRUN。于是我们达成了默契，我尽量选在周五晚上进城，周六早上一起去她家附近的Mawson Lakes跑步。C小姐跑步很轻松，轻而易举就跑到了24分钟左右，让我望尘莫及。

　　郝弟弟对PARKRUN的痴迷程度更甚。他每周都会和我们分享他的战绩以及他去的不同战地。同时会去网站上查看我们的成绩，并时不时发来贺电之类。他是一个很好的规划者，为了尽快实现他成为PARKRUN Statesman的目标，他把那些偏远乡村的PARKRUN和度假做了捆绑计划。信心满满的他眼看着就要实现目标，一件意想不到的事发生了。

　　一个周六的早晨，我们没有收到郝弟弟常规的短信，却接到了郝弟媳的电话。郝弟弟在南澳北部的Port Augusta跑PARKRUN时，不慎摔了一跤，造成小拇指向外扭曲骨折，现正在医院手术。十指连心，郝弟弟当时一定是疼得快晕过去了。好在手术挺成功，郝弟弟用了3个月时间才恢复，但小指头的灵活程度远不如从前了。

　　都说一朝被蛇咬，十年怕井绳。我以为郝弟弟也许有了心结，从此绝缘PARKRUN。没想到他在手指还没有完全康复以前就迫不及待地复工跑步了。他的理由是，跑步是用腿的，又不是用小指头的。现如今，他已经光荣地成为一名Statesman，并开始计划去其他州跑PARKRUN。目前为止澳大利亚有398个跑点，估计不久的将来，他将不满足于只在澳大利亚跑，而是要跑向世界了。

伦敦是PARKRUN的总部所在地。2004年这个活动由一个14个人的跑步小团体演变而来，如今已经是风靡22个国家的全民活动。除了志愿者组织安排日常的工作之外，每个国家的PARKRUN都有一些常年赞助商。我们2018年9月去了伦敦，特意安排了一个周六在伦敦跑PARKRUN。我们不知道从哪里得来的信息，认定PARKRUN起源于伦敦的海德公园。于是订了公园附近的住宿，临到头才发现海德公园根本没有PARKRUN，我们能够找到的最近的PARKRUN的地址在附近的一个需要坐火车才能到的监狱附近。那个跑步的路线很荒凉，几乎都是道路不平的泥地，每跨一脚都需要看准了再踩下去，否则一脚踩空的概率很大。英国人一定是酷爱跑步，这么偏远的地方仍旧聚集了200多人的参与者。

伦敦的PARKRUN成了我们唯一一次的海外PARKRUN。很快我迎来了里程碑式的第50次PARKRUN。PARKRUN将50、100、250和500次作为milestone里程碑。满50次可以免费领取一件红色标着50字样的T恤，100次为黑色，250次为绿色，500次为蓝色。只记得有一次在墨尔本见到有人穿着500次的T恤，想来自从澳大利亚2011年4月2日PARKRUN起始以来她应该每次都参加，而且应该是更早就从国外参加了PARKRUN这个群体活动。一时间好生景仰。

我的第50次最后落在了位于南澳南部的大镇Mount Gambier。前一晚因为好奇入住了由古老监狱改造的旅店，结果阴森恐怖地只睡了三四个小时。如此第二天早上硬着头皮起来，绕着蓝湖跑我的第50次

PARKRUN。这个跑点是我跑过的坡度最陡的路线，好在一路总有友善的当地人不绝于耳的well done之类的鼓励声，让我顺利跑完这个里程碑，并和当地人一起同框拍照留念。

没多久，我就顺利收到了从PARKRUN伦敦总部寄来的一件红色的标着50字样的跑步T恤。

2018年底我回国探亲，突发奇想准备把PAKRUN引荐到中国去，于是兴奋地给PARKRUN总部写信表达我的意向。很可惜，回信说因为他们人手有限，暂时不准备开发中国市场。我很遗憾也无可奈何，但后来想出一个校友跑的概念带回老家，在我50周岁之际，我和我的同学们在烟雨蒙蒙的江南小城的江边来了一场38人参与的5公里校友跑。

我们在两次去墨尔本看演出、观足球赛之时也巧妙地插入了PARKRUN的活动。沿着Albert公园和五百来个Parkrunner绕湖一周，场面实在壮观。记得组织者是个行动不是很方便的女性，她拄着拐杖拿着话筒不停地指挥着大家，沿线还散落着众多维护秩序的志愿者。组织这么一场浩大的活动真是凝结了多少人的心血啊。值得一提的是，两次墨尔本PARKRUN都成功拉拢了千年不跑步的朋友前来助阵。

另外一次出了州的PARKRUN是在布里斯班。我们鼓动了Ivy和她的孩子一起去附近的Mansfield park跑步。昆州的PARKRUN独树一帜定在早上7点，扬扬小朋友不仅早起并非常难能可贵地跑完全程，还结识了附近的大学生姐姐做朋友。

和家人朋友们一起PARKRUN的动人情景还有太多太多：郝先生推着好友的一岁宝宝推车走完PARKRUN的5公里；和家住北部小镇Clare的好友互访，一起在彼此的主场走路聊天；阳的80后爸妈来小镇和我们一起PARKRUN5公里徒步，赢得小镇居民啧啧赞叹；时不时见到熟人们走跑在PARKRUN的线路上，中途遇见击掌互相鼓励，跑前跑后寒暄聊天；新年后的第一天，我们相约在Torrens河畔，和国内来的客人一起来一场健康的5公里跑；郝儿子和女友常年坚持长距离耐力跑，偶尔也来友情客串一下PARKRUN……PARKRUN几乎成了周六的代名词，把我们和阳光健康、友善美好紧紧地联系在一起。

2020年疫情肆虐，PARKRUN因此也按下了暂停键。12月5日，南澳的PARKRUN终于重新开放，无数的跑者又在周六清晨回到了心爱的跑道。郝先生的PARKRUN原先是为了给Charlie一个奔跑的机会，但由于它常常过于兴奋而让郝先生不得不跑在沿途的沙滩上远离跑者的大部队，仅在终点处重返PARKRUN取得成绩。不多久郝先生收到一封邮件，被告知他不能偏离跑道跑PARKRUN，这显然违反了规定，涉及保险等法律责任。就此郝先生对PARKRUN失去了兴趣，加之他每周二、五都会和好友在Middleton跑步，最近好几周都未现身PARKRUN跑道。

我因为最近以来打网球越来越多，感觉运动量足够，也对PARKRUN开始有所懈怠。最近的跑步不再纠结名次和成绩，只享受整个跑步的过程就好。到目前为止，我们一共在16个跑点跑了PARKRUN，我完成了112次PARKRUN。去年疫情期间我收到了从英国寄来的100次PARKRUN的黑色T恤，放在太阳下杀毒了好一阵子。我的最好成绩目前是25分53秒。

慢慢跑，如此日积月累，哪怕三天打鱼两天晒网，我也仿佛看到了那件绿色的印有250次PARKRUN的T恤在远处向我招手。

山中迷途

郝先生的儿子路易喜欢自我挑战，尤其热衷于长距离耐力运动。他常常被世界上一些顶级的长距离运动的卓越成就所鼓舞，动不动就做出诸如连续在墨累河游泳25公里、森林跑步100公里之类的壮举。

去年冬天他又邀请郝先生和我参加他组织的Rogaining活动。我对此一无所知，懵懵懂懂地知道个大概：用4个小时或走或跑，在Cleland Park周围的山地上找到很多信号点，累积分数得出最后总分。行！没问题！4个小时对我来说不是问题，山中的Bushwalk对我走过500公里Heysen Trail的人来说也不陌生，我和郝先生欣然答应了。

这是个秋色宜人的周六下午，也是南澳大利亚解封以来的第一个周六。一路上就发现车水马龙，好不热闹。我们集合的地点在Mount Lofty Summit，山顶上人比往常多了很多，大家都沐浴在秋日暖阳里，呼吸着自由的气息。

路易很遗憾地告知我们，因为种种原因，原先预计18个有意愿来的只剩下7个人来参加活动。我们将分为3组，也就是郝先生和我一组，郝女儿和男友一组，郝儿子和其他两个健将男儿三人一组。路易显然做足了功课，他拿出打印好的地图分给大家，并给大家发了专业的指南针。地图上标记了53个打卡点（Checkpoints），相应地有不同的从20~100的得分。每个打卡点都是一个圆圈，覆盖了直径5米左右的区域。我们要做的就是，在有限的4个小时内，根据打卡点的得分情况设计出适合自己的路线，在规定时间内回到起点（也是终点）。如果迟到的话，每迟到一分钟就要扣罚30分。每个参赛队都有一个队员的手机下载了这个Rogaining的程序，一旦进入打卡点，手机就会自动接收到信号并报以叮的一声表示打卡成功。

郝先生似乎对周边地形熟悉有加，他把我拉到一边，悄悄告诉我他的战略是，在天黑前把周边崎岖小路上的一些打卡点找到获得一定分值，在日落后走公路去到网球场周围的一些打卡点获得分值，然后迅速返回原地。我本来就对此地知之甚少，自然是满声附和。

三个大男生都是跑步装备，短衣短裤只带了水。我们和郝女儿的打扮基本是徒步装备，除了水之外还带了点吃的。下午2:37我们正式出发，也就是6:37我们都得准点返回。郝先生带着我朝着一条小道出发，凑巧郝女儿他们也走同样的路线。其他三位大男孩则从另外一条路出发，一溜烟消失得无影无踪。第一个打卡点离出发点很近，很快我们两个队的手机都相继响起了令人振奋的第一声叮！哇，很好玩啊！大家都兴奋起来，继而分道扬镳，两支小分队消失在不同的山中小径中。

Cleland park坐落在Mount Lofty山脉，山中灌木丛生，小路错综复杂。那个地图画得很专业，每条小径的走向都画得很精确。郝先生的方向感很好，加上作为本地人对此处本来就不陌生，所以我根本不用操心，有时候他拿着地图来跟我核实，我基本都是附和，只当他是和自己在确认。原来一直喜欢看地图的我，自从有了GPS后，方向感直线下降，加之认识郝先生以后，出远门基本都是处于副驾驶的位置，再加之南北半球的混淆，再也不敢说自己方向感好了。

好在有他。他因为有了打卡的热情，脚下生风，走路比以往又快了许多。叮，第二个打卡点又找到了！接着是第三个，第四个……很快我们就积累了二百来分。接下来的那个打卡点有80分，但确实费了点周折。郝先生走过了头又折返回来，原来这个打卡点不在路上，而是需要你爬坡进入丛林，找到一块岩石，在岩石的附近才有了那动人心魄的叮声。郝先生举起双手对我挥手示意，仿佛淘金热时代找到了金子一般惊喜。

走着走着，我们走入了平日里阿德最热门的从Waterfall gully到Mount Lofty Summit的4公里徒步路线中。几年前我和女儿经常来爬这一段山，有一阵没来，发现几乎所有的登山路都用沙石水泥重新铺就，安全了很多，但也少了些野趣。另外多处加了带有栏杆的廊桥，造就了一处畅通无阻的都市徒步胜地。山上徒步的人很多，比以往的任何一次都多，各个年龄段的都有，三五成群，以至于很难保持所谓的社交距离。郝先生带着他从乡村带来的朴素问候每一位迎面走来的人，Hello! 有人热切回应，有人反应冷淡，直到有一对抱着婴儿的夫妇说：嘿，你是我今天上山遇到的第一个问候的人噢！郝先生这才反应过来，这里终归是城市的一部分，忙碌的城里人可没有那么多时间对每一个遇见的人打招呼。

这段经典路线以陡峭著称。连续的几个坡下来，我的膝盖就开始隐隐作痛了。我这个膝盖很健康的人尚且如此，可以想见郝先生这个有膝盖老伤的人的感觉。不过，他是个铁人。西方有句谚语：The apple doesn't fall far from the tree. 意即，有其父则有其子。郝儿子之所以那么热衷于耐力运动，恐怕和郝先生深信"That doesn't kill you make you stronger"有关。他送给自己的50岁生日礼物是铁人三项，他曾经多次参加过Oxfam的35小时100公里的徒步募捐活动，全程马拉松参加过4次……

我和他的个性很不同。中国人的中庸之道深得我心。我喜欢张弛有度，凡事留余地，不喜欢走极端。从小擅长中长跑的我在近3年里开始跑步，除了坚持每周六跑5公里的PARKRUN之外，只是偶尔参加过几次跑步活动，11公里的环花岗岩岛跑，12公里的City-Bay跑，13公里的森林跑。有人曾鼓动我去参加半程马拉松跑，内心深处我觉得跑21公里应该没有问题，但这种体力上的自我挑战对我没有多大意义，所以从来不为难自己。

我对马不停蹄地赶路找打卡点的模式很快就有了倦怠。我劝说郝先生，别急着走啊，反正无论如何我们都可以保证前三名！我心想，我们不得第三名，谁垫底啊？他们都是年轻人，我们可是中老年呢。

这么想着难免走着走着就慢了下来，看到好看的景色就忍不住停下来拍照。走到那个著名的Chinaman Hut时，还没接近那个遗址，郝先生的手机就叮了一下，他说快走吧。我深感失落，原以为可以好好近距离看一看摸一摸这个上百年前的中国人的故居的愿望成了泡影。

当然打卡也不是一直都那么顺利好运。有一个100分的打卡点，郝先生来来回回好几趟在周围转悠，把手机高高举起到处搜索信号，结果还是无果。只好不再恋战，匆匆离去赶往下一个打卡点。

天色渐渐暗了下来。随着时间的推移，郝先生意识到最后的那程天黑后在柏油马路的一段，走路似乎是来不及的，只能是来回都跑步了。我觉得自己已经走了两个多小时，体力开始下降，继续在我不熟悉的人车同道的山路上黑灯瞎火地跑步我很不舒服，也觉得有安全隐患。于是建议放弃最后的那几个打卡点以保证准时回到终点。但好胜的郝先生根本没有放弃的念头，我只好决定让郝先生单独行动，独自完成后面的打卡任务。

时不我待。郝先生把背包、水之类的都交给我，轻装上阵。过了一会儿又跑回来，声称手机快没电了。好在我带了充电宝，于是他拿着手机和充电宝跑步前进。我心里有些隐隐的担忧，但是没有说出口。一直记得好朋友的一句话：不要担心，担心是负能量。

我继续走路上山，到达山顶那刻正好是太阳下山的时候。来得早不如来得巧。山顶上聚集了好多看日落的人，此刻都在专心致志地观看着远处一轮红日从海的尽头慢慢下沉。我到达时，太阳已经开始落入海平面，似乎只用了短短的两分钟，那夕阳就淹没在一片橘红的天色中。太美了！这还是我第一次从Mount lofty summit山顶看海上落日呢。我匆匆抓拍了几张照片，最爱那些人群在夕阳背光中的剪影，不虚此行。

心满意足地回到车里，想起还在黑暗中跑步的郝先生，心中不忍又羞愧起来。于是决定开车去3公里外的网球场给他送水。结果开到那里给他电话时，他说他已离开。好在我在中途开车截他，给他喝了一大杯茶水，还递给他半个橘子，让他戴上头灯，但愿又累又渴的他能够在充上电后继续完美冲刺最后一程。

他到达终点的时间比6:37早到了12分钟，其他人一个也没有到。虽说我自称不是个喜欢担心的人，但是每每到了天黑，我就开始忍不住担心起来。6:32左右，五个年轻的身影两支部队分别前后归队，哇哦！我忍不住欢呼起来，和大家击掌庆祝。可喜的是，他们每个人看上去都神清气爽，毫发无伤。澳大利亚人的户外精神我又一次领教了！

大家开始亮分。郝女儿他们那组得了920分，我们得了850分，郝儿子那组得了1200多分。我暗暗庆幸郝先生执意跑去网球场那一块去争取200多分，否则的话，我们的分数就会显得太惨淡了些。

郝先生提议大家去附近的Pizza Bar吃比萨，由其中最老的他买单请客。哈！老外有意思，老爸请孩子们吃个比萨，也得找出一个如此适当的理由。10分钟后，我们一行七人在路易的Ute敞开的车斗里狼吞虎咽分享了两个美味无比的巨大比萨。

晚上临睡前，郝先生发了一条温情脉脉的短信给儿子，称赞他组织了一场很有意义又有趣的户外活动，并附上我偷拍的几张他们趴在地上看地图时的照片，当然，还有两张他们错失的日落照片。

后来我得知，这个Clealand park的利用现代通信科技设置的Rogaining活动也就在去年4月刚刚开始，那时也只有28个团队参加过此项活动。Rogaining这个活动20世纪70年代起源于澳大利亚，目前在全球范围内每两年有一次冠军挑战赛，这种专业的比赛也是由2~5人为一队，但为时24小时。我们这个属于业余版的活动标准时间为6小时，但也可根据需要缩短。

我在想，下一次我再参加，希望是在白天的时候，结束时正当日落时分。这样我既不用担心天黑山中迷路，也不用担心错过美丽的夕阳西下。

这般折腾为哪般

郝先生的儿子一直热衷于长距离耐力跑步。前些日子又被一个美国运动员的主意激发，准备组织一场48小时内多次跑的自我挑战活动。

说得具体一点是这样的：比如说周四晚上6:00开始，每4个小时跑一次，每次跑的距离自己设定，然后10点，2点，6点……这样跑12次。我们根据个人情况，决定跑5公里，路易的预设距离为6公里。

事情临近，我心里开始打起了退堂鼓。从身体素质来说，我很有信心可以完成整个挑战。但是从真实意愿来说，我对此并不那么认同。也许路易作为长期训练的年轻人适合这样的活动，但对于我们50加的中年人来说，我觉得是过度运动。我相信大多数我的中国朋友都是这么想的，所以对此事一直低调秘而不宣，生怕他们说我瞎折腾。我最担心的是郝先生的膝盖，好不容易被我近一年来的艾灸缓解了疼痛，让他可以定期跑步打网球，若这一折腾，会不会雪上加霜呢？再加上半夜三更在外面跑步让人很不放心。

苦口婆心劝了半天，某人执着勇敢的挑战之心不改，轻轻甩出一句话：You don't have to run. 无奈之下，我只好收起我一万个不愿意，打定主意，陪他跑两天，就当是我的Acts of service吧。

既来之则安之。我决定打消负面情绪，积极迎接挑战。我们预设的跑步路线是从家里出发沿着海边一直跑到停车场的尽头再折返，预计应该在5公里左右。

第一次跑是周四晚上6:00。我们做了一下拉伸就带着跃跃欲试的

Charlie一起出发。小镇的天此时已经全黑，好在街灯闪烁，月光皎洁，一轮近乎圆满的明月挂在海面之上的半空中，洒下银白的月光，海面波光粼粼，安详宁静。

我从来没有在晚上出来跑步过。也许源于怕黑，我不喜欢黑夜。但我喜欢这月光如洗的夜晚，初冬的夜没有风，我享受着月光独有的柔情，听着我们仨跑步发出的沙沙声，看着我们被月光拉长了的身影，跑出了轻盈和欢快。

凭着长期跑5公里PARKRUN的功底，第一个5公里跑下来根本不带喘气的。回到家开始按计划做我很喜欢的一款用巧克力包裹的小甜点，正好在这个空隙时间来实践。晚上10:00的跑步时间一到，我们又领着Charlie继续回到跑道上去。

郝先生为了证明我们的跑步是真实不偷懒的，执意每次跑到Causeway的海边时要拿着标明了时间的手机拍照留念，然后发给儿子看。这样时间、地点、人物三个要素都有了，才能有明证。世界上怕就怕认真二字，我真是服了他。

这第二次跑似乎也是轻而易举的，毕竟这个点平常我们还没开始睡觉。小镇此时已经寂静无声，街灯却比之前明亮了起来，有部分街灯似乎还有感应，人靠近了之后，灯的亮度又提高了一级，照得我们心里亮堂堂的，打消了原先想戴头灯跑步的想法。

跑步跑得兴奋，回家睡觉不踏实，只睡了两个小时不到，又该起来跑步了。

半夜两点起床真的好难，可是说到了就要做到。我二话不说就利索地起来穿衣。郝先生总算多添了一件外套，但下身还是就一条短裤。我看得瑟瑟发抖。Charlie在工具房里睡得正香，郝先生决定这次不带它玩，于是我们轻声蹑脚地溜出门外。

月光更皎洁了。整个小镇笼罩在银色的夜光中，万籁俱寂。郝先生跑步喜欢带着手机放音乐，我提醒他调低音量以免扰民。实际上我也颇觉得摇滚乐和这个宁静之夜有违和感，我宁愿只听见大自然里细微起伏如泣如诉的海浪声。他提醒我抬高脚步，以免被高低不平的路面以及突起的树根绊倒。我心里升起一股温暖，午夜相伴跑步的意义也许就在这互相提醒吧。

跑过古老的Anchorage hotel的时候，我被它在皎洁月光下的柔美吸引，忍不住停下脚步来拍照。这是和蓝天白云下多么不同的景致啊。郝先生大概是觉得我可笑又可爱，大晚上地对着这小镇酒店拍个什么劲儿，我说，我这可是一辈子只有一次的机会啊！

机会难得，机不可失。我又对着马拉车马厩周围的众多街灯和公共厕所一通拍，那种小镇深夜的静谧安详，我怕是再也不会有机会领略了。我想着，突然一个念头跳出来，万一照片里面出现一个鬼魂的样子可怎么办哪？

这么想着，不敢再恋战，急忙把手机揣到兜里，追赶郝先生的脚步。

看，有车开过！郝先生指着主路上一闪而过的车灯光。我说，那又怎样？他说，这应该是夜里巡逻的警车，我可不想被警察看到。被他们看到大半夜跑步也许会被盘问，解释起来好烦啊！

我耸耸肩，表示不解。身正不怕影子歪，又不偷不抢，跑个步怕啥。看来我们怕的对象不同，我怕鬼，他怕警察。

回到家，终于又可以回到亲爱的床上睡觉了。可是好景不长，睡了3个小时不到又被讨厌的闹铃吵醒，下一场跑步又开始了！不过这个点我们为了和平日周五早上跑步的时间接近，改成了6:30以便和大部队会合。此次的跑点是在Port Elliot和middleton之间。没有云层保暖的清晨冷得嘎嘣脆，草地上挂着的霜露弄湿了跑鞋。郝先生牵着Charlie建议去海滩，我坚决地抵制了。哦，让我们专心完成这个跑步计划再说吧。

海边风大不说，在沙滩上深一脚浅一脚地跑会对腿脚有伤害你知道吗？郝先生是个不知偷懒的实在人，他建议比平常的路线延长一些，以保证5公里的距离。跑到Middleton时我忍不住对着勇敢的冲浪者们录了一小段视频，以表达我的敬意。此时的天空清亮得没有一丝云彩，东方已渐渐翻出了鱼肚白。我接着往回跑，郝先生和Charlie早已不知去向。我边跑边看天，路过那几株老树时发现每棵树上只有一只乌鸦，和以往成双成对的情景相比很是凄凉。快到终点之时，蓦然回首，橘红色的天边渐渐托起一轮温煦的冬日暖阳。一时间，大地金光万丈，万物苏醒，我一抬头，正看见那初升的旭日藏在了一棵树的正中心，染红了树枝树杈。好美的一幅画，我赶紧抓拍这转瞬即逝的瞬间。想起好友阳的成长教练群"阳树成长"，马上把刚拍的图片发到群里，好一棵正宗"阳树"啊！

折腾了一晚，我似乎还是精力充沛。于是决定接着战斗，打消去睡回笼觉的念头。郝先生周五9:30有固定的网球男子双打，他表示等他打完球回来，12:00他再去跑5公里。我劝他可以跳过这一次，打网球和跑步不都是运动吗？"不要那么折腾自己，又没有人给你发奖牌。""你知道我很喜欢奖牌的。"他开玩笑道。

他说到做到，12:00打球回来就和女儿一起跑步去了。我因为和姐姐在网上处理其他事务未能参加，遗憾地错过了这一次的跑步。

下午2:00的跑步对我来说轻松很多，我既没有打网球也没有跑12:00的5公里。但郝先生显然有点过度消耗了。天气很好，阳光明媚的小镇上到处都是来度假的人们。人们BBQ、散步、骑车、滑板、喝咖啡、打网球、打草地保龄球，享受着冬日暖阳下久违的自由气息。这才想起来明天开始是3天的女王生日小长假。仿佛也是被这热闹的场面感召，我们改跑Causeway去到花岗岩岛，约定栈桥的终点就是我们的折返点。我说，停了两个多月的马拉车应该今天恢复营运吧。说曹操曹操就到。正说着，远处一匹高头大马正拉着一节古老的车厢缓慢而坚定地向我们走来，车厢上面露台上的大人小孩们正欢天喜地地向路人招手示意呢……

回程路上，我俩穿梭在海岸边，时不时需要绕过三三两两的人群，郝先生大汗淋漓，我也跑得满脸通红。迎面一个遛狗的女人笑着对着我们说：You are keen！意思是说，你们可真行！

回家休息期间，好友发来信息，说我以25000多步占领了149位朋友的封面，劝我别运动过量。我只好苦笑说，我家有个爱自虐的土澳。

我担心如此自虐只出不进会出问题，建议给郝先生做艾灸充电。他求之不得，乖乖地躺下做了十几个穴位，很快就被艾烟熏着打起了呼噜。

6:00不由分说很快就到了。又一次出发。此时Charlie已经缺席几次了。它的后腿不知为何在走路时严重地弯曲着，虽说跑步时因为太过喜欢可以克服疼痛，但经过一天几次的折腾它也不如我们那么Keen了。想来动物是最诚实的，它们只听身体的召唤，而不是像人类那样，在很多时候是在拼意志力。

月上柳梢头，人约黄昏后。虽然浑身酸疼，看着皓月当空，我的心中仍升腾出些诗意来。我突然感恩起老天来。在我们跑步的这3天里，每天都是天气晴好，白天风轻云淡，夜晚明月当空。要知道入冬后的南澳可是多雨季节，夜晚狂风暴雨也是时有发生的。那一轮圆月，就从农历十三一直陪伴我们到十五。还有什么可以抱怨的呢？

我这么想着就高兴起来。郝先生问我感觉如何，我说是sore，不是pain。他不解，我是想告诉他，我是酸，不是疼。中文里的酸，我本能地想把它翻译成sore，因为和酸的英文sour很接近，我常常混淆着说。他似乎被我说通透了，说他明白我的意思。

但他已经是在感受pain了。此时，不仅他的坏膝盖开始疼痛，好膝盖也开始痛了。他跑得很慢，本来要等我在后面磨蹭拍照的，现在也被我很容易赶上了。而且他出汗很多，短衣短袖出场还衣衫湿透。这时沿路好多平日里没人居住的房子都亮起了灯光，原来这些都是度假屋，城里的人们在这个小长假举家来度假了。好一道魅力风景线，我边跑边愉快地欣赏着。

郝先生于心不忍，开始劝我：你不一定要跑完全程的，如果太累可以随时停下来噢。我打心眼里就想不跑了，但被他这激将法一激，觉得权当这就是一辈子只有一次的疯狂经历。为什么不呢？左思右想，也许因为已经落下了白天的一次跑，加上路易晚上会来和我们一起跑，我决定跳过晚上2:00最艰难的那次跑步，这样就是跑10次，加起来也跑了50公里，超过全程马拉松绰绰有余了。

拿定了主意，心中有了明确的目标，我顿时觉得身心安定很多。但郝先生还要来回驱车200公里把儿子从城里接来，然后马不停蹄地参加10:00的跑步。我忽然对自己待在家里休闲安逸有那么点惭愧。

郝先生风尘仆仆地接回了路易，回到家正好10:00。路易说他和朋友约好在Port Elliot的足球场绕圈跑，问我们要不要同去。我一心想着简单直接地完成任务，不想翻花样，就说还是他们自己去跑吧。于是我和郝先生在第二天的晚上10:00又一次跑在了小镇的海边。我们的脚步越来越沉重，但在树荫黑暗处，我们都还是试图把腿脚抬得高高的，在路过沾满露水的钢铁通道时小心翼翼，生怕一不小心，摔坏了一把老骨头。

此时白天的人声鼎沸早已散去，只剩下潮水声一阵一阵向岸上袭来，哗，哗，哗。夜如此静谧，远离海边往家里奔跑的路上，我们彼此急促的喘息声渐渐清晰了起来，呼哧呼哧……

回家了！可以睡个安稳觉了！我好开心，终于可以睡上6个多小时了！对我来说，这时已经是胜利在望了！可怜的郝先生，他还要和路易跑那个半夜2:00的5公里。可是怪谁呢？

这一觉，我睡得很沉，睡得毫无愧意，全然不知道中间到底发生了什么。

5:45，闹钟又响了。铁一般纪律的父子俩准时和我一起6:00出发，开始了唯一一次的铿锵三人行。路易很好心地告诉我，他的计步器告诉他，我们的跑步路线实际是5.8公里！哇！我很开心，这么说，我们另外跑Causeway和Middleton的路线更长，这样的话，10次下来我几乎就是跑完了60公里！

忽然觉得很像是去参加Anzac Day的Dawn Service。天蒙蒙亮，小镇似乎还没有从沉睡中醒来，我睡眼蒙眬懒言寡语。父子俩则不然，欣欣然有说不完的话。我给他们算了下，昨晚一路开车回来1.5小时，到半夜两点跑步45分钟，现在早上再一起跑步45分钟，加起来就是3小时在一起的美好时光。真好！我暗暗为他们父子高兴。那一瞬间，我突然明白了郝先生这次跑步的目的，还有比这全情的陪伴更温暖的吗？

我很乐意时而并排跑在他们中间，大多数时间跑在他们后面。我注意到路易跑步是踮着脚跑的，脚跟几乎不着地，比起随性的我和郝先生显然要专业得多。路易很贴心地放慢了脚步，等着我迎头赶上。我却常常被黎明时分的瞬息变幻的天光深深吸引，不知不觉地落在了后面。路易有时索性就停下来快走调整速度。我解释说，我喜欢苦中作乐的事，如果只有挑战却不好玩的事以后就不用叫我了。这事的好玩之处就在于我从来没有在这些时间段看过这里的风景气象，所以机不可失啊！

老天果然不辜负我的早起努力，日出之前，相遇湾上方出现了一团黑色的乌云积云和对应的一簇簇白色的高层云。隔着中间渐渐泛白的浅蓝色天空，在海面上方两两相对，如同作战前的双方，来势汹汹，一触即发。我不知道是不是被最近世界局势的风云变幻洗脑了，想象出这般的比喻来。要是往常，我想象的一定是一幅温情脉脉的美好相遇画面。

回家最后一程有一个缓坡，每次跑到这儿都让人精疲力竭。也许是为了好好表现给路易看，我打足了气往前冲刺，父子俩也受了刺激，跟着你追我赶地往家门口那个终点冲。我和郝先生大口喘着粗气，我却丝毫听不见路易的喘气声。

哈！总算是只剩下两次了！我们欢呼道。路易决定下一场以推着外甥女推车跑步的方式来完成，我们则原地踏步，集中火力完成任务。我知道郝先生已经经不起折腾了，他自称自己已经Worn out。我很把他的话当真，因为对一个轻伤不下火线的铁人来说，这个话不是随便说的。

10:00档还没等我们缓过来又到点了。好在老天帮忙，天气好得不能再好了。路过Kerry家门口的时候，正赶上她要出门。她说要是她年轻10岁也会来参加我们的活动，还问我们是否在做慈善筹款活动。我们笑说只是为了响应儿子的号召。

Causeway上人来人往好不热闹，我只好左躲右闪地跑步前行，想着努力遵守社交距离的规定。跑到尽头，只见郝先生坐在岸边，大汗淋漓，一副疲惫不堪的神情。我劝他别在阴冷的地上久坐，拉他起来往回跑。

快到家门口的时候，遇到邻居戴安，我开玩笑问她，Could you give us a lift? 只剩下30米了，我却真的希望有人把我背回去。

10:00这次跑得很慢，几乎用了一个小时。真的有点老牛拖破车的意思了。我说快到终点时我有一种很空的感觉，不仅是疲乏，还有饥肠辘辘的感觉。郝先生说，那就是exhausted啦！

回到家我建议给郝先生做艾灸补气，他痛快地说好。这次主要是给他的膝盖和小腿以及后背做，我深信不疑艾灸会给他及时补充能量，在关键时候给他助一臂之力。

我决意要好好吃一顿中餐午饭来补充我的体力。突然十二分地想念米饭的滋味，人是铁饭是钢，一顿不吃饿得慌。我是有多久没有吃米饭了？怪不得。于是我兴冲冲地折腾出一个西红柿蘑菇炒鸡蛋，一个秋葵炒培根木耳，叫醒在艾灸中沉沉睡去的他，一起享用这值得拥有的美味午餐。

终于迎来了最后一次跑步。下午2:00出门，Charlie眼巴巴地看着我们出门，眼神里透着幽怨。出门不多久，邻居戴安开着车路过看到几个小时前就在跑步的我们，于是尾随着我们摇下窗户好奇地问我们到底在搞什么鬼。郝先生边跑边把来龙去脉说了个大概，戴安留下一句话：But, Why? 哈！我俩都笑了，对呀，为什么呢？郝先生说，你可以把这个当作你的文章标题噢！

最后这一次决定在停车场终点那个街灯处照相留念。正好旁边一对年轻夫妇经过，我们邀请他们给我们帮忙拍照，郝先生很自觉地把我们的疯狂活动内容向他们解释了一通，引来他们一阵赞叹和祝福："Happy running! "

胜利在望！最后一次的一段我们仿佛又充足了电，跑步的脚步也轻快起来。穿过车流不息的主马路时，我们又在同一个地方遇到了早上碰到的遛狗夫妇。Hello again! 我猜他们肯定对两个一天到晚跑步的人感到匪夷所思吧。最后一段还是那个看似不陡的缓坡，我们俩都铆足了劲往上爬，气喘吁吁中，终于欢呼着到达终点。我们击掌庆贺，Good job! I am so impressed by you! 郝先生忙不迭地表扬我。我则长长地舒了一口气，回家的感觉真好！

48小时内，披星戴月，日夜兼程，我跑了60公里，郝先生跑了70公里。我把这个壮举发到了朋友圈里，很意外的，反响平平，点评点赞的还不如平日里一张美图多。我陷入深思，这是为什么呢？也许，中国人对我这种疯狂举动根本就不赞同，中国人"一动不如一静"的观念根深蒂固，对诸如此类的自我挑战不屑一顾？何况我还是一个50加的中年女，这么折腾为哪般呢?

我认真地和郝先生讨论了这个问题。But, Why? 他仔细思考了一下，说：我们现在的生活太舒适太优越，时不时跳出舒适区去挑战一下自己，会让身体更有韧性，心灵得到升华。

我一时陷入沉思。对一个中庸之道深植于心的人来说，做这种自我挑战已经超出了我主动想象的范围。但被引领着去做一点出格的事似乎也未尝不可。也许我的潜能还有很多，一直都没有好好开发，被我自己藏着掖着几十年。"That doesn't kill you make you stronger"，这句尼采的名言一直被郝先生引用，我从不认同到现在也已经被磨得越来越坚强。

第五辑 天真烂漫，返璞归真

抓蛤蜊如同淘金

女儿来小镇过年，问她大年初一要不要去抓蛤蜊，她爽快地说，好啊好啊！电话那头显然是雀跃的声音。

细数下来，自移居澳大利亚以来，抓蛤蜊的次数不下15次。每每有亲朋好友来访，只要不是在5个月的禁捕期内（6月1日—10月31日），时间允许的情况下，一般都会提议去抓蛤蜊。结果经常是大家玩得不亦乐乎，宾主两欢。抓蛤蜊这项活动由此被我评为我最爱的海滩活动，位居沙滩排球和海滩飞碟之上。

没有抓过蛤蜊的朋友或许有点纳闷，抓蛤蜊到底有什么魅力让我如此痴迷呢？

第一次去抓蛤蜊的经历并不如我所愿。那是9年前刚来澳大利亚不久。听闻朋友们说到去Goolwa海滩抓蛤蜊的故事，说得眉飞色舞，令我心神向往。终于在2012年的元旦，我们一行10个人浩浩荡荡出发，雄心勃勃去抓蛤蜊。

那时候谁也没有太多经验，10个人在海滩上寻寻觅觅，蛤蜊却和我们捉起了迷藏，偶有收获也进程缓慢。正午艳阳高照下暴晒4个多小时后，总共就抓了二百来个蛤蜊，阳同学粉嫩的小腿肚子还严重晒脱了皮。

这一次的抓蛤蜊经历令人失望，由此好几年再也没有想起这一茬。光阴荏苒，转眼我搬到了Victor Harbor，再一次在夏日炎炎里想起抓蛤蜊这档事来。从Victor Harbor开车到Goolwa只要二十来分钟，两个小镇之间往来频繁，小镇居民往返于两个镇之间，甚为便利。第一次和郝先生去抓蛤蜊，就收获满满，从此一发不可收，抓蛤蜊上了瘾，好玩得停不下来。

郝先生并非什么抓蛤蜊专家，小时候跟着父母抓蛤蜊的记忆早已模糊不清。说到底，我们都是门外汉。好在我们都天性爱玩，尤其是郝先生，在海边玩，这简直就是如鱼得水，可以一直玩到夕阳西下暮霭沉沉。

刚开始还是纯粹碰运气。有时候一开始就找对了位置，然后就执着地在发现蛤蜊踪迹的地方四周一直挖下去，坚持不懈，总能有收获。因为蛤蜊如同人类，害怕孤独，喜欢扎堆群居，所以发现一个，常常就能一网打尽，收获满满。蛤蜊还有一个特性，它们呈带状分布，和海岸线呈平行状，我猜是因为海浪一阵阵涌上岸来，卷来一批批蛤蜊，当潮水退下，遗落在海滩的蛤蜊们着急忙慌地挖了沙洞钻下去，自然而然就排成了列队。它们一般都在沙里5到10厘米深处，所以单用手扒就有机会摸到蛤蜊，当然，你要保证手指甲够短够硬。

我喜欢在海边踏浪玩沙。因为不太会游泳，于是对大海又爱又心生畏惧。在国内很少有机会在海边玩耍，记得最过瘾的一次是在北京时和邻居们驱车去了辽宁的绥中，久居内陆的困顿之心看到无垠的大海有种无名的兴奋。南澳有着宁静绵长的海岸线，可以随时来一次说走就走的海边之行。

然而在海边如果不游泳，纯粹晒太阳看游人拍风景总是略显单调。抓蛤蜊正好给了好动的我完美的海边活动解决方案。几次抓蛤蜊下来，我们已经总结出一套实用经验：1.远离人群，找偏远的海滩。2.在一个地方找到蛤蜊后，乘胜追击，打击一片。3.若在一处久抓未果，则不要在一个地方吊死，换别处再战。4.到水深处去，那里的蛤蜊又大又密集。

郝先生常常是那个在深水处作战的勇士。他站在水深几乎齐腰的海里，默默在水里寻找那个名叫蛤蜊的尤物。不一会儿工夫，他会大声呼唤我的名字，招呼我来做运输队员，把他抓到的蛤蜊安全运到岸上的水桶里。每每看他自豪地从口袋里掏出清一色巨大的蛤蜊递给我时，我都觉得他像一个胜利归来的打猎英雄，对着爱人说：嘿，这是我今天带回家的食物！此乃是，不入深水，焉得蛤蜊！

我怕劈头盖脸来势汹汹的大浪，所以我一般采取中庸之道，选在不深不浅的海滩上寻找蛤蜊的踪影。一般是半弯着腰，用手去沙里触摸挖掘，和细沙亲密接触的每一刻，都在心里默默祈祷蛤蜊上手。当指尖划过细软沙粒中的某一处硬壳时，心中常常一阵悸动，Euraka！有了！欣喜之情不亚于当年淘金热年代的热血淘金矿工。果然不出所料，顺着硬壳挖下去，手触摸到的是一个完完整整的蛤蜊，于是急急捞出水面来，放在眼前仔仔细细看个够，如果尺寸足够大，就会有一种心满意足的成就感油然而生。蛤蜊的壳大多为奶油白和棕黄色相间，但有些蛤蜊则模样更为出众，深紫浅蓝相间的纹理细细交错，色彩柔美和谐，惊艳得我忍不住捧在手心仔细端详，如同当年看襁褓中的女儿一般慈爱。

自打总结出这些要领之后，抓蛤蜊每回必有收获，出手必有，从未失手。后来有一回城里的朋友来Goolwa挖蛤蜊，我们中途赶去会合。到了那里发现他们还有一种我未曾见识过的抓蛤蜊方法，所谓的挖蛤蜊。他们装备很齐全，带着花园用的小铲子、小耙子，甚至带上了小板凳，在离水岸线十来米的半干沙滩上挖出坑来，一个个白花花的蛤蜊就从沙里暴露了出来。不一会儿工夫，一旁的蛤蜊就堆成了金山银山，实在是成就感满满。

后来去的好几次我也带上了小铲子，在半干的沙里挖蛤蜊，找到合适的地点，沿着带状挖下去，很快就能收获一桶。最快的一次，只有一个半小时左右，我们四个人就抓了大半桶，估摸着有500个。Goolwa海滩对抓蛤蜊的规定是，每人每天不可抓超过300个，每一个尺寸的最宽处不小于3.5厘米。看似无人看管的海滩时不时有渔业管理部门的巡逻车前来抽查，如若抓到违反规定的话，罚款可根据情况高达1万澳币。我曾经看到有当地人拿着一个专业的蛤蜊测量尺寸的量具，很认真地测量每一个蛤蜊的尺寸，保证不违法渔业法规。这让我想到西方人做菜都有量杯量勺的严谨态度。反观自己，我在刚开始抓的时候，有些看上去不太够尺寸的也都先放到水桶里，等到收获满满之时，再将小尺寸的蛤蜊拣出来扔回海里，口中默念着，Lucky you！这一番折腾，好似做了一次行善积德的放生好事。郝先生则不然，他从一开始就把可能不符合尺寸的通通扔掉，他坚定地认为我这种方式简直是浪费时间。他显然读不懂我这期间的隐秘心情。

有个夏天又带了好几批朋友去抓蛤蜊，每次收获满满，从不落空。小镇的其他姑娘也被我撩得心动，得了我的几大要领之后也开始品尝抓蛤蜊的欢乐。我们现在去抓蛤蜊并不研究潮汐时间，任性地想什么时候去就什么时候去。前一次去抓蛤蜊时，遇到涨潮，海浪一阵阵冲上岸来，打翻了岸边的水桶，一帮人急急地去保全，捡起撒落海里的战利品，叹息着被海水卷走的成果。衣衫湿透了又干，一阵激浪打过来，打落了我的墨镜，一时间眼前一片迷蒙，我的眼镜、眼镜……

然而前来抓蛤蜊的人们不得要领的还是很多，性格外向的人往往会在海滩上走走，和其他抓蛤蜊的人聊聊心得，得了要领就去实践。也有人来了半天，只抓了可怜的几个只好失望地打道回府。有一次我们在停车场被一对中国夫妇询问我们的战斗成果，结果他们说只抓到几个，而本来想做蛤蜊给明天从香港来的客人的。郝先生一听马上动了恻隐之心，慷慨地给出桶里的三分之一，对方一时大喜过望。

C小姐只要是动手动脚的事儿似乎都有天赋。凭着敏感的直觉力、手尖的感知力和去到水深处的勇气，每隔几分钟她的手上就会有一大把光鲜亮丽的蛤蜊。她抓到蛤蜊的总数恐怕是我们其他几个人的总和。这样的母女时光实在难得，我看着女儿沉浸在这简单的快乐中，心中满是欢喜。

节假日里，Goolwa海滩抓蛤蜊的大都是亚洲人，其中中国人居多。想来中国人喜欢吃蛤蜊，生姜大蒜一炒便是人间美味。坊间有"吃了蛤蜊肉，百味都失灵"之说。近来我做了一次蛤蜊炖蛋给澳大利亚人吃，有人告诉我这种蛤蜊中有蛋、蛋中有蛤蜊的味道很神奇！澳大利亚人鲜有爱吃蛤蜊的，有爱吃的也是局限在蛤蜊意大利面这个菜上。大多数来抓蛤蜊的本地人是抓了蛤蜊做鱼饵去钓鱼。想来澳大利亚人的理念和当年上海人看不懂北方人喝小米粥一样，明明是鸟食，人吃个什么劲儿啊？

蛤蜊抓回去后需要用海水养至少一天一夜，让蛤蜊将肚中的沙吐干净，免得吃蛤蜊吃得满嘴是沙。观察蛤蜊在平静的水中一呼一吸是件有趣的事，蛤蜊的头上如顶着一朵盛开的透明莲花，在水中轻轻摇曳，一副悠然自得的仪态。如果你想长时间保鲜，也可以将蛤蜊和海水一起放入保鲜盒中，存入冰箱，这样存放一个星期也没问题。当然你也可以将蛤蜊洗干净直接放入冷冻柜，这样它们就可以安全长眠保鲜了。

不过今年最近的两次去Goolwa抓蛤蜊都鲜有收获，无论如何尝试各种战术战略的改变，能够抓到的合法尺寸的蛤蜊少得可怜。我和女儿还破天荒地被深埋在沙中的螃蟹咬到手，虽然没有破皮，但受了不小的惊吓。原本以为蛤蜊上手，却被螃蟹咬手！暗想是不是大自然在对人类发出某种警告呢。今年海滩上充斥了不少小个头蛤蜊，要放在国内就可以炒一盘鲜美的海瓜子了。在这里，估计还得等上两年才能体面登堂入室。

　　抓蛤蜊，或者也可以叫作挖蛤蜊、捡蛤蜊、摸蛤蜊。不管叫什么，我都深深地迷恋上了这项每年长达7个月的海边活动。郝先生最近开始郑重建议少吃甚至不吃市场上出售的海鲜，他认为现代渔业已经严重地破坏了海洋的生态环境。我在想，没有海鲜的日子，要么钓鱼，要么抓蛤蜊，这融娱乐和环保为一体的活动一定要多多开展。

前人种树，后人摘果

从小就有一个美好的愿望，长大了要拥有一个带院子的房子，院子的四角种四棵不同的果树。这个朴素的理想到了阿德基本得以实现，第一个房子里有桑葚、李子、桃子和无花果，可惜除了桑葚长势良好以外，其他果树都表现平平。

一个新移民来到一个陌生的国度，要接受的各方面挑战可想而知。打理前后花园常常显得心有余力不足。然而我的桑葚树让我很省心也很满足。后院的桑葚又大又紫，紫到发黑的大桑葚肉质紧密，酸中带甜，果汁饱满。我敢保证和我小时候跟小伙伴们去桑树林里偷食的桑葚是一个品种。桑葚补血滋阴的功能自不待说，关键入口即化的酸甜软糯恰到好处，每一口都让味蕾得到极大的满足。桑葚娇嫩，难以长途运输保鲜，市场难得一见的一小盒桑葚价格之高常常令人咋舌。

我家桑葚树很给力，每年不仅按惯例从春天的9月到夏初的12月源源不断地结果，甚至还在仲秋的四五月给人惊喜。一年两茬的桑葚成了我和朋友们友情的纽带，不仅物物交换换来各种食物，也呼朋唤友以摘桑葚的名义喝茶聊天，小聚甚欢。每次都会友情提醒：请务必穿上紫衣，如若衣物有染，概不负责。

那年老同学来阿村看我，我们去酒庄的路上，误打误撞看到路边一棵硕大的桑葚树。一群人边摘边吃，手上嘴边如同沾满了鲜血，一群人笑作一团。有一年阿村举办一年一度的僵尸游行，我们用桑葚汁做了颜料，在脸上胡乱涂画一气，顿时如同满脸鲜血恐怖之极，于是得以混迹于各种打扮诡异的僵尸之中。

桑葚不仅空口好吃，配了酸奶或是打进果汁都是上品，往往显出紫色的独特和高贵来。我常用它做一款甜点的配料，取名Mulbury Yogurt Slice Fingers，意即桑葚酸奶小点，常常是聚餐时抓人眼球的美食。

我家前院另一棵桑葚树是嫁接的，冠状树形，结的果颜色偏红，果形较小，但甜度更浓。朋友家有一棵同样品种，每年春天硕果累累，果实虽小，但每每来不及吃索性就做成了桑葚果酱。

还见过一种长条形的浅绿色桑葚，和毛毛虫很相似。水分虽说不如紫色桑葚，甜度却更加醇厚。

现如今搬入小镇，可惜前主人没有留下什么果树，郝先生在后院待开发的野地里种了一棵桑葚，期待它有一天扦枝散叶，结出令人欣慰的紫色浆果来。

说到果树，我对无花果有着特殊的情怀。第一次登陆澳大利亚去朋友家做客，后院有一棵巨大的无花果树，我们一行人就在树下边吃边聊天。无花果奇特的口感和味道让我一颗一颗吃得停不下来。我以前从未见过无花果树，这一幕美好的景象深深地印在我的脑海中，几乎就把后院有棵无花果树作为我对理想房子的不二要素了。可惜每次遇到有无花果树的房子都有硬伤，只好忍痛割爱。现在居住的小镇房子，后院倒是有棵无花果树，可是一年下来不见果实不见花，看来是棵只供观赏的雄株无花无果树。

有时候澳大利亚人对无花果这个宝物的疏忽冷淡让人匪夷所思。郝先生独居的舅舅家后院有棵高大的无花果树，我发现后主动请求搬了梯子上去采摘，老人家对此果毫无兴趣，任由鸟儿啄食。有一次去北部小镇郝先生朋友家，我独自徜徉在园中，突然发现两棵巨大的无花果树。征得主人同意，我欣然采了两大袋无花果，主人一个劲地表示感谢，感谢我在他们还未回过神来鸟儿尚未洗劫一空之时采摘了胜利果实。或许忙碌的他们也许根本无暇跟上一年四季你方唱罢我登场的水果成熟的节奏呢。女主人将无花果切了片，放在小饼干和奶酪之上作为餐前小点。我惊呼，这几乎就是绝配，不仅口感极佳，层次丰富，而且视觉上有了星级酒店的感觉。

中国人大多数对无花果情有独钟。有一年梅姐招呼大家去她家玩。后院角落有一棵有年头的无花果树，苍劲有力地环绕在水箱周围，使得采摘无花果的任务格外艰巨。凭着一颗热爱无花果的热忱之心，胆小的我豁出去了，爬上了水箱。

事实证明，这个冒险举动很是值得。她家的无花果硕大饱满，深紫色的外衣，打开后囊中红白相间，羞涩地结满了晶莹剔透的精华之籽，每咬一口都让人精神百倍。

最近几年，听说有个古老的庄园对外开放了无花果园。每年二三月夏末秋初时节，人们拖家带口前往采摘，实在是一个家庭活动的好去处。也许是前去采摘的中国人众多，老板在树干上贴了"新年好"的字样，不仅应了中国春节的景，更是赢得了中国人的心。

袋鼠岛上有一处室外餐厅，称之为Fig Tree（无花果树）。硕大无比的一片无花果树林，株株相连，从一个隐秘的入口弯腰进入，别有一番洞天。人们在无花果树下用餐，觥筹交错间，阳光从宽大的树叶缝隙中洒进来，斑驳陆离，人和自然用一种奇妙的方式连接在一起。

可惜我住的小镇上，尚未结识家有无花果树的朋友，也没有发现附近有野地里无人看管的无花果树。郝先生的舅舅去年去世了，我也无法再去看望他的时候顺便去后院摘些无花果了。

好在还有希望。现居墨尔本的彦一年多前在旅游时冲动地买下维克托港的一处房子，准备几年后到此过半退休生活。去年交房之时正值无花果成熟之际，因疫情无法前往，彦让我和中介商量去后院看看是否还有被鸟儿遗漏的无花果。果然，即便两棵无花果树已被鸟儿扫荡袭击，我还是收获了满满的一桶无花果。

今年彦的房子已出租，也不知道现在的租户是不是喜欢吃无花果。期待彦快快搬来小镇，和我一起用无花果捣饬出各种美食来。

如果说桑葚是小众水果，无花果毁誉参半，那樱桃则是每一个人的喜爱。至今好像还没有听到有人不爱吃樱桃的。在北京居住时曾多次去乡下采摘樱桃，当时觉得四五十块一斤的樱桃堪称是最为昂贵的水果了。

到了阿德，爱吃樱桃的我老鼠掉到了米缸里。每年圣诞季便是樱桃成熟的季节。阿德山上有着几十个樱桃园，日光充足的地中海气候尤其适合樱桃的生长。适合采樱桃的时间段很短，一般不超过一个月，从12月中到1月初的样子。最初的几年，每年都会和一群朋友去山上摘樱桃。一般会有5澳元左右的门票，每公斤樱桃在5~12澳元不等。入门后每人发一个塑料桶，工作人员会讲解摘樱桃的要领，以免樱桃树受到损伤，影响来年的收成。摘樱桃入门后品尝樱桃不受限制，连成片的一排排樱桃树在巨大的白色网罩下对成群结队的来客发出邀请，仿佛在说：来吧，我已经熟透，快来摘吧！

樱桃园里培植的品种繁多，所以需要找到适合个人口味的樱桃有时需要耐心试吃。山上空气纯净，采摘入手的樱桃直接送入口中，小小的一粒，在口腔中咀嚼回旋一番，轻轻吐出樱桃核，那种甜而不腻的自然清新，堪称人间美味。大多数品种的名字都被我忘到了脑后，只记得两个品种名称：一个叫Stella，一个叫Van，一个软糯，一个脆甜。

每次说到摘樱桃，大家都会把我的糗事拿来嘲笑一通。记得有两次摘樱桃，回家的路上，坐在后排的我因为山路弯弯晕车得厉害，把吃下的樱桃都吐了出来。忍不住吐在窗外的樱桃汁如鲜红的血，在白车的映衬下格外扎眼，引得路人以为我在大口吐血。

樱桃好吃树难栽。至今不认识一个家里有樱桃树且大丰收的人家。原先的老房子前院有棵樱花树,可惜只开花不结果。搬来小镇后每年圣诞节前夕,总也年年不忘摘樱桃这回事,每次都要拎回满满两大桶,10公斤左右的樱桃一半送人,一半留了慢慢犒劳自己。

樱桃作为邻里之间的圣诞礼物甚是合适,礼物不轻不重,樱桃的深红色正是圣诞节红绿二色的主打色,被澳大利亚人视为圣诞聚餐时桌上的上好水果装饰。比之超市里价格不菲的樱桃,自己亲手采摘的樱桃更有心意,更为新鲜,品相更趋完美。

然而澳大利亚人大都没有像亚洲人那么热衷于摘樱桃这项活动。每次去摘樱桃,听到各种中国方言,总有点恍惚回到中国的感觉。我不知道为什么新移民更热衷于这项活动,我猜当地人在这儿土生土长,可以玩的传统项目多不胜数,往往来不及顾及这种简单的快乐吧。

去年一场山火挡住了很多热爱樱桃的人上山采樱桃的去路。于是我所在小镇周边的菲尔樱桃园门前排起了长队,哪怕价格涨了不少,依然人声鼎沸。这家还制作出了名的樱桃冰激凌,大太阳下采完樱桃再吃个冰激凌,大人小孩都显出心满意足的神情来。

去年看到微信里有往国内寄樱桃的服务,决定给国内的两位好友偷偷寄去给他们惊喜。事后忙碌忘了跟踪,也不见有朋友回馈问询。两周后问朋友是否有收到樱桃,他们这才恍然大悟,"原来是你寄的!"令人惊讶的是,虽然他们天各一方,但都在我订购后的第四天就已收到樱桃,"澳大利亚的车厘子实在太好吃,我们已经吃完了!"

前几年回国,正值枇杷上市的季节。又圆又大的枇杷很贵,可惜回家后剥了吃却很是寡淡。我又怀念起Ivy在阿德的后院的枇杷树了。每年11月,Ivy必喊我去她家采枇杷。她每每拿个大纸板盒子来给我盛,我也毫不客气,和他们夫妇齐心协力围着这棵枇杷树上上下下,很快就装满一箱子枇杷,心满意足拿回家再借花献佛分送给其他朋友。

她家的枇杷个头不大，味道却很正很浓，正是我小时候吃到的枇杷味。嫩黄的皮一剥就顺着撕下来，露出肌肤般嫩滑的果肉，塞进口中，酸酸甜甜，爽口不腻。一个核滑溜溜地滚出来，不一会儿，枇杷皮枇杷核就在盘中堆成了小山。我每每吃枇杷都觉得需要凝神静气，仿佛是一种仪式，心无旁骛，细心体会其中的真滋味，不得有干扰。

当然，吃过枇杷也有一点恼人。枇杷汁液和肌肤产生的化学反应，使双手沾满黄褐色的斑迹，连同指甲缝一起，犹如洗不净的黄褐斑，过了好几天还在，不知道的以为我是个老烟鬼。

前两年朋友清理花园，要把好端端的枇杷树清理出去。我坚决要求收留这棵枇杷树，连同另一棵青柠，从100多公里外移植到小镇。可惜我家所在的地块四周松树林立，据说松树的根系发达，将周围土壤里的营养吸收殆尽，几年下来只是勉强存活。看来古人说的"人挪活，树挪死"很有道理啊。

小镇好友女儿家有一棵枇杷树，丰收的果实基本被鸟类哄抢。她听说我喜欢吃枇杷，就让女儿送了一大袋过来放在门口，留下一张令人心生感动的字条。我又一次尝到了Ivy家枇杷的滋味，开始想念远在布里斯班的她。

枇杷，这个澳大利亚人少有人知的水果，于我是属于东方的。在中国人眼里枇杷浑身都是宝，枇杷在中国画里常常也是写意的对象。有好几次，走在小街上，突然一棵枇杷树从围墙里伸出枝丫，枝头挂着诱人的串串枇杷，等待着被鸟儿啄食的命运。暗想，难不成澳大利亚人只把枇杷树作为观赏植物，那一串串明黄色的果实高挂树梢，确实是一道赏心悦目的美丽风景。

彩虹住在海对岸的袋鼠岛。第一次去她家拜访就被4000平方米的大果园怔住了。100多个品种的果树遍布园中角角落落。他们家的水果四季不断，实在来不及食用就做成果干。

　　除了常见的各类品种，我们还见识了几种闻所未闻的水果。从仙人掌上生出的刺梨恐怕是弗兰克先生招待客人的最高规格了。刺梨身上恰如其名长满了刺，剥开外皮犹如披荆斩棘，冒着手上被刺出血的危险。刺梨的果肉清新爽口，白嫩水灵得让人不忍下口。

　　和刺梨的冷酷无情不同，彩虹家还有一种罕见的水果亲和力十足。矮小的灌木结满了橄榄绿色的小果子，橄榄形的身姿和橄榄个头差不多，足以让没见过橄榄树的人认定这就是橄榄了。它的名字叫费约果。对半切开，一股清香袭来，似有栀子花的香味。用小勺一挖，将软软的一小团果肉送入口中，香甜得难以名状，我只想起一个词来比喻它的美好：小清新。

　　那个秋日的傍晚，我在费约果树下忙着捡被秋风吹落一地的费约果，专注而喜悦。

　　入住小镇后惊喜地发现熟识的Reid家有一棵费约果树，种在前院已有些年头，和一棵多产的柠檬树相邻。我告诉他，等到费约果成熟的日子，别忘了叫我去摘噢！

　　我为了解馋，也在逛花圃时买了两棵费约果树，一棵种在前院，一棵种在后院。

　　小镇的中国姑娘苏菲小姐很幸运，几年前入住的房子有着前主人种下的苹果树、梨树、桃树和杏树。并不是很大的后院被她打理得整整齐齐，今年因为疫情有了闲情，施了很多鸡粪肥，每棵树都加倍回报，结出硕大无比的果实来。正是一分耕耘一分收获啊！

　　苏菲家的杏树不知为何让我想起一个丰腴的母亲形象。枝繁叶茂，健壮的枝干上挂满了金黄色的杏，如同节庆期间高挂的灯笼，洋溢着丰收的喜悦。如此丰收多产，于是娇小的苏菲不仅送果上门，还邀我去她家亲自采摘。她一定是懂得我的心思，亲手采摘的乐趣有时胜过品尝果实的味道。

　　苏菲说：我家邻居有一天来敲门，问，如果你家杏来不及采摘的话，我可以来帮忙。哈！原来杏才是澳大利亚人真正热爱的水果。不仅是新鲜杏，杏果酱（Apricot Jam）也是很多澳大利亚人的钟爱。今年托苏菲小姐的福，我也第一次尝试做杏果酱，结果大获成功，分送给亲朋好友，让不宜储藏的杏得以延长好几个月的美味。

　　去年疫情肆虐，人们潜心闭门刨土，照料院子。结果家中时有好心人送来各种水果：李子、桃子、梨、苹果、葡萄……我默默祈祷，希望郝先生发扬愚公移山的精神，把后院贫瘠的野地通过五年规划打造出一个花果山来。

教洋娃娃包饺子

　　机缘巧合，几年前的一个大年初四被邀去离家一小时车程的幼儿园教小朋友包饺子。朋友吉尔发了一条长长的短信，把如何进去学校大门的事说得清清楚楚。

　　进入幼儿园，马上感受到一切都在有序有趣中进行。孩子们屋里屋外玩得正欢，捏泥巴的，搭积木的，扮家家的，荡秋千的，追追打打的，一片欢腾景象。吉尔在百忙之中把我一一介绍给了其他三位女教师。我被周围环境吸引着，教室里的布置很多元，除了澳大利亚本土的元素之外，还看到了很多其他国家的装饰。其中有个印尼的帐篷很有意思，有个小女孩坐在里面摸摸索索自得其乐。中国元素似乎占了很大比例，我看到了中国的书法、油纸伞，甚至墙上还挂了两个红包。令我惊喜的是，去年我送给吉尔的两幅狗年的大红剪纸窗花还贴在玻璃上没有撕去，可惜我没有猪年的窗花可以替代。

　　有个胖嘟嘟的男孩哭哭啼啼的格外惹眼，追着老师叽叽歪歪不知道说点啥。吉尔给他分派了一个任务，让他站在门口对着游乐场的孩子们摇铃。这一招果然有效，他不仅停止了啼哭，还成功地把所有人都招呼到教室的地上坐下（此时我的脑海里想起了我每天在家摇铃叫郝先生吃饭的情景）。老师宣布此时为Snack time（点心时间），于是小人们去拿水的拿水（他们每个人都带一个漂亮的彩色水壶，几乎不重样），并去属于他们放书包的格子里找来书包（没有书的书包）拿出点心盒，津津有味地吃起点心来。在我看来，这个时间有点等同于成人时间里的

Morning tea time。教室里有各式垃圾桶，分别给硬塑料、软塑料、厨余垃圾和普通垃圾分了类，孩子们早已习惯成自然，自觉地把垃圾放入相应的垃圾桶里。孩子们围坐在桌子旁的，坐在地上的，站着吃的都有，完全没有国内幼儿园整齐划一的景象，但似乎都各得其所。

老师们很快给我安排了一张圆桌作为教大家包饺子的基地。我准备了两种馅，一种是传统的猪肉大白菜，一种是我的经典菜谱：火鸡肉糜+黑木耳+葱。想好了一个做煮饺子，一个做煎饺子。我先示范，放馅，四周沾水（用的现成饺子皮有时发干），对半轻轻折起，中间捏紧，两边往中间挤捏，调整形状。在中国人看来很简单的活，但在澳大利亚人看来很神奇。老师们太忙，只有吉尔和另一个老师有空过来学。吉尔开始学得有点纠结，不过很快找到了诀窍，终于包得有模有样了。我和吉尔于是安排孩子们三三两两轮番上阵来学包饺子。孩子们来之前都洗干净了小手，兴高采烈地前来报到。有个孩子有问题要问，就拍拍吉尔的肩膀，吉尔很快就纠正他，有话要说就可以叫老师名字，而不是拍肩膀，这是不礼貌的。孩子们天赋有别，有人懵懵懂懂，不等我开始教授，就已经把馅捏得乱七八糟；有人跟随我的步骤认真学习，偶尔包出个几近完美的饺子；有人心中有谱，不用教授就胸有成竹三下五除二包出个颇为上镜的饺子。有些孩子心不在焉包了一个就想溜之大吉；有人包了五六个还乐此不疲。有个男孩过来时像煞有介事地浏览一番，缓缓蹦出一句：You guys did good job（你们好棒啊）！印象最深的是一个黑头发大眼睛的小姑娘，安安静静地坐在我身边，包了一个又一个，欲罢不能，要不是我劝她可以换别的小朋友来了，估计她会一直包到天荒地老。后来才得知，她就是那个班上唯一的素食者。我给她煎了四个纯素的饺子，可惜后来有一个莫名其妙混到了肉饺子里面，可怜的她包了半天只能吃上三个素饺。

孩子们陆陆续续都多少在我们手把手的教授下有了第一次包饺子的

体验，接着又欢欢喜喜去各种玩耍。我则在幼儿园的小厨房里开始煮饺子煎饺子忙个不停。转眼到了12点孩子们午饭的时间，老师这次让一个害羞的女孩子摇铃，不一会儿孩子们悉数回到教室，各自去柜子里取出花花绿绿的午饭盒，满心欢喜地开吃起来。老师跟大家解释一会儿还有饺子作为午餐的补充，但有些孩子暂时不能吃，因为他们的家长今天送他们来的时候，没有签字认同今天可以吃学校提供的食物。但他们可以在放学的时候经家长同意把饺子带回家去。煮饺子出的第一锅，老师耐心让它们先凉下来，然后端着盘子给小朋友们送去。让我有点吃惊的是，孩子们手边并没有碗和勺子，也没有餐巾纸，直接就是手拿着吃。比起国内过度用餐具和餐巾纸的状况，这看起来虽然有点简单粗暴，却不知环保多少倍。

吃饺子完全是按需供应，分配给每个孩子之前都问过要不要吃，吃完一个想要吃再问老师要第二个。有些男孩接着问老师要了好几次才作罢，心满意足。午饭后孩子们把饭盒都收拾完毕之后，需要到Recreation room（休息室）去待个十来分钟。我好奇地去休息室探头张望了一下，发现孩子们东倒西歪地躺在地上，简单枕着一个靠垫，室内放着讲故事的录音节目，孩子们很放松，大多只是眯着眼小憩，不一会儿（不知道有没有10分钟）就又在游乐区玩嗨了。

这时候有个高个男孩羞赧地走过来，礼貌地说了一句Excuse me！然后就说"I think this is the best dumpling ever! Next time when you come."后面我没有太听清楚，我猜那意思就是"下次你来就做一样的口味"。我当时听了很感动，心里默想着以后每逢过年就来幼儿园给孩子们包饺子！

孩子们进进出出，此时似乎是自由活动时间，并没有规定具体活动。我在厨房忙着，却忍不住多看几眼这些金发碧眼的可爱洋娃娃。他们有的活泼，活蹦乱跳；有的羞涩，行色优雅；有的淘气，惹是生非。

有个男生喜欢在我厨房周围弄出各种响声引起关注；还有个男孩莫名其妙推了一个小女孩一把，女孩一脸无辜，眼看着就要哭出声来，我用慈爱的眼光和她对视了一下，她似乎受到鼓舞，便不再纠缠于此事，潇洒地离开去操场玩耍了。然而另外一个男孩看不过去，拍了一下欺负人的男孩的肩膀，听不清他说了什么，感觉像是说，嘿，你小子别欺负女生啊！好吧，有人的地方就有江湖。

老师们一刻不停地忙着照看孩子，并没有我想象的好好集体坐下来吃午饭的时间。她们也就匆忙手抓吃了几个饺子。吉尔把余下的饺子分在五颜六色的小塑料碗里，说是给没有吃的孩子等他们家长3点来接他们的时候带回去的。我又把前一天晚上包的馄饨煎了一锅，想犒劳辛勤的老师们。吉尔建议送去教师休息室，下午1点是全校老师的午餐休息时间。

忙了一上午，老师们建议我也去休息一下，于是我冲了一杯咖啡去陌生的休息室，自报家门和老师们攀谈起来。老师们友善而礼貌，没有把馄饨一抢而空，很礼节性地吃上一两个，赞不绝口说Yummy！陆陆续续人来人往间，盘里就没剩下几个了。我和一个年轻的女教师聊了起来，说到中西方孩子教育的差异，她说亚洲的小孩独立性较差，父母包办得多，导致孩子在集体环境下显得比当地孩子要胆小柔弱，依赖性强。她打了个比方，说孩子要爬树，澳大利亚父母就会说，去爬吧，但一定要小心。如果掉下来一次很疼，下次他就知道小心了。澳式教育的理念是，Learn the hard way！所谓实践出真知吧。而中国的家长可能一辈子也不允许孩子爬树。怪不得相比较澳大利亚人的体质，中国人真的很弱不禁风。现在国内大搞各种巨大综合体Mall，里面聚集着各种有关孩子的培训机构，孩子们几乎是在封闭的室内长大的，在大自然中锻炼的机会太少了。

临走前，孩子们又聚集在一起，坐在教室的地毯上。吉尔对孩子们说：我们要请Flora坐到前面来，她很辛苦给大家包了那么多饺子，我们要一起感谢她。于是我规规矩矩地坐在小朋友面前，满心的富足与欢喜。孩子们用纯真的眼神看着我，当我和他们偶尔对视时，他们就会羞赧地咧开小嘴一笑，犹如一朵盛开的小花，让人赏心悦目。老师们说我们准备了一点小礼物作为感谢，于是送来一束粉红色的鲜花。接着吉尔提议大家唱两首儿歌来给我听，他们边唱还边做动作，个个都忘情投入，喜笑颜开。我正看得出神，很快就被要求唱一首中国的儿歌。我想都没想就脱口而说，Little swallow（《小燕子》）。我说这是我那时候常常唱给爱哭的外甥女的儿歌，每每唱到此歌，她就停止了哭闹。老师和孩子们都听得入神，我想那种异域歌声的文化冲击力是难以言喻的。

最后，老师让我给大家教两句中文：一句是英语世界里最重要的"谢谢"，孩子们说得滑稽纠结，但好歹努力尝试。另外一句是"新年好"，但愿每年的中国新年这句话都能派上用场。

这次教幼儿园孩子包饺子的活动很圆满，总共包了120个饺子，40个馄饨。和班上4个老师26个孩子接触，教师休息室里打招呼聊天的4个老师，接待老师一名，还有没打照面的吃了煎馄饨的老师若干……

时隔两年，又逢中国农历新年，吉尔问我：可否再次邀请你来幼儿园教孩子们包饺子呢？我不假思索地爽快答应了。这次吉尔说：为了这项活动能持续开展下去，你还是把购买食材的发票留着给我们报销吧。

约定的时间正值中国新年大年初五，恰好应了中国人破五吃饺子的风俗。再次来到同一个学校，孩子们已经换了一拨。有了上次的经验，一切对我来说都熟门熟路。这一次我把做饺子的流程简化了一下，减去汤汤水水的煮饺子和难度较高的馄饨，只做一种煎饺。但是加入了在红帖上用书法写简单春联的环节。事实证明，孩子们实在太小了，四五岁的孩子只适合用毛笔蘸水在水写字帖上画几个中国字，但就算这样的涂鸦,也算是一种东方文化的启蒙吧。

我现场写了很多单字红帖送给每一个孩子,孩子们把"爱,和,善,福"和饺子一起欢欢喜喜带回家,家长们事后发来诸多感谢的短信,吉尔说:希望你每年都来教孩子们包饺子。

我在想,作为一个在海外生活的中国人,一个普通的个体,每做一件这样的事,就会让更多的澳大利亚人和中国有更多一点的连接,就会减少一些误会,多一些友善和了解。

勿以善小而不为。包饺子对很多中国人来说是小菜一碟,那么,让我们一起做吧。

查莉小姐

查莉（Charlie）是个狗姑娘，它的生日一直含糊不清，各种推算下来，它应该是8岁的样子。按照狗的一岁顶人类六岁的算法，查莉应该是已经进入更年期的中年妇女了。它原先住在附近的Strathalbyn小镇，1岁左右被郝先生的孩子们领回了家，现如今孩子们独立长大各奔前程，查莉大部分时间都在我们家。

说到养狗，这事实在有点为难我。我小时候怕狗出名，有个场景记忆犹新：和同学到农村去玩，进到村子里，一条狗从胡同口蹿出来，我惊恐的尖叫声几乎惊动了所有村子里的人。成家后被迫与狗为伍。有一天，前夫领了一条漂亮的苏格兰牧羊犬回来，"啊，好便宜的狗，只要100块。我就顺便领回来了！"我惊得哑口无言。女儿和她爸答应着：呵呵，不用你操心啊，我们会管好它的。可是这个取名叫Yachta的狗后来还是倚赖我喂食居多，而那个100块其实是1000块。

自此倒是没有那么怕狗了，毕竟有了近距离的接触经验。但每次见了体形大长相凶猛一点的狗，总是本能地退避三舍。至于主动抚摸狗，对于我来说那几乎是不可逾越的一道坎。

记得第一次牵着绳遛狗是3年多前和朋友一起散步，她家的小狗满身的白色卷毛，两只乌溜溜的眼睛和翘翘的黑鼻子挨得很近，几乎如同一个玩具狗。它每每楚楚可怜地在我面前摇头晃尾，我的防线终于被冲破了。我抚摸了它，从背部到脸颊，那种热乎乎的体温让我很不习惯，但因为它可爱无瑕的脸庞，稍稍打消了我的顾虑。我们愉快地一起在山脚下散步，它很配合，我俩步调一致，它的名字叫Kayla。

入住小镇后郝先生家原先的两只狗或一起来小住或轮番上岗。Charlie有一个老伙伴叫Buddy，姑且称之为哥哥吧，因为它们都做过绝育手术，我不认为它们是情侣。Buddy是纯种的德国牧羊犬，高大憨厚又显笨拙，加上已经十来岁了，上了年纪，体态越来越沉重，不爱动弹。

Charlie则正当年，精力旺盛。人人都说它是一条好看的狗，虽然是德国牧羊犬和Kelby的杂交品种，但脸的轮廓少了些德国牧羊犬的威严，体态上多了Kelby的健硕和灵动，反倒显出些活泼动感来。它的毛色是棕色和黑色相交，色泽均匀交替布满全身。总之它长得不错，因为人人都这么夸它，连我这个不懂得狗的审美标准的人也越来越觉得它好看了。谁让人们骂人总说狗杂种呢？真心觉得混血的狗真的更美更帅。

我对常年在家养狗一事颇有微词。郝先生是个有担当的人，承诺今后狗的一切都由他负责，另外坚持隔天就吸一次地，这些狗真的很会掉毛啊。我勉强答应，心想，也许我也得学着爱屋及乌吧。

记得有一次我在后院的画室画画，Buddy待在我边上趴在地上默默陪伴。过了很久，它忽然站起来对我吼了起来，我一时不知所措，忙不迭地喊郝先生救命啊！后来才明白，原来 Buddy对我长时间对它不闻不问表示不满，需要我的爱抚呢。可是，臣妾我做不到啊！

还有一天早晨，睡醒了一睁眼，Buddy硕大的脸挡住了我所有的视线，一双忧郁的大眼睛直勾勾地盯着我。我的妈呀！

一年多前Buddy老死，Charlie基本常住我们家。偶尔Charlie会去20公里外的Goolwa郝女儿家待几天。郝先生喊Charlie为Sweetie，喊我也是Sweetie，我也不知此举是否表明我们俩的家庭地位一样高。每次我准备好饭菜，喊郝先生吃饭的时候，郝先生就开始忙碌着给Charlie喂食。Charlie的食物是这样的：一个鸡蛋、牛奶、燕麦片加袋鼠肉糜，或者罐头沙丁鱼。Charlie每次从Goolwa回来胃口都奇好无比，每每把食盘里的食物吃得干干净净。然后胃口随着在我们家居住时间的推移逐渐递减。这往往引起郝先生的猜疑：我猜他们没有给它喂够食物。他望着Charlie，一副怜惜的样子。我笑说：也许每次Charlie回到Goolwa的时候，它也总是露出一种饿了好几天饿死鬼的样子，狼吞虎咽，说不定他们也这么猜测我们呢！我在想，是不是狗狗也和人一样，隔一阵也喜欢吃个百家饭，经常换换口味呢？

　　郝先生有一阵很喜欢带着两条狗去森林里散步。我偶尔也陪着一起去遛狗。兄妹俩最爱在森林里追逐袋鼠。袋鼠群在前面蹦蹦跳跳，Charlie紧追其后，Buddy年老体衰，但也气喘吁吁地在后面跟着，仿佛是为了确保Charlie的安全。Charlie贪玩，追袋鼠追到停不下来，常常追到很远的地方，以至于散步的郝先生怎么发出呼喊声它都不知归来。有一次我亲眼看到Charlie和Buddy及袋鼠在森林的水塘里打架的情景，Charlie的勇猛程度堪称英雄，郝先生担心Charlie寡不敌众，硬生生把它引开了。又有一回Charlie追逐袋鼠，一溜烟消失在广袤的森林里，任凭我们怎么呼唤它的名字，它都没有回应。郝先生急疯了，让我先带着Buddy去车里等着，因为他担心Charlie也许会回到车里等我们，而他自己则独自在森林里继续寻找Charlie的踪迹。要知道，如果Charlie私自闯进农场人家，农场主是有权利射杀它的。郝先生终于找到了Charlie，他打电话给我让我带着Buddy开车去接他们，可是森林广阔无边，我根本听不懂他指挥的路线，我已经彻底找不着北了。好不容易终于接上了头，我第一次见到他那么生气。生Charlie的气，生我的气，也生自己的气。

　　Charlie热爱森林散步，但也屡屡在森林里闯祸。有一回Charlie和郝儿子去森林跑步，它照例不走寻常路，循着袋鼠的足迹又去追赶它们了。这一次，它跑得太迅猛了，被一丛尖锐的灌木丛划伤，拉开了肚子，即刻送去兽医医院，缝了十几针，花了上千澳元，命在旦夕的它没想到奇迹般地活过来了，并且神奇地没有留下什么后遗症，可见它的生命力有多旺盛。

从此我们很少去森林遛狗，基本都在海边或者Dog park。Charlie更偏爱海边漫步，因为它就此可以在沙滩上撒欢，还可以潜入海水里寻找扔进海里的枝条或是网球。看着它乐颠颠地重复做着同样的事情，乐此不疲，我有时候会想，狗生是多么简单而幸福啊！Charlie从来都不洗澡，每次在海水里的浸泡就是它的天然浴了。每次上岸，Charlie总是浑身一抖擞，水珠子到处乱溅，全湿了的身体立马干了一半，再用不了半小时，它就浑身干透了。以往我颇不以为然，嫌它不够干净。现在慢慢地接受，反过来再想，我们是否养狗养人都养得太过精细了呢？

Charlie一周起码有3次跑步的机会。一次是和我们周六早上8点雷打不动参加5公里Parkrun，两次是周二和周五早晨在Middleton和朋友们一起在海边跑5公里。与其说是郝先生牵着它，不如说是它勇往直前，引领着郝先生大步向前。我猜每次郝先生在PARKRUN 5公里跑的纪录刷新都有Charlie的神助。

最近我们开始坚持每天早晨早起看日出，不是走路就是跑步，Charlie成了我最爱的日出朝阳下的美丽模特，它的背光剪影总是在阳光的映照下活力四射，动感十足。

要说Charlie还有什么爱好的话，那就是追球（或者枝条）。我原以为这是所有狗类的爱好，但有一次球友皮特自豪地说，他们家的狗杰克逊从来不追球。我悟出那意思是，追球多没出息呀？

我不是爱狗人士，所以不知道这算不算狗狗的一个正当爱好。总之Charlie是十二分地喜欢玩球，玩树枝树杈。说起来也不过分，不过就是要缠着和你玩，互动的方式就是你向远处或空中扔一个球或一根枝条，它或尽力追赶或一个跃起用嘴叼住，接着要放在嘴里半咬半咀嚼一番，然后将叼着的球或树枝妥妥地交还给你，放在离你最近的地上甚至塞进你的怀里。接下来就是眼巴巴地望着你，仿佛在说，扔呀扔呀，我准备好了，我很聪明的，我会接到它的！这样循环往复，无休无止。Charlie年轻力壮，精力充沛，不玩到筋疲力尽决不罢休。我们打沙滩排球时，它每每来捣蛋，衔着个网球来到场地中心，执拗地寻找给它扔球的热心人。说实在的，那个被它追到的球总是被它咬在嘴里反复咀嚼，那个沾满了口水的网球，实在是让人不忍下手。

　　Charlie无疑是个很好的分享者。我们打网球时，Charlie常常会叼着球过来找我扔，我嫌球脏，很想让它去找不嫌脏的郝先生，他扔得又高又远，可以消耗它不少体力呢。可Charlie偏偏不领情，每次都叼着球来找我给它扔球。我不解，郝先生说，其实它是一个热爱分享的狗狗，希望把彼此连接的美好分享给每一个人。这点在周二跑步后大家的小憩中可以看出来，Charlie会很友好地将树枝分摊到每个人面前，仿佛应了澳大利亚的一句口号：equal opportunities（机会平等）。

　　Charlie是条聪明的狗，聪明得让人匪夷所思。郝女儿怀孕了，Charlie开始日日夜夜寸步不离地守候着她，甚至是上厕所的时间都不离开，让人几乎崩溃。后来郝女儿不幸流产了，Charlie立即恢复常态，不再形影不离跟着她。后来郝女儿又怀孕了，Charlie又开始时时刻刻跟随着她，如同贴身保镖，一直到小梅西的诞生。

　　郝先生自从做了外公后就常去Goolwa履行外公职责。他最爱的一件事就是推着梅西的小推车，牵着Charlie，放着他喜爱的Rock&Roll的音乐去散步。我不知道Charlie会不会滋生出些音乐细胞来，但梅西也许会从此受了熏陶，走上摇滚的启蒙之旅呢。

　　Charlie常常如卫士般守卫着梅西，它有一种绝对的忠诚，同时又不失母性的温和。梅西常常和Charlie一起在地毯上并肩席地，此举一度让郝妈妈有所担心。渐渐地梅西开始有意识无意识地对Charlie感兴趣，呆呆看着它笑，主动去触摸它。

　　然而可怕的事情还是发生了。蹒跚学步的梅西有一次踩到了Charlie，一向温和的Charlie用前爪不耐烦地挥了一下，正好打在梅西的脸上，吓得一旁的妈妈赶紧把梅西一把抱开。自此好几个月，Charlie都没有去郝女儿家。知道自己做错了事的Charlie也很沮丧，比平常沉默安静了很多。

　　每逢朋友们来访小镇，大家都会热衷于去Goolwa海滩抓蛤蜊。有了孩子们和Charlie的追逐打闹，Charlie总是海滩上最欢畅的那个身影。Charlie对蛤蜊完全没有兴趣，它很执着，一辈子只对一件事感兴趣，那就是追球逐浪。

　　Charlie哪怕和孩子们玩闹的时候也总是有礼有节，彬彬有礼，难得失态大喊大叫。它的静如处子、动如脱兔的品质每每引来赞扬声无数。韩老师和孩子们不无感慨道，可否借Charlie回去和她们家的大白熊狗February玩一阵，以便让Charlie好好为娇生惯养的Feburuary树立一个好榜样！

　　去年冬天，郝儿子、郝先生和Charlie小姐超级三人组在森林国家公园最险峻的一段山路上跑步，这一次Charlie上上下下跑了25公里，回家后就开始一瘸一拐了。带它去动物医院就诊，诊断为韧带拉伤，需要手术开刀。我们没有给Charlie买保险，结果账单高得吓人：3600澳元。左腿剃了毛绑了绷带的Charlie手术后在家休养了10个星期，终于又可以在野外走路跑步了，但森林漫步已经成为历史，步入中年的Charlie小姐再也经不起折腾了。

　　平日里乖巧的Charlie小姐偶尔也会做出一点惊天动地的举动。比如说最近的一次夜晚海边散步，走着走着，它就消失不见了。任凭我们千呼万唤它自岿然不动不轻易现身，寻找到午夜后我们只得垂头丧气回家等待奇迹出现。果不其然，凌晨5点，郝先生起床发现它默默地蹲在大门口平静地等待被训斥，但那一晚它到底去了哪里，究竟干了点什么，它不说，我们也就无从知晓。

Charlie一晃在我们家住了4年，从青年进入了中年，陪着我们一起慢慢变老。我自称非爱狗人士，但慢慢地也有了些变化：常常看着它水汪汪的黑眼睛发了呆融化了心，为阳光下它的静美身影所感动而偷拍美照，为下冰雹时它还在院子里没回屋子而担忧着急……Charlie，我仿佛已经不知不觉地在扮演着你爸爸郝先生有意无意塞给我的头衔，Charlie它妈。

做客小镇，乐不思归

　　从阿德搬去小镇，大家都说，这下搬去那么老远，再不能随时来串门，我们要见上一面就难了。我说，你们可以来小镇看我呀！

　　果不其然，老友们在我安顿后不多久，就排着队预约来小镇做客了。

　　第一个来正式做客的是阳和香港来的朋友。记得是4月底，我搬入小镇整整一个月。森林遛狗，海边捡蛤蜊跑步，早起看日出……两天一晚的小镇生活体验，和大自然亲密接触，使得香港大都市来的朋友回去几年都念念不忘。

　　搬来小镇最初的想法是想做B&B（民宿）。因为被现在这个房子的设计所吸引，放弃了其他适合做民宿的房子。目前这个房子楼上的空间虽然宽敞，但夏天较热，且楼梯上来没有门。所以B&B的想法一直被搁置。

　　但家里的客人一点都没有少。朋友们看了我发的照片，心生向往，纷纷要求入住小镇体验乡居生活。我和郝先生都好客，自然是求之不得。

　　好友Ivy带着女儿来了。明天一早，我们早起看海上日出吧。我提议道。要知道，整个阿德的海岸线都是朝西，只能看到海上日落。而维克托港位居朝向东南的海湾，全年都能看到海上日出。好啊好啊！Ivy和我同属Beauty Seeker，立刻积极回应。

　　第二天一早天刚蒙蒙亮，窗外海浪声从远处一阵阵传来，霞光微露，兴奋的Ivy已经在面朝大海的书桌上给我的留言本写留言了：梦中被花姑娘叫醒看朝阳。晨辉从半圆窗透过来，如梦境。坐这儿写字恍惚中分不清自己是否已经醒来。6:30am 2017年5月8日

那一天早晨，我们拽着睡眼惺忪的扬扬小朋友，穿过静静的街道，走过700米缓坡，见到了海上第一缕阳光。金色的阳光洒在细软的沙滩上，河口的树丛里，母女俩的笑脸上，一切都那么朝气蓬勃。

回到家，我们在洒满晨光的餐桌旁美美地享用了一顿英式早餐。Ivy说，色香味俱全。

我在微信中写道：辞职一周年，呼朋唤友试验我的梦中B&B。

Bed&Breakfast，住宿加早餐，真是名副其实啊！当然，我们所能提供的远不止这些。

很快迎来了女儿回小镇娘家的第一个母亲节。她和女友在楼上做瑜伽，我做了一顿纯中式的早餐。没能拖起年轻女孩去看朝阳，我建议去位于Encounter Bay的Bluff爬山。从远处看似了无生趣的土包，没想到走近了才发现是个移步易景、山海环抱的观景绝佳处。姑娘们索性在山石上做起了高难度的瑜伽动作。

女儿在我的新居留言本上这么写道：一个不一样的母亲节，美好得不真实……

好友Iris带着两个儿子来了。森林漫步，打网球，看日出，沙滩排球。城市少年们放下手中的游戏机，深度体验了一把澳式乡村生活。

画友们组团来了，男人们在花岗岩岛的秘密据点岩钓，孩子们在海风里巨石上打牌，女人们在岛上走路看风景。那一晚清蒸的新鲜海鱼，味道鲜美得无以言表。

郝姐夫所属的骑行队来了。他们海边划船，打沙滩排球笑作一团，最后我在家中举行中餐晚宴。借着酒劲，一群老男人唱嗨了卡拉OK跳起了舞。

我的钢琴老师赛尔和心灵导师晓雅夫妇来了。白天岛上冥想，拜访乌克丽丽俱乐部，夜晚围着火炉打牌到深夜。想起晓雅说的，每一件事的发生都是来祝福我们的。

新年之夜，两家老友齐聚维克托港，看跨年烟花，去Petrol Cove看日出，跑新年PARKRUN，去Encounter Lake划船，最后大厨们齐上阵，做一顿中西合璧、南北混搭的美味晚餐……

中学同学去悉尼看留学的儿子，被我一召唤，订了机票千里迢迢来到小镇，和小镇其他中国姑娘以及家人聚集在沙滩排球场，大家分享食物，做游戏，最后用新年的红色对联作为点缀，过了一个红红火火喜气洋洋的别样中国年。

太多的访客，我似乎已经无法记清有多少拨客人了。我家大门常打开，村居常有不速之客来访。郝先生的亲朋好友们也陆陆续续来拜访，或小住，或小聚。小镇的活动顺手拈来，我们似乎从来都不愁没有项目可以取悦客人。

朋友圈的朋友们看我在小镇日子过得风生水起，心动不如行动，索性就拖家带口带着大部队来小镇度假。我家接待能力有限，他们就在镇上租一个独立大House，十几个人在镇上好好玩上两三天。姐姐，你给我们的假期出个主意吧！嘴甜的Tina在微信那边喊我。很快我给她发了一个三天两夜的度假方案。哇！那么专业啊！看来有点玩不过来啊！Tina在另一边做着鬼脸。

没错，随着我在小镇居住的日子越来越长，发现菲尔半岛的隐匿美好太多。由此越发觉得，来此度假，没有7~10天的时间是不够的。不由得想起在访客中心当班的时候，常见到从维州过来的游客，说第一次来维克托港只是匆匆半天路过，第二次是3天，这一次就准备好好待上10天了。这是一个需要细细品味的度假胜地，没有经典的旅游线路，只有潜心慢慢探索。

澳大利亚人的度假就是这样，找一个心仪的地方，好好待上十天半月，慢慢消闲假日时光。

2019年4月，我正在小镇继续过着闲云野鹤的悠闲生活，好友阳看不下去了，突然给我派了个任务，并声称我是不二人选，此事非我莫属。

原来她要和北京起承转合咨询公司共同打造一个南澳青少年领导力冬令营。她立即就想到了远在小镇的我。在南澳两周左右时间，在菲尔半岛度过10天，你看如何？阳问我。就活动内容来说，我没问题。我说，俨然成了local的我信心满满。

我立即投入筹备工作中去。开始日以继夜地写方案，排日程，联系各路人马。方案密密麻麻改了一茬又一茬，让很久不做案头工作的我默默滋生出几根白发来。终于，一切就绪。2019年7月18日，迎来了从北京不远万里飞来的一队人马。

从中巴车驶入维克托港，看到绿树环绕的蓝色港湾的那一刻起，孩子们就爱上了这个海边小镇。我把他们的第一站安排在了离家不远的Adare住宿营地，价格便宜不说，服务态度也好得让人心生感动。

来看看孩子们在这10天里都在小镇干了点什么。

自然环保：亲近羊驼，参观濒危动物，寻找本地兰花，参观生态村，观星空，参观鲸鱼中心。

户外运动：湖中划船，5公里PARKRUN，河边骑行，户外徒步3天，沙滩排球，澳式足球训练，沙丘徒步，小镇晨跑。

生活文化：采访议员，乘坐马拉车，坐Cockle Train蒸汽火车，农场篝火，学习澳式厨艺，二手店淘宝，走进奶牛农场，拜访演讲俱乐部。

艺术手工：跟着本地画家学画画，学习木雕，制作杯垫，参观画廊。

公益慈善：参加当地Quiz night慈善筹款，拜访MA慈善组织，走访慈善咖啡馆。

当然还有各种美食。来之前，大家都默默做了心理准备，对澳大利亚食物并不抱希望，准备每天以汉堡包充饥。没想到，此行不仅学习了厨艺，感受了家宴，还品尝了澳式酒吧套餐、印度餐、中餐、德国餐以及咖啡店的午餐简餐，可谓是每天不重样。

孩子们沉浸在各种活动中，每天都充满好奇，过得充实而愉快。Ben叔叔负责巴士每天接送，大家被转得云里雾里，不知方位。时间久了，孩子们惊奇地发现不断经过同样的地方，原来小镇就那么巴掌大小。我笑说，小镇虽小，五脏俱全啊！小镇内部基本5分钟到10分钟就能开车到达，如若去周边小镇，也在10分钟到20分钟搞定。想起国内很火的团建活动，此处风光旖旎，活动丰富而集中，绝对是团建的好去处。

若不是因为冬令营的青少年领导力的性质所限，我还有更多好玩的隐匿去处可以安排。所以有一天，若有人要我安排一个半个月的度假行程，我一定很快就能出一个完美的方案。几年来收集的太多美好之处，我只等着和远方的你来分享。

孩子们10天后离开菲尔半岛回到阿德莱德。车子一进城，看到车水马龙人来人往，就有人说：我还是喜欢乡下的清静，不喜欢城市。看来北京大城市来的孩子们，只用十来天的工夫，就能让他们习惯上乡村生活。我感慨着自己从上海北京这样的繁华都市移居到宁静朴实的阿德莱德，6年多后又搬到只有一处红绿灯的海边小镇维克托港，住了3年后发现自己已然适应小镇自然朴素的乡村生活方式，再也无法回到热闹的都市生活。

人们常说的诗和远方，就在这里，在我居住的小镇。

我家大门常打开，欢迎你来小镇做客。让我们一起面朝大海，感受春暖花开。

故事，
……时代，

……它。

……多的联结。

……会父辈在这

……耕种，传达给

……米书》，那本书，

……写给孩子的。城市

……息，他们对于耕种的

……耕文化正在快速地消

……种田了。写给孩子，就

……到第四季，更多

……"稻作文

第六辑　慢条斯理，慢工出细活

乡村买房记

在城郊的Suburb住了5年，喜欢折腾的心又开始躁动起来。原来的房子并没有什么不好，可是好奇心总是引领我去发现新大陆。对热爱创意的人来说，迁徙就是诗和远方，于是生命中有过很多次不知疲倦的搬家。

2016年初我又开始了新一轮的看房。2011年初刚到买房时看了100多套房，最后也是机缘巧合地入住了红木公园的房子，和女儿一起度过了生命中最美好的5年。也许是从母亲那里继承的基因，看房子几乎可以说是我的癖好。对我来说，放下一切去看房，不是任务而是一种娱乐消遣，或者说是一种身临其境的学习。当时刚到澳大利亚的买房经历，确实让我从中全方位了解了澳大利亚文化生活法律等等各种知识。5年后，我决定要开始重新回炉再学习。

那时我已经遇见了郝先生，所以对下一个房子的规划里就有了他，而女儿已经长大成人，她已经开始独立搬出去居住。郝先生在城市长大，但却酷爱乡村生活，成年后的居住环境基本都在乡村。我一个中国大城市来的中年女子，虽说心中向往乡村的田园生活，但落实到具体的日常，觉得还是有诸多不便，心中不免有些发怵。

但是郝先生孜孜不倦地给我灌输他的乡村生活理念。生活悠闲，民风淳朴，夜不闭户，广阔天地，依山傍海……我被他说得心动，于是就跟着他到处看乡村的房子，只当是周末的乡村一日游。

郝先生心目中的乡村房子和我想象的有很大差距。他是个朴素之人，只需要像清教徒似的最基本的物质条件。而我虽然对奢华没有追求，但希望居住在有格调的美丽房子里。后来他索性放弃发表意见的权利，推诿说：我没有意见，你觉得好就是了。好在他从不拒绝陪我看房，但对房子本身毫无好奇心，潦草看完就在一边耐心等待。

这起码比双方各执一词好得多。我这么安慰自己，马不停蹄继续看房。不记得有多少次由女儿和朋友们陪我看房了，也不记得到底看了多少房子。我不在乎花了多少精力在找房子这件事上，我觉得这几乎就是仅次于找对象和找工作之外的头等大事了。

我看房的区域很广阔，宽泛得吓人。因为没有年轻人看房对学区的要求，或者对离工作地点距离近的要求，所以有点天马行空。从东边的山上到西南的海边，再到东北部的山脚，其间也穿插了一些靠近城中心的区，看到后来，有点眼花缭乱，已经完全不知道自己到底要什么样的房子了。

找房子和找对象一样，没有完美。记得有几个明显的例子：有个在Mylor的房子带了网球场，但是房子内部的气氛有点诡异，后来得知房子主人年纪轻轻就死了老婆；有个在Crafer East的房子，房子很有风格，地方也不大不小，可是有一根高压电线穿过整个房子的上空令人担忧；Hallet cove有个房子风格迥异很吸引我，可是有个硕大的游泳池我没有兴趣也不想打理。诸如此类，难以如愿。虽说开始看房之前，心里有一些想法，诸如最好有网球场，不要二层楼，不要在低处的房子，最好有果树诸如此类，但因为选择的区域过于宽泛，使得找房子变成一件战线拖得很长的事。好在我也不急着搬家，所以只当是个乐事，有事没事就去看房。

2016年初有好几个房子差点就签了约。过去了三四年后我还能记得这么几个房子因种种原因未能成交。当时看后心心念念，一门心思就投入向往的心，茶不思饭不想，失落得如同失恋。

在汉道夫有个米黄色外表的二层楼房子（当然我说过不要二层楼的，但当那个房子出现在你眼前时，因为太过吸引我，就把这个自我设定的条件置之脑后），古朴的粗糙粒子粉刷墙，木制的窗户，有一种穿越时光隧道的美好幻觉。另外还有一个Barns即旧时粮仓或马圈改造的房子，可以当作客房或B&B。我当时一心想做AirB&B，这个房子位于阿德最负盛名的德国小镇中心，可想而知这个房子对我的吸引力。可惜当时这个房子的价格超出我的预算太多，最后只好放弃。

在Bridgewater有个房子也深得我心。房子朴素古旧，但高高的悬梁、长长的走廊，曲径通幽，竹子环绕，有着神秘的东方韵味。后来因有其他竞争买家出手较快签约而被迫斩断情缘。

Willunga South有个房子占地10公顷，开车从大门进去还得开3分钟才能看到房子。房子由节能环保材料建造，坐在厨房的窗边餐桌上透过宽大的玻璃窗可以一直看到起伏山丘后隐约可见的蓝色大海，山坡上野花盛开，还有一个硕大的池塘可用于灌溉并可养鱼。我兴奋地呼朋唤友来做陪审看房团，结果她们并不如我这般热衷，好友直言说这房子阴气太重，不适合我。梦一场，我在微信里发了一组美图，算是做了一场梦。

还有一个我真正签了合同付了定金的房子，位于城南的Flagstaff Hill。这个房子也是两层楼（再一次破了不要两层楼的规矩），但是主要活动空间都在楼上，楼下是客房和娱乐空间，当时设定放一张乒乓台。最吸引人的是，它在有限的土地空间里有一个网球场。我欣欣然签字画押签了合同，然后还在Cooling Off期间安排了房屋检查。我和女儿同时也前来再看一次房子。一看不知道，看了吓一跳。房子有两个主要的问题：一是车库门需要手动将其推上，而不是自动门，这对我来说有点力不从心。当然这个可以花钱改造。另一个则是致命弱点：我和女儿带了网球拍，想试试这个地毯网球场的感觉如何。没打两拍即意识到这个网球场的底线到围栏的距离只有一米左右。这个问题无法解决，不可能推倒围栏到邻居家借地扩张啊！

只好无奈放弃。

经历了这一番折腾未果，那股看房买房的热情似乎开始慢慢熄灭了。后来又经历了辞职回国探亲和开刀手术等一系列动荡，当一切归于平静之后，那个重新搬迁安家的愿望又慢慢升腾起来。

也许是回国一阵在城市生活的熏陶下，渐渐放下了那个田园生活梦想，只想找个精致小巧的房子过安稳舒适的城市生活。2017年1月我开始倾向于在我原来居住的东北区离城稍近的Highbury买房。Highbury这个区位于山脚下，房子依山而建，云雾缭绕，起伏的街区设计使得每个房子都有着独特的山景。在澳大利亚待了几年后开始意识到当地人对所谓景观也就是View的重视，任何有山景海景的房子都会为此增值不少。房子看了很多，总有不如意之处，但有一个进门处有着影壁的房子很舒适合意。当时也递交了Offer，但后来也是有了手快的竞争买家抢先买走，与之无缘。

郝先生当时住在离城100公里以外的父母在Victor harbor的度假屋里。我自己原来的房子出租，借居在女儿家。有一天郝先生对我说：嘿，我常去森林遛狗的Inman Valley路上有一个房子在出售，那块土地有10公顷很平坦并且有两个房子，很合适你做B&B呢。我心念一转，建议他打电话问问中介。很可惜，中介说，这个房子刚刚签了合同出售了。

好吧，看来老天爷还是让我住在城里，我这么想。于是又开始了house hunting的漫漫旅程。这一波我已然失去了原先的无比热情，一来是借居流浪的感觉总是飘浮不定，二来经过一场有惊无险的健康危机，我只想尽快安定下来。我正沉浸在小而美的城市精致生活的设想中，一个电话又把我带到了乡村生活的梦想里。中介打来电话，那个

Inman Valley的房子因贷款未批没有卖出，现在又回到市场上了。

于是我们驱车100公里约了中介去看房。房子建于20世纪80年代，双砖结构很结实，空间很宽敞，毫无城市家居格局的局促。除了三个房间和宽敞的起居空间外，它还有个硕大的娱乐空间，大得可以容下一百来个客人，还有一个可以接待上百人的阳光棚。离主体房50米左右有一个有着百年历史的两室一厅的白色小房子，里面有古老的壁炉，正是我想要的古老风格的房子，做B&B再合适不过。更让人流连忘返的是房子周边的旷野，偶有几头牛缓慢地踱步过来问好，Inman River缓缓流过，远处的桉树零星点缀着一望无际的原野，我的思绪已经飞到如何在这些大树上打造Tree house了！太迷人了，乡村生活的风吹草低见牛羊的诗意画卷似乎已然悄然打开……"这个房子占地10公顷，"中介说道，"如果房子成交的话，我们还可以赠送河那边的10公顷土地。"

乡村生活又一次在向我召唤。我请求女儿来看房，这一次她很不情愿地来了。她又一次直截了当地发表了她的看法：妈，我了解你，你根本不能干农活，你连狗都害怕，怎么可能天天和牛羊打交道呢？我说，郝先生会照料那些牛羊的，再说它们只是放养，不需要每天细细照料的。总之是不赞成，她说：我也不想为这个房子帮你用我的名义贷款。她说得斩钉截铁。

这个房子房价超出了原先的预算，我需要她的贷款。但得不到她的支持，这事只能就此打住。这时候我们的一位朋友听说了这个计划，非常有兴趣在乡村投资，决定和我们合伙买这个房子。郝先生很激动，我则犹豫不决。思前想后，我想，原来买个房子只想安居，此一来岂不是要成立一个公司来管理这个物业房产，并要为这块土地的产出做公司运营？这似乎已经偏离了我的初衷，我想了一夜，第二天决定打消买这个房子的念头。

我一定是在这个房子里倾注了太多的心愿，以至于发完那个短信给中介说Sorry之后，那个早晨一时间心中空落落地失了魂。缓了一阵子之后鬼使神差又开始上网搜索Victor harbor附近的房源。突然，一个位于小镇中心位置的房子跳入我的眼帘，独特的建筑设计从未见过，拱形的挑高天花板，巨大的圆形玻璃窗，旋转楼梯……我激动地跟郝先生说：嘿，这个房子很有意思，你快看看链接！1399平方米占地，30年房龄，建筑师作品，小镇绿树成荫的好地段……太吸引我了！我赶紧跟中介联系，没想到这个中介和原来我推掉的房子都是在同一个中介的名下，哦，有点尴尬！

记得那个周末，亲朋好友们一起来看房，俨然一个看房团。进得院中，一个建筑风格独特的拱形屋顶的不规则房子映入眼帘。通过一个低调的细长狭窄的通道，蓝灰色的小门就是正门了。我们轻轻敲了敲门口的铁铸门锤，中介来开门，众人进屋后都忍不住脱口而出，Wow！

开门见山，推门一进来就是中庭，以两级台阶之差将其分为餐厅厨房以及高处的客厅两部分。厨房的装修还是20世纪80年代的风格，显得有点落伍，摆放的家具也不是很吸引我，但那4.5米高的穹顶，硕大无比的扇形玻璃窗，乡村风格的白色粗糙Render内墙，无处不在的阳光透射……几乎在跨进门的第一步，我就知道，这个房子非我莫属了，或者说，我非要这个房子不可了。

进得屋里再仔细看，一步一景，上得四级台阶，一个30平方米的宽敞空间带着巨型的圆形玻璃窗呈现在眼前，可以称之为起居室。继续往前，一个走廊式的空间，两边都是落地玻璃窗，一边通向一个小的带雨棚的庭院，一边是园中的芭蕉树和几株南天竹和龟背蕨类，透着浓浓的禅意。下得两级台阶，右手边是一个洗衣房，再往前是一个10平方米左右的客房，左边是卫浴一体的客用卫生间。左手边是主人房，有两个嵌入式衣橱和一个走入式衣橱，所有的门都是白色的百叶门，和所有房门的颜色风格一致和谐。从主卧再往里走，一个硕大的卫生间又引得大家一声Wow！双洗漱盆，双淋浴喷头，还有一个落地浴缸坐落在一个彩色玻璃屋顶的下方。这个卫浴的空间比主卧的空间还要大！

这还没完，主卧旁边有一架旋转楼梯，拾级而上，楼上的空间如同小说里描写的神秘阁楼，弧形的天花板由用于造船的plywood弯曲而成，右手的四分之一扇形窗户看出去是小山坡和高高的松林，左手巨型的半圆窗户看出去是700米之外的浩瀚南大洋。看得见风景的房间！说的就是这个！Amazing，太神奇了！我心里似乎已经铁定了心，就是它了！

更何况院中还有两间很大的工具屋，不论你做工作室，或者木工房，或者储藏室，或者娱乐空间都可以。另外还有一个很深的车库，原先的主人应该是用它来放游艇的。还有，庭院里居然还有竹子。宁可食无肉，不可居无竹！澳大利亚看到带竹子的房子可是稀罕啊！最最让我不可思议的是，这个房子里融入了很多海运的元素，蓝灰色的门及窗户的颜色，巨型窗的灰绿色窗框，窗框边镶嵌的粗大缆绳，巨大的圆形窗户，旋转铁质扶梯，这简直就是一个船屋！

我是从海运学院毕业的。这个房子莫不是在此等待我的到来已经很久？我把这归之于宿命。

在做最后决定之前，我们还是谨慎地比对了其他两套房子：一套就在隔壁越过围栏的那家，地很大，也在坡上，但房子完全没有任何特色，需要很多改造；另外一套在Encounter Bay，是两层楼，主人空间都在楼上，楼下是独立的自带厨房卫生间的空间，做B&B非常合适，房间可以看到美丽的海景，阳台可以看到远处的山丘景色。占地不大，院子很小。没有太多的纠结，我很快做了决定，买这个一见钟情的船屋。

我很快发给中介我的Offer，没过几个小时，我已经得到了中介OK的回复。我欣喜若狂！这漫漫看房路终于要画上句号了。我们相约两天后到房子里签约。不想，签约前一天晚上中介打来电话，说房东反悔了，价格需要加3万澳币。我接完电话几乎是又愤怒又气馁，不知如何是好。不过还是决定第二天前往，看第二次看房后会有什么改变。

第二天又仔仔细细看了一次房子，还是忍不住地喜欢。我和郝先生避到一边商量计策。我说我就加1万，看房东是否答应。郝先生说，别扯来扯去了，索性加1.5万，正好3万折中，这个方法对双方都很公平。我被他一忽悠，买房心切，就这样跟中介说了。中介拿出早就准备好的合同，印象中好像都没有去和房东商量，爽快地就签了合同。

我事后想想，如果我不那么急着签合同，也许按照原来的价格我可以拿下这个房子的。当然也许需要几天的拉锯战。要知道这个房子其实放在市场上已经有两年，其间降价两次，换中介一次。当时并没有其他竞争的买家和我抬价。当然这是我们中国人的精明思维，按照澳大利亚人的风格，不喜欢拖泥带水，喜欢就买吧，别为这小3万伤神费脑了！我被郝先生洗了脑，少死了很多脑细胞，牺牲了点银子，高高兴兴地签了合同。

后来和中介聊天中得知，这个房子之所以在市场上那么久没有卖出去，有几个因素：1.因整块地在坡地上，房子和院子内部有很多台阶，对老年人来说不方便。而Victor的买家大多是退休人士。2.房子的占地虽然大，但楼下只有两个卧室，楼上的空间是敞开的，算不上卧室，对孩子多的年轻家庭来说，这个房子的功能不够实用。况且院子里的地不平整，没有一块大的草坪作为孩子的活动空间。如此一来，这个房子的受众就很狭窄了，换句话说，只适合孩子已经长大，腿脚尚灵便的中年人。怪不得，这个房子的前几任主人都是中年人。

签约后顺利入住，后来陆续有客人来访。有好几位朋友宣称他们早年来过这个房子，有人认识最早设计这个房子的建筑设计师，他在此住了十来年，他的儿子是设计Port Elliot那个魔方体建筑的设计师；有人说现在这个双卫浴室的原型是一个阳光缝纫房；有人说楼上的空间原来是一个女画家的工作室；有人说多年前她常带着孩子到这家来做客，孩子们很喜欢在这个奇妙的空间玩耍捉迷藏……

　　一晃，我已经入住海边小镇4年了。每天感觉在度假，到现在还没有后悔。

艾烟袅袅

　　初次接触艾灸，是5年前回国探亲。老同学送给我一个艾灸盒，极力宣扬它的好处多多。我回到澳大利亚后把它绑在肚子上用了一次，感觉很麻烦，烟味很重，后来即束之高阁，不知去向。

　　家住40公里开外的珍妮一直在做艾灸的推广。我有时候会看到她在朋友圈里发的关于艾灸的文章，但一直也没有往心里去。那年肩周炎犯的时候，她竭力推荐我使用艾灸，我似乎没有怎么听进去，于是她很好心地送了我一盒名为"天天艾"的艾灸贴让我试试。

　　人有时候很奇怪，要接受一个新生事物总需要一段时间，或者说一个机缘。也许是惰性和拖延症使然，珍妮给我的这盒艾灸整整在抽屉里待了一年没有拆封。

　　直到有一天，女儿对我说，由于膝盖酸疼她现在不去Mount Lofty爬山了，阴冷天她会觉得膝盖隐隐作痛。我突然想起了抽屉里的艾灸，建议给她试试。当时根本不懂什么穴位，只记得哪里疼就灸哪里（后来知道这个就叫阿是穴）。于是就在她的两个膝盖的疼痛点各灸了两个艾灸。隔了一周又重复做了一次，再问女儿时，她说现在不怎么疼了。

　　哇！艾灸那么灵！我大受鼓舞，决定把身边的郝先生作为我的小白鼠做进一步的试验。郝先生的膝盖在十多年前跑步时踩到一个兔子洞里，从此就一直备受煎熬。医生警告他不要走路跑步打球，只可以游泳和骑车。等到他年纪大一些，就可以给他换一个膝关节。他老人家不听医生的劝告，该打球打球，该跑步跑步。当然后果也很严重，事后总是说膝盖疼加剧，膝盖红肿的样子也是显而易见的。

　　搞不清穴位我就从阿是穴开始。刚开始还没有形成习惯，只是有一搭没一搭地做了几次，效果说不上有多显著，毕竟十几年的问题不可能一两次就治好。但艾灸的神秘大门已然打开。

　　记得前年8月去Flinders range徒步，好友阳说脚底心疼，我随身带了艾灸，就提出给她试试。我给她做了涌泉穴的两个艾灸，第二天早晨她告诉我，脚底板一下子轻松了很多。哇！看来这个艾灸很有神功啊。我默默地想。

　　我开始向珍妮询问很多关于艾灸的问题。珍妮给我推荐了艾灸5555这个公众号，在这个平台你可以输入疾病的名称，相关的文章就会直接显示出来。当然，你还可以查穴位，总之功能非常强大。她又把我拉入一个北美艾灸群，是骆女士旗下的推广天天艾产品的近500人的大群。我被深深地震撼，原来有那么多人正在从事着和艾灸相关的事业呢。何况这只是艾灸多不胜数的产品之一。

　　我开始对艾灸产生浓厚的兴趣。先是在网上查找和艾灸相关的视频，中英文同时看。我了解得越多，越是惊讶于小小的不起眼的艾草承载着如此神秘的力量，简直让人难以置信。扁鹊医书记载：针所不及，灸之。针灸这个广为人知的中医治疗手段往往被人们误以为只有针，而灸这个独立于针之外的中医治疗手段却在很长一段时间里被人们遗忘了。其中原因有很多，阻止它广为流传的其中一个重要原因，在于艾灸在点燃时散发的烟味很难被人们接受。我很奇怪，艾烟的味道和一般的熏香接近，都是草本植物的味道，带着自然的芳香，为何不受欢迎呢？我和郝先生对艾烟不仅不感到反感，还颇有些喜欢。我有几次外出，有人敏感地嗅到了特殊的味道，很神秘诡异地笑。我这才明白，原来艾烟的味道和传说中的大麻很相似呢！又是一通解释：艾灸，你听说过吗？

　　于是乎，我家客厅开始常常艾烟袅袅。郝先生的膝盖在我隔三岔五的艾灸治疗中开始好转。以往每次跑步或打球结束，他的膝盖就会红肿胀痛，他说这是他要承担的后果。然而现在他剧烈运动后未必要pay the price了！刚开始给他做艾灸的时候，他的态度是，好吧，it doesn't hurt（反正也没坏处）。仿佛也是为了配合一下我的爱好。再说，确实感觉很舒服，其间再懒懒地睡一觉，也是人间美事一桩呢。当然，他作为一个万事要求证的truth seeker（求真之人），一直没有承认他的膝盖的好转是因为我常给他做艾灸，他常说他体重减轻了5公斤也许对膝盖承重的减轻有益于膝盖，却对艾灸的作用隐晦不提。

还有一件神秘的事。郝先生常年服用降压药，不知是否基因遗传的缘故，他是个没有症状的高血压患者。去年圣诞节前夕，医生开的处方降压药用完了，他懒得去配药。隔了好几周，想起来去量血压，血压正常得让他惊讶：高压在130~140之间，低压在80~90之间，再正常不过了！可是以往如若不吃降压药，他的高压会达到160以上。这事让他大为惊叹！我看过很多关于艾灸能够对降低血压有帮助的文章，于是把此事和时常做艾灸联系起来。他半信半疑，开始在网上查阅关于艾灸和高血压关系的英文资料，可惜相关文献很少，提到的文章也对此关联模棱两可。由此，我并未说服他，他时不时又把血压的降低和他的减肥成功联系起来。

这令我很不开心。但冷静下来想想，关键还是赖自己学业不精，无法用英语科学地对其中的关联做合理的解释以及案例的佐证。实践出真知。好在他还是很配合我给他做艾灸，每次一说做艾灸毫不犹豫地说，Why not？每每还打趣地叫我Doctor Huang。

我对艾灸开始着迷。其间听了很多音频，如冯名雨、单桂敏、艾小萌等，同时也听梁冬徐文兵对话《黄帝内经》和罗大伦的各种中医节目以及郭亚宁的《大白话说中医》。中医，这个古老的名字从来没有在我心中开出花来。如今，一炷艾香，打开了那扇神秘的中医大门。

说起来我家和中医还有些渊源。爷爷家是开中医药房的，同时他也是一个会开方子的中医大夫。当老师的爸爸也能开中医的药方，妈妈是护士。到了我这儿，除了对那些被改良的中式药柜新古典家具感兴趣之外，就再也没有任何和中医的连接了。

我又给自己找了一个热爱艾灸的理由。记得有一次算命，说我是大驿土命，命里缺火。我一听，大为后悔小学毕业后把名字文辉改成了文佳。辉是光辉，是火；改佳则又多了两个土。本是土命，土上加土，怪不得不远万里来到了土澳。既然命里缺火，这下火来了。艾就是火！我随母亲姓黄，艾条呈土黄色。我父亲姓温，我本该随父姓温。温灸，艾灸是一种温暖的力量，通透全身，引人向上。一切似乎犹如一串人生密码，艾，梦里寻它千百度，原来它就在这里！

后来郝先生有两次拉肚子的经历，我查了艾灸5555关于腹泻的艾灸治疗方法，找到相应的腹部穴位艾灸，前一天上了八次厕所的他那一天一次也没有去过大号。我惊叹于艾灸的神奇，他却轻描淡写地说：我的肚子本身就已经拉空了，不是吗？

哦哦，我哭笑不得。看来要说服求真较劲的"歪果仁"不是一件易事啊。

不管三七二十一，先多多实践再说，在实践中摸索。我希望找到更多的小白鼠。郝女儿长期忍受腰背痛的折磨，郝媳妇一直有不知名的腹痛。依仗着艾灸的高度安全性，我主要给她们灸腹部和腰背部的穴位。有一次郝女儿高兴地告诉我，她的背有两个星期没有疼过，这是3年来的第一次。"我没有做过其他任何的治疗，说不定是你的艾灸在起作用呢！"

再没有比这种感觉更幸福的啦！可惜她们不常来，来了也是晚上，在晚上做艾灸的效果远没有白天好。有一次郝姐姐带着严重的腰痛来海边度假，我坚持推荐给她做艾灸。她勉强答应了。我给她腰背部做了9

个艾灸贴，分成两排。二十来分钟后完成，我告诫她今晚两小时内不能沾水，多喝温水，不吃冰冻的食物，等等。她过了一周后特意打来电话告诉我，艾灸做完后第二天她感觉好多了。不仅去上了原本以为去不了的班，还把原先约好的两个物理理疗都给取消了。哦！真的吗？那太好了！我大喜过望。

不过，我当时给她带回家的那盒艾灸她并没有拆封使用，原封不动地还给了我。后来我在想，世上的好东西有好多好多，要和一件美好的事物结缘，开启一段好的旅程，需要多少机缘啊！

有一段时间，我几乎是情不自禁地要把我对艾灸的迷恋毫无保留地分享给我周围的人。此情形和郝先生对澳式足球的迷恋有一拼。郝先生可以和任何一个陌生人，在世界任何一个角落谈论关于足球的种种。我发现澳大利亚人几乎人人身上都有痛，记得有位朋友说到，一项研究报告表明澳大利亚人是全球人均病痛程度最高的国家。我猜这来自澳大利亚人热爱户外运动的风气，如袋鼠般勇往直前的澳大利亚人在各种运动，尤其是如同澳式足球的有身体冲撞的运动中留下很多后遗症，多多少少都在人生的某个阶段显现出来。艾灸，这个来自东方的神秘礼物，几乎就是来拯救澳大利亚人的！

然而，这只是我的一厢情愿罢了。人们很礼貌地洗耳恭听，但并不热切。各种止痛药、抗生素以及止痛针似乎是疼痛发作时的救命稻草。对于身上各种疼痛，似乎澳大利亚人已经习惯把它当成身体的一部分，Life is suffer, That doesn't kill you make you stronger，这些清教徒般的忍耐力有着更强大的力量，阻挡着人们去尝试新的或是古老的治愈方法。

我还是收获了几个对此感兴趣的潜在培养对象。同事凯瑟琳说她浑身都疼痛，已经对医生和理疗师失去信心，对这个艾灸很感兴趣。那天下班后她送我回家，正好她的脚背有点疼痛，我就给她做了一个阿是穴的灸。后来她告诉我，那一晚她浑身发冷，把我给吓了一跳。之后我才明白，这种灸后的症状正是艾灸在起作用的证明，表示艾灸所输入的正气正在和身体内存在的邪气作战，正邪双方交战使身体发寒。我意识到艾灸虽然是中医实践中最为安全的治疗方式，但是对它在治疗过程中会引起哪些身体反应我还知之甚少。

另外一个是画友，她患有腕管综合征，手经常在晚上睡觉时发麻失去知觉。有一天她来我家，我给她在手腕上试了两个艾灸贴，回家后她告诉我那晚手没有发麻，而且拿手机本来过不了两分钟的手竟然拿了10分钟还没事。我很开心听到她的变化，特意问了学中医的好友关于腕管综合征的穴位，她再来时我认真给她灸了好几个穴位。没想到她告诉我，今天开车时手腕部有放射状的局部疼痛，一阵阵地来去无踪。我想告诉她，这个是艾灸起作用的证明，会有一些反复，但只要坚持，就能渐渐往好的方向发展。贵在坚持！我不知道我有没有说清楚，总之说得不是那么坚定，我又一次感受到了学艺不精的挑战。她后来买了一盒回家试，我不知为何，竟然也没有跟踪回访。

与此同时，我发现国内的好几个朋友都是艾灸迷。老同学们隔三岔五地做艾灸，球友说久治不愈的咳嗽突然好了，不知道是不是得益于3个月的艾灸治疗，老同事告知去艾灸馆体验过多次，感觉身体状态好多了，北京好友每周一次去社区艾灸馆做理疗，原先颈椎病引起的头晕目眩不见了……有意思的是，这些都是女性，而她们的丈夫们大多数因受不了艾烟而拒绝艾灸甚至反对她们在家里做艾灸。

在客厅里做艾灸总有诸多不便，客人到我家总是嗅到一种神秘的味道。有一天，我灵光一闪，决定把客房变成艾灸室。这个十来个平方米的房间有着宽敞的落地窗，白天阳光斜射进来，正气充足。原先的双人床换成了单人床，挪出空间放了一张写字台，书架上摆满各种中文书，墙上挂了很多我的画，中间高悬一幅人体穴位图。加之原有的中式橱柜，一个有着浓浓中式元素的艾灸室就这样诞生了。

我很满意这样的陈设，专门的抽屉里放着艾灸、火柴、托盘等配套的工具，一切进行起来更加顺畅有序了。郝先生似乎也慢慢被我改造成艾灸迷，每周一两次艾灸成了习惯。有趣的是，关于血压和艾灸的关系之争我们又做了进一步的实验。每次艾灸之前，先给他量一次血压，艾灸后又量一次。去年年初的3个月里，基本能够证明艾灸后的血压要比之前低10点左右，当然有时候之前的血压就很理想，也就基本处于平衡相当的水平。但进入4月以来，很奇怪，艾灸后血压反倒有上升的趋势。我有点郁闷，不知其所以然。后来郝先生似乎为了安慰我，说：我知道为什么了。因为天气冷了，我躺在那里二十来分钟穿得很少，身体发冷，血管收缩，当然血压也就上升了。我想想有道理，也就不再纠结。

我是个喜动不喜静的人，自我诊断阳盛而阴不足。给人做艾灸让我能平心静气地专注于当下。好友说我阳气足，非常适合做这个艾灸。因为在施艾和受艾的人之间也是一种能量的流动，本身气血不足的人，很难给予对方正能量。

去年疫情肆虐，免疫力成了人们的关注焦点。正气内存，邪不可干。年中开始，我要好好利用我的艾灸工作室。我苦口婆心地劝说亲朋好友来做艾灸，来小镇度假的朋友戏称此假期为"养生之旅"。我甚至想不出比送艾灸产品更合适的礼物了，想起多年前的一句广告词，送礼送健康。但有了自己和艾结缘的缓慢经历，我相信正如天天艾产品的口号"艾度有缘人"，机缘没有开启的时候，任何劝说都是徒劳。

随着对艾灸的了解逐步加深，我开始给几个澳大利亚朋友做艾灸。要知道，艾灸，英文Moxibustion，简称Moxa，在澳大利亚大多数人闻所未闻。给老外讲艾灸要从中医基础理论开始说起。什么阴阳平衡，十二经络，我在传播中医的道路上常用英文把自己说晕。好在互联网上有些相关的视频可以分享给他们回家自学。

总有敢于第一个吃螃蟹的人。去年下半年，先后有5个客人来做艾灸，其中三个每周一次，坚持了十多次，声称便秘、头痛、腰痛等症状缓解很多。有个年轻女孩，常年备受痛经及其他病症折磨，经过几次艾灸之后，她的痛经从减轻到几乎不见了。她开心地说，太不可思议了！我的邻居备受腰痛折磨几十年，我主动邀请她来体验艾灸，那一晚她发来短信说：太神奇了，我的背痛缓解了一些，但我知道这几十年的病不可能一次治好。今天我一天都精力充沛，晚上到现在还精神抖擞！我一定会来和你约时间做艾灸的。

艾灸说到底还是个慢活。上面一个久，下面一个火，意即用火长久缓慢地熏烤。虽说艾灸对一些急症也有很快的疗效，但若要达到长期强身健体的作用，还须持之以恒。俗话说，文火炖汤慢慢浓。长期艾灸的作用在一段时间后才会显现出来。郝先生被调往抗疫第一线的疾控防治中心近半年了，工作压力巨大。最近他跟我说：我很奇怪这么久了，我居然还没有被打垮。我说：你想想，你已经有一年多没有生病了呢。过去的几年里，看似强壮的他关节肿胀、小腿抽筋、痛风脚肿、头痛血压高时不时发作，而近两年这些症状都似乎渐渐远离。我对他说：你不觉得很奇怪吗？虽然他对我关于归功于艾灸的暗示不予回应，但我知道他已经开始倾向于相信，艾灸这东西也许确有神功，只是忙碌的他还没有时间去考证。

自从生活中有了艾灸，仿佛有了一个家庭常备药箱，完全没有副作用的艾灸疗法给我很多信心来应对一些小毛小病。澳大利亚虽然医疗条件世界领先，但现代医学的弊病也显而易见。如果我们都能以《黄帝内经》的最高境界"上工治未病"来对待我们的身体，那得为政府节约多少钱哪。有了这样的中医整体思维，我对人生的生老病死有了全新的认知，不再惧怕惶恐。

从珍妮家分种的艾草在园中早已落地生根，地里又嗖嗖地冒出新枝来。我把嫩头剪下来晾干，准备收集好用来泡脚。上次用艾草碾碎做的自创艾饼也很清香，想到清明节将至，可以用自家艾叶做一次青团试试。端午节紧接着也就来了，到时候可以剪若干艾草，送给朋友们悬挂门前，避蚊蝇虫害，驱邪祈福。

庄子说，美成在久。徐文兵说，让世界充满艾。慢慢来，我很期待充满爱的世界里，常有艾烟袅袅。

和OXFAM Fleurieu成员在一起

记得刚认识郝先生那会儿，常听他说某个周三晚上要百里迢迢开车回Victor Harbor去开OXFAM的月度会议，当时觉得很神秘，不知他那么不知疲倦地参加的这个会议，到底搞点什么名堂。

后来没多久就和他有过一次非常严肃的谈话。他说他崇拜的一个叫Peter Singer的作家有一个主张：如果全世界发达国家的人们捐出他们收入的11%，那么这个世界上的贫困就将消除。他显然就是这么做的，甚至有过之而无不及。我听完有点震惊，心里免不了打起了小算盘，那个11%可不就是我用来每年旅行的预算吗？后来陆续介入过几次OXFAM的活动。第一次应该是带着女儿和朋友们一起到Victor Harbor来一日游，顺便去看了OXFAM组织的Art show。当时我还是个挣工资的有钱人，一高兴就给女儿买了两幅画作为新居礼物。郝先生其实是个没有什么存款的人，但他一到慈善活动中出手比谁都大方，几乎买了千把块的画和其他工艺品，估计应该是本次活动的最大买家。

第二次活动是去Clayton Bay参加植树活动。当地环保组织有一笔基金支付给来志愿植树的组织，按每棵树多少钱计算。当时的目标是5000棵小树苗，按照一棵树挣0.15$算的话，那就是说我们可以筹款750$。当时我一招呼，朋友一家加上我家C小姐都答应去植树，大家伙觉得这就是一个郊游而已，没有太当回事。可是郝先生很认真，他一直没有和组织汇报说他将要带领一个5个人的中国大部队前来助阵。他这人有个特点，一旦答应的事，绝对做到。估计那时候我们认识还不到一年，他对我及我的朋友还没有那种坚定的信任，所以此事一直秘而不宣，就怕我们中途变卦。那天我们一行5人从城里驱车到达的时候，原来寥寥无几的队伍瞬间壮大了起来，也将原先可能要两天完成的任务缩短到了一天。我们来的一行和他们的原班人马相比，个个年轻力壮，干起活来生龙活虎。那一天，郝先生那个扬眉吐气和舒畅啊，让我也感觉为中国人争了光。

再后来一次已经是我开刀后的那个新年之际的Book Sale了。他们有个好多年的传统，就是在RSL（老兵俱乐部）Hall卖二手书。这些二手书来自阿德莱德城里的OXFAM二手书店。这个书店完全靠志愿者运作，书靠捐赠，是OXFAM的一个重要筹款手段。新年假期，正是维克托港热闹的度假时节，RSL地处小镇中心，人来人往很是热闹，每次卖书筹款都收益多多。我第一次参与值班，帮着收钱、整理书籍、记账、收摊等等，很是充实。3天下来我们筹得2000澳元左右，很是令人鼓舞。

2017年3月底，我正式入驻小镇，从此也名正言顺正式成为OXFAM Fleurieu的最年轻的一员。这个组织人数很是精干，活跃分子也就七八个，但他们却是南澳地区筹款最多的OXFAM组织，且人人都声明这个是他们进过的最友好最有效最没有是非的组织了。每次开会，我都是个聆听者好学生。第一次加入这种松散的慈善组织，心中充满好奇。计划、实施、财务等等，原来运作这样一个组织需要投入很多的时间和精力呢。我心里想，我先做个小跟班，哪里需要人手就去哪里。他们的平均年龄有六十好几，相比之下我就是个年轻力壮的正劳力了！

这样做小跟班做了半年左右，基本上就和大家熟络了。梅尔是组织的核心人物，已经为OXFAM倾情奉献20多年，她的本职工作是营养咨询师。她作风干练，沉着冷静，低调质朴。她的丈夫是个退休手工老师，现在是能化腐朽为神奇的木雕艺术家。他信仰Bohai，一种崇尚和平的宗教，为人随和，思路清晰。组织里另外一位主要人物是秘书玛丽德斯，她满头银发，打扮优雅得体，永远面带微笑，似乎总有使不完的正能量。她的丈夫是个拥有几千公顷土地的农场主，在十几年前开枪自杀，不知道她是怎样从这样的家庭悲剧中走出来的。她似乎什么都可以开诚布公，唯一的秘密是她严格保密的年龄。

凯利是我们的街坊邻居，她是调研员，也是太平绅士，去年参加了镇里的市政议员竞选，但以微小弱势遗憾未能参选成功。她和丈夫常常来为各种活动帮忙，但因各种事务缠身，选择保留成员，暂时休息一年。玛丽亚是银行的兼职职员，住在邻镇的大农场里，家里养了数不清的鸡，有一次无意中发现她还是管乐队的成员。苏这两年忙着搬家以及其他环保组织的工作，不算太主要的积极分子，但只要有空都会积极参与活动。其他还有两位Silent member，布莱德是小镇有名的Quiz Master，只负责一年一度的Quiz Night智力竞赛之夜，其他时间他忙着张罗他另外成立几年的致力于改善当地社区生活的基金会。画家海瑟是一个优雅的知性女人，喜欢安静，讲究私人空间，目前只介入为Quiz night筹集和包装奖品。

所谓众人拾柴火焰高。哪怕这么小的团队，但每个人贡献一点，我们依然平均一年会为OXFAM筹款1万左右澳币。郝先生作为财务（Treasurer）每次开会前发出的财务报告都很健康。

郝先生常说一句话，What you can bring to the table? 言下之意，就是你能为组织做点什么？观察了一阵子之后，我无知者无畏地提出了一个大胆的设想，就是在2018年的春节，在火热的南半球海边小镇搞一台中国春晚。大家伙一听，觉得很有新意，纷纷赞同。于是乎我天马行空越想越激动，最后把原本计划四五十人的晚会活生生搞成了一个120个客人，外加十来个工作人员的南半球中澳人士共度新春的特殊春晚。记得我把设计好的菜单给Yacht Club的负责人发过去时，她几乎是觉得我疯了，很犀利地连问了我很多问题，言下之意就是这么多的花样（冷盘热炒荤素搭配茶点一样都不能少）在有限的厨房和餐厅条件下是不可能的。我在她咄咄逼人的架势下委屈地哭了，但还是固执地解释了其可操作性，最后勉强说服了她，无奈之下，她也只好任我爱咋咋的。

话说准备食物就花了三四天，动用了家人、邻居和小镇的中国姑娘们的劳力。另外还专门请了住在城里的朋友提前一天来主厨。小镇里从来都没有过这种兴师动众的中国宴会，25澳元一张的门票瞬间一票难求。除了吃饭，我们还准备了一些助兴表演，中途休息时大家跟着做气功练习，郝妈妈学会了传统钢琴曲《梁祝》，还为我的独唱伴奏一曲《茉莉花》。大家听得如痴如醉，伴着味蕾中的中华美食，沉浸在神秘的东方旋律中。活动结束后好几个星期，大家对这次活动还津津乐道，几乎成了小镇人们茶余饭后的重要谈资。

有了这次活动的成功经验，一不做二不休，我又开始策划端午节的活动。我决定要让节目安排上一个台阶，于是从城里请来吉他歌手阿保、钢琴老师Elaine和百灵鸟般的Victoria。另外正式开始前还有书法老师林敏指导练习书法和刘雷引领的茶艺表演，C小姐主持的学包粽子等。虽然这次我们提高门票费到30澳元，报名的人数还是超出了预定的80人，最后定格在88人。这次活动我们压缩了菜单，从城里请了厨神Ringo和厨仙Linda，加上众多厨房帮手，把所有的准备工作压缩在同一天完成。感谢各方人士的支持，虽然中途还有点小插曲，小镇破天荒地停电了半小时，但大家还是有序地各就各位，按部就班，最后整个活动在一片欢声笑语中圆满完成。

这两次中国风的活动估计是惊动了OXFAM澳大利亚总部，2018年7月底，CEO 海伦和姐姐顺道来我家做客，和OXFAM Fleurieu成员一起共进午餐，畅聊如何为消除世界贫困而不懈努力。我们也以简报方式展示了我们这个小小分支机构二十来年的各种成果，这一切给海伦留下了深刻的印象。

2018年是我们的丰收年。之后8月大型建材公司Bunnings开张的第二天，我们很幸运地被安排做BBQ，我和郝先生那天开车前往Alice Spring，只干了早上半天活就匆忙离开，结果下午生意爆好，面包和Sausage都卖到脱销，那一天筹款1700多澳元，算是筹款效率性价比最高的一次。而我组织的两次中国庆祝活动，虽然从筹款上来讲属于劳心劳力挣钱不多，但从推广OXFAM形象的影响力和为当地社区谋福利来讲，绝对是劳苦功高。

我这人不按常理出牌，喜欢不走寻常路。49岁生日那次，依着自己的性子，把World Vision的40小时饥饿（40hours famine）改版成为OXFAM筹款的38小时禁食活动。参与禁食的有不少天南海北的朋友，得益于平日里积累的人品，得到了不少亲朋好友的捐助。不少朋友跟我禁食一次上了瘾，纷纷问我下次禁食啥时候啊？这一问打开了我的筹款思路，2019年三八节前夕，我决定再一次实践38小时禁食活动。

然而，渐渐地我感觉到了人们对募捐活动的漠视和冷淡。现实和期待有时相去甚远。郝先生送给我一个词，叫作charity fatigue。"每个人都有自己的生活安排，也有他们对社会的贡献和相应的慈善捐款。他们即便是你的亲朋好友，也未必每次对你的筹款活动买单。所以，你不可以期望太高，你只管做好自己就好了。"我就此也得出一个结论，你要别人纯粹捐款很难，但如果你安排一些能够互动双赢的筹款活动，那么筹款就要相对容易一些，当然，你要投入更多的精力和人工。

我们于是又积极开发新思路组织筹款活动。新年前后RSL的年度Book Sale因为RSL转为其他用途不得不终止。我们由此衍生出Garage sale。这是澳大利亚生活的一项重要民间买卖活动。说白了就是把家里闲置不用的东西放在家里车库或院子里以低价出售，在主要路口放上指示牌"Garage sale"，一般都在周六、周日两天举行。本地人热衷于逛Garage sale，就如跳蚤市场一样，以极少的钱淘得心仪的宝贝的概率很高。

当然首要任务是收集出售的物品，从OXFAM书店拿来的书仍是主力军。我们的成员们开始各自张罗收集家里弃之不用的品相良好的物品，不仅是自家的，还有亲朋好友的。今年年初在梅尔家搞的Garage sale两天筹款700多澳元，大家伙已经觉得很鼓舞人心了。

2018年去英国时，特意去了位于牛津的OXFAM总部大楼，很有规模。还在牛津大学附近发现了几十年前第一个开张的首家OXFAM专卖店。当时已是日暮时分，我们只好在门口留影纪念。阿德市中心的OXFAM礼品店一直口碑极好，以FAIR TRADE（公平贸易）为宗旨的理念贯穿始终，从第三世界国家以手工方式生产的产品物美价廉，匠心独具，令人爱不释手。为支持供货而设的Grand Junction road的仓库里面蕴藏了很多宝贝，我们已经连续两年在6月财年底之前的大甩卖去帮忙做BBQ，每次都是满载而归。可惜2019年上半年OXFAM在澳大利亚的零售店和网上购物商店以及仓库全部关张，我猜也是架不住全球经济不景气的浪潮吧，只能是一声叹息。

似乎和关店关仓库类似的cost saving举措还有精简机构和裁员。南澳原来的执行总监两年前被裁员，紧接着澳大利亚总部CEO换人，原来一片生机的OXFAM澳大利亚分部似乎因着这些人事变动变得前景模糊起来。我们Fleurieu Group的领头羊六十刚出头的梅尔也在最近有过身体不适。大家一致同意，我们每个人都有自己的生活要过，筹款固然重要，但不要给自己太多压力。

我一想，我们这个不大的组织，我年纪最小，我不多做点说不过去。于是在年初的一次月度会议上讨论今年的活动计划时我脱口而出，说我要组织一次中秋晚会。大家伙一听既振奋又为我捏把汗，确实这个筹款活动很是劳神呢。因为时间相隔甚远，我有很长时间没有去想这件事。等时间临近了，我突然觉得亚历山大，去年两次成功的案例成了我的包袱，小镇人们对Chinese Banquet（中国宴席）的期待之高让我心生焦虑。我和郝先生说了我的真实想法，他安慰我说，我们还没有打广告，不做也没有关系。我思前想后，想到之前有过对组织的承诺，如若就此撂挑子，总觉得不是回事。灵机一动，决定把规模缩小到25人，就在家里搞个小型中秋活动。

很快就召集好25个中外人士，大厨从城里请来美厨娘Linda，音乐请古筝高手Michelle来一段《浏阳河》和《高山流水》。三桌中国传统宴席让来客目不暇接，吃饱喝足。结束后很多朋友都给我反馈说，这个活动太好了，物超所值。有个画友连续三次参加我的中国风活动，还有个新画友急不可待地告诉我，她受了我的启发，现在隔三岔五炒蛋炒饭和做春卷。这个小型活动为OXFAM筹得款项500多澳元，不仅为消除世界贫困做出了贡献，也为传播中华文化尽了微薄之力。

月度会议常在我家举行。话说刚开始在我家开这个会议时，我组织过几次晚餐，后来大家阻止我这么做了，因为这样的话每个提供会议场所的人都要提供晚餐，这样对别人压力太大。西方社会凡事讲公平。谈到筹款活动新思路，大家开始集思广益。郝先生提到让南澳不同区域的OXFAM组织一起来Quiz night。说到这个Quiz night，中文可翻译成智力竞赛之夜。由一个Quiz master作为主持人，台下有10~20张桌子，每张桌子有6~8人，人们买票入场（一般每人10澳元），各带一份可分享的食物和同桌分享。主持人在台上提出问题，台下各桌有一个负责答案的人经过集体智慧讨论写出答案，一轮10个问题结束后主持人公布答案，最后记分员把各桌的成绩统计出来后由主持人宣布前三名，奖品由各商业赞助商提供。筹的款项的来源一为门票，二为其间卖的Raffle（意为抽奖，一般每张2澳元，5澳元三张），奖品也由赞助商提供。我去年被组织奖品的画家海瑟要求贡献一幅画，当时挑了一幅小水彩，心中忐忑，生怕得奖的来宾来台上挑选奖品时偏向于实用的吃用物品，留得唯一的画作在桌上无人问津可如何是好。令我欣喜的是，第二个抽到奖的一位女士毫不犹豫地将我的画作直接带走，心中一颗石头总算落地。

小镇上从不缺少Quiz night，各种组织都试图以此类活动作为筹款活动。然而OXFAM这个每年年中的Quiz night似乎格外受人青睐，每次都吸引到100多号人参加。作为一个看热闹的外国人，我总觉得这个传统的项目太过拘谨沉闷，场面不够热闹，有着广阔的改良的可行性。我们甚至在中国花大价钱买了一组抢答器，但因为种种原因，郝先生至今未将此器具用于实践中。我很期待将来有一天，我们可以将这组抢答器改良后运用到慈善筹款活动中去。这个改革梦想已经酝酿很久，我相信有一天终将实现。

话说那天开会大家脑力激荡后，得出一个激动人心的筹款方案：邀请其他在菲尔半岛的慈善组织以各自组织的名义来参加Quiz night的活动。如此一来，我们不用和普通个体打交道，而是和多如牛毛的各个组织打交道，他们去组织他们的人马，不仅参赛组织架构鲜明，利于创造比赛气氛，还可以让各组织有机会介绍一下他们组织的情况，便于大家横向合作联系。大家一下子觉得振奋无比，又仿佛看到了未来的光明前景。

席间郝先生提到邀请著名前电台音乐主持人John Pembo来做主持人，我生生捏了把汗。因为虽然我和他的爱人是多年好友，但他自打退出江湖后就低调有加，很难请他出山。后来一次聚餐谈笑间，我斗胆把我们的Quiz night活动设想告诉他，并请他担当Quiz master的角色。我做足了被拒的准备。让我喜出望外的是，他竟然爽快地答应了！一不做二不休，我索性把可能的时间表定下来，只等回去后和我们Fleurieu的同人协商了！我们越想越兴奋，这样的活动将是一个崭新的里程碑，我们还将邀请当地的一些音乐人来助兴以音乐作为主题的智力竞赛之夜，想象一下，我已经迫不及待了。

只可惜去年因疫情的阻滞，这场原本与众不同的Quiz night并没有如期举行，各项筹款活动也因为社交距离等限制无法展开。今年年初形势开始缓和，我们又组织了一次Garage Sale，筹得千余大洋。今年Bunning BBQ的筹款活动正在排队等通知。我跟郝先生说，诸如BBQ之类的筹款活动，我只充当一个Helper的角色，不想担当任何主要角色，因为这不是我的强项。我相信，将来在为OXFAM服务的日子里，我将继续不走寻常路，摸索出更多的筹款活动方法。在这样双赢甚至是众赢的模式下探索出的慈善筹款活动，将是我长期努力的方向。

维克托港欢迎你

入住小镇一年后的某一天，在羊驼农场工作的中国姑娘苏菲在群里说：小镇访客中心需要招收会说中文的志愿者，你们有谁要去就和经理Heather联系哈！

我很快和Heather取得了联系，约好了某一天的具体时间去访客中心面试。搬入小镇一年多了，这似乎还是我第一次踏入这个地方。面试很正式，另外一位负责人Paula和Heather两位一起对我进行了联合面试。我似乎是个面试高手，因为抱着无可无不可的态度，和她们侃侃而谈，感觉到最后我好像在面试她们。清楚地记得她们问我一个问题：如果来了一位访客，说要在此地待3天，你会建议他们做什么？我不假思索地说了一堆，都是我一年来接待朋友们的套路，她们笑说：哈，你好像已经在此生活了好多年了！

从她们的满面笑容可以得知，录用是肯定的，再说，这不就是个志愿者吗？果不其然，过了几天Heather愉快地通知我去上班了。

一切都是那么新鲜。我欣欣然去上班，哈，好久没有在这样的工作环境上班了。自从2016年辞职以来，我已经有两年多没有正经八百上过班了。当然这是志愿者的班，不用承受以往上班的那种压力，只管认真学习，尽情享受工作的乐趣吧。

访客中心志愿者的工作分为两部分：Information desk（咨询台）和Booking office（预订部）。我选了咨询台，不仅可以和访客天南海北地畅聊，还可以卖一些有意思的旅游纪念品。志愿者的工作需要至少每周上一个四小时的半天班，很多志愿者长期在此当班，基本都有其固定时间，我作为新兵，就只好见缝插针，随机找合适的时间上班。

访客中心人来人往好不热闹，我刚上了两个班就深深地爱上了这个工作氛围。平常日子访客中心一般有5个人上班，两个在Booking Office，两个在咨询台，再加一个经理在办公室。因为我的上班时间不固定，得以和不同的人搭班。每一个搭班的同事都会教给我一些新的东西，分享他们平凡又不平凡的人生故事。这些志愿者的年龄基本都在60以上，他们在这里做志愿者的时间长短不等，但10年以上的大有人在。有几个甚至已经有30年的服务年头了。镇政府每5年给志愿者发一个志愿者纪念章，好多人都会认认真真地别在衣服上，是纪念，也是一种荣耀。

我发现志愿者们有一个共同的特点，他们年轻的时候都爱旅行，走过很多地方。澳大利亚人爱旅游的名声在这里得到了印证。访客们来咨询附近的旅游资讯的同时，往往和志愿者们天南海北地聊，结果往往聊出一些巧合来，比如说从同一个学校毕业的，小时候住在同一个小镇的，而我则遇到了5年来从未再见的澳大利亚同事。记得有一次遇到一个荷兰来的游客，聊到后来我们竟然认识同一个荷兰人，她是我在十多年前在驻上海荷兰领事馆的同事！每每这时候我就真的相信地球是个村了。

好在上班和客人聊天是我们的工作，不用觉得心中有愧。当然没有客人的时候，我们搭班的两个人也会聊得起劲，往往能够在每个人身上学到有用的东西，或者就是一场酣畅淋漓的谈话。记得有个同事说到她在斯里兰卡的经历，说到去见一个算命大师，拿着一本厚厚的天书，一直翻一直翻，翻到某一页突然停下来，说你母亲叫什么，你父亲叫什么，你现在的困境是什么，你的下辈子会是印度的一个著名歌手云云……哈，总之，上班时的搭档总能带给我一些惊喜。

当然，我作为中国人还有可以说中文的优势。有好几次遇到中国游客，我好好地把维克托港介绍了一番，让他们的观念瞬间从维克托港只是一个需要逗留半天的地方改为需要三天以上好好安顿下来度假的胜地。印象最深的有一个来自武汉的三代五口之家，开着房车环澳大利亚自驾游，原先并未打算在此地过夜，只是路过半天的计划，后来被我说得全家都很动心，在这儿多逗留了两天，临走还和我们喜笑颜开合影留念，互加微信。

作为访客信息中心，来访的客人问的问题可以说是千奇百怪，无奇不有。我常常被他们问倒，但并不尴尬，往往就转向一旁的同事，解释说我是新兵，很多事情不知晓。一段时间后，我发现我对这个小镇附近周遭发生的事知道得越来越多，回家后连郝先生也得向我打探了。比如说，附近的徒步路线，最近上映的电影，周末的农贸市场，近期的音乐活动等等，应有尽有，不一而足。不仅如此，访客中心还有南澳其他地区的旅游资讯，维多利亚州的各种资讯，大洋路的地图和沿途小镇的信息，以及各种大小地图册。作为一个旅游资源丰富、地理条件独特的国家，澳大利亚在旅游资讯的市场宣传上做得非常精准到位。那些制作精美的大小册子全都是免费的。

我在游客中心很快就融入适应了。这个中心除了两个半人员是属于镇政府的正式员工外，其他的50多个都是志愿者。他们大多已经退休，之前的工作五花八门，公务员、公司职员、医护人员，最多见的就是教师。我从未见到如此庞大的志愿者队伍，庆幸能够和这些有着丰富人生经历的人做同事，他们就像一幅幅鲜活的澳大利亚画卷，生动地展示在我的眼前。4个小时的半天班过得很快，其中还有15分钟的休息时间，厨房里有茶点咖啡等供应。如果你工作太卖力忘了去休息，经理会来提醒你。我看到同事们有时候会带来家里自制的点心或水果来分享，有一次就带了万年青饼干，没想到反响很好，大家显然对这种咸咸甜甜的饼干甚为好奇，连称口感独特。经理每周都会出一个内部的类似每周一报之类的传阅周刊，里面常报些好人好事，我分享饼干这么细小的事也被她拿来表扬，真是领教了她的领导才能，怪不得我们的志愿者队伍如此之壮大。

做访客中心的志愿者还有一个好处，就是常常有一些叫作Famil的业务熟悉培训参观活动。要想给来访的客人做生动的介绍，亲临现场去体会是很有必要的。所有旅游产品的供应商都深谙这个道理。一年多来，我去过动物园、羊驼农场、酒庄、B&B、镇中心历史古迹游览等等，另外还去了两次袋鼠岛。去袋鼠岛参观隶属于Skytime旗下的三处B&B让我惊叹以为误入仙境，那种与世隔绝天人合一的住处想来应该是国人向往的浪漫之地。

访客中心常有人来寻找失物。中心有一套非常齐全的失物招领文档，交接非常清晰。客人在这里找回了他们丢失的墨镜、钥匙、银行卡、钱包……失主们找回失物的那一刻的喜悦真是无与伦比，失而复得的事在澳大利亚见怪不怪，拾金不昧的好人好事多得人们也都习以为常了。

澳大利亚很多机构的运作都是倚赖于志愿者的无私贡献的。镇政府旗下通过各个机构所拥有的志愿者队伍多达几百人，为此每年都会举办一次答谢会。我有一年去参加这个由镇长主持的答谢会，发现好多熟悉的脸孔。答谢会有一个抽奖环节，当时我有一个预感，感觉镇长就要抽到我的名字了。因为不想上台暴露在大庭广众之下，心中默念，不要抽到我啊！没想到，真的就抽到了我！我真的是要佩服自己的直觉了。那是一张20澳元的Causeway Café的抵用券，正好就在访客中心隔壁。我后来上班时就买了五杯咖啡和同事们一起分享了中奖的快乐。

去年我开始在画廊销售我的手工贺卡，也就是用我的水彩画的打印复制品手工制作的贺卡。机缘巧合拿着这个卡片给副经理看，她是个很有艺术修养的年轻妈妈，看后就鼓励我把这个卡片放在访客中心的柜台卖。她鼓励我自己设计安排我的贺卡的摆放，甚至毫不犹豫地要求我把贺卡放在最显著的中间玻璃柜里。我简直是受宠若惊，我原先根本没有想到有这般待遇，心中非常感激她的善意。

没想到这些贺卡的销售量很好，我不得不经常补货。同事们似乎也很喜欢买我的贺卡，见到我就夸我一番。有一次经理给我发短信，告诉我有一个Bendigo的客人几个月前在中心买了一张我的贺卡，发了邮件要求订购12张贺卡并邮寄给她。她说，快点供货啊，我们快要接不上了！

自从成了访客中心的一员，每次外出旅行，不管是出国还是出州，多会去当地的游客访问中心逛逛，检验一下他们的服务品质。说实在的，到现在我还固执地认为，维克托港的访客中心是我所见到的服务最好最棒最有人情味的。

去年年中传来游客中心即将搬迁、和鲸鱼中心合并的消息。大家对此反应不同，有人觉得可以为镇政府节约开支，是开源节流的好事。有人觉得这个决定很不合理，目前游客中心所占的位置就在马拉车栈桥的一侧，占据小镇中心位置，方便游客，为小镇的旅游产业发展做出了杰出的贡献。此举将削弱游客中心的影响力，对本地支柱产业造成负面影响。两位经理也被安排到其他镇政府的工作岗位，游客中心在今年1月底关门迁往Coral Street Art Space临时办公，预计10月在鲸鱼中心重新装修一新后合并迁入。

考虑到接下来的几个月在艺术空间的临时办公区域狭小，我暂时辞去了该志愿者工作。在游客中心的最后一个班，我犯了一个错误。早班最爱的一项工作是升旗，就是将那个走到哪里都能看到的"i"字蓝色旗升上门口高高的旗杆。鬼使神差，那天竟然把那个"i"挂颠倒了。那天一丝风都没有，旗子没精打采地耷拉着，以至于无人发现这个错误。直到下午起了风，来接班的同事发现了指出，我才羞愧难当赶紧去纠正。有人开玩笑说，难道你是以此来对搬迁做抗议吗?

2021年1月的最后一个周五，游客中心所有的工作人员和志愿者在已经搬空的游客中心举行了欢送活动。代表发言的老志愿者情绪激动，言语中满是眷恋和不舍。两位经理在发言中更是几度哽咽，几十年的付出，这里有太多的故事值得一再回味。

天下没有不散的筵席。改变也未必不是件好事。几个月后，也许新落成的鲸鱼中心兼游客中心令人耳目一新，届时我是否再次成为一名光荣的访客中心志愿者也未可知。